자아와 세계의 만남

일러두기

1. 모본의 발간 당시의 내용을 그대로 살리되 편집상의 오류를 바로잡고 기본 맞춤법은 오늘에 맞게 수정했다.

2. 인명·지명·서명·식물명 등은 원문의 것을 그대로 살리되, 독자의 이해를 위해 현대식으로 표기하거나 현대식 표기를 병기한 경우도 있다.

루쉰 · 도스토옙스키와의 대화

자아와 세계의 만남

초판 1쇄 인쇄 _ 2021년 9월 25일
초판 1쇄 발행 _ 2021년 9월 30일

지은이 _ 이병주
펴낸곳 _ 바이북스
펴낸이 _ 윤옥초
책임 편집 _ 김태윤
책임 디자인 _ 이민영

ISBN _ 979-11-5877-265-9 03810

등록 _ 2005. 7. 12 | 제 313-2005-000148호

서울시 영등포구 선유로49길 23 아이에스비즈타워2차 1005호
편집 02)333-0812 | 마케팅 02)333-9918 | 팩스 02)333-9960
이메일 postmaster@bybooks.co.kr
홈페이지 www.bybooks.co.kr

책값은 뒤표지에 있습니다.
책으로 아름다운 세상을 만듭니다. ― 바이북스

미래를 함께 꿈꿀 작가님의 참신한 아이디어나 원고를 기다립니다.
이메일로 접수한 원고는 검토 후 연락드리겠습니다.

이병주 에세이

루쉰 · 도스토옙스키와의 대화

자아와 세계의 만남

이병주 지음

바이북스
ByBooks

왜 지금 여기서 다시 이병주인가

탄생 100주년에 이른 불후의 작가

백년에 한 사람 날까 말까 한 작가가 있다. 이를 일러 불세출의 작가라 한다. 나림 이병주 선생은 감히 그와 같은 수식어를 붙여 불러도 좋을 만한 면모를 갖추었다. 그의 소설은 『관부연락선』, 『산하』, 『지리산』, 『그해 5월』 등을 통하여, 한국 현대사를 매우 사실적이고 설득력 있게 문학이라는 그릇에 담아낸다. 동시에 「소설·알렉산드리아」, 『행복어사전』 등을 통하여, 동시대 삶의 행간에 묻힌 인간사의 진실을 '신화문학론'의 상상력을 활용하여 문학의 그물로 걸어 올린다.

그의 소설이 보여 주는 주제 의식은 그야말로 백화난만한 화원처럼 다양하게 펼쳐져 있다. 『예낭 풍물지』나 『철학적 살인』 같은 창작집에 수록되어있는 초기 작품의 지적 실험성이 짙은 분위기와 관념적 탐색의 정신으로부터, 시대와 역사 소재의 작품에서 볼 수 있는 숨겨진 사실들의 진정성에 대한 추적과 문학적 변용, 현대사회 속에서의 다양한 삶의 절목(節目)과 그에 대한 구체적 세부의 형상력 등을 규방이라도 나열할 수 있다.

더욱이 현대사회의 삶을 주된 바탕으로 하는 작품들에서는, 천차만별의 창작 경향을 만날 수 있다. 1980년대 이후에는 『허망의 정열』, 『그 테러리스트를 위한 만사』 등의 창작집에서 역사적 사건과 현실 생활을 연계한 중편이나 함축성 있는 단편들을 볼 수 있는데, 여기에까지 이르면 이미 그의 작품에 세상을 입체적으로 바라보는 원숙한 관점과 잡다한 일상사에서 초탈한 달관의 의식이 깃들어 있다.

이병주는 분량이 크지 않은 작품을 정교한 짜임새로 구성하는 능력이 뛰어나지만, 그보다 부피가 장대한 대하소설을 유연하게 펼쳐 나가는 데 훨씬 더 탁월하다. 일찍이 그가 도스토옙스키의 『죄와 벌』을 읽고 그 마력에 사로잡혔다고 고백한 것도 이 점에 견주어 볼 때 자못 의미심장하게 여겨진다. 길다면 길고 짧다면 짧은 한국 현대문학사에서 이병주와 같은 유형의 작가는 좀처럼 다시 발견되지 않는다.

그 자신이 소설보다 더 파란만장한 생애를 살았던 체험의 역사성, 박학다식과 박람강기를 수렴한 유장한 문면, 어느 작가도 흉내 내기 어려운 이야기의 재미, 웅혼한 스케일과 박진감 넘치는 구성 등이 그의 소설 세계를 떠받치고 있다면, 그에게 '한국의 발자크'라는 명호를 부여해도 그다지 어색할 바 없다. 발자크가 19세기 서구 리얼리즘의 대표 작가일 때, 이병주는 20세기 한국 실록 대하소설의 대표 작가다. 그가 일찍이 책상 앞에 "나폴레옹 앞에는 알프스가 있고 내 앞에는 발자크가 있다"고 써 붙였던 사실은 널리 알려져 있다.

거기에다 그가 남긴 문학의 분량이 단행본 1백 권에 육박하고 또 이들이 저마다 남다른 감동의 문양(紋樣)을 생산하는 형편이고 보면, 이는 불철주야의 노력과 불세출의 천재가 행복하게 악수한 사례에 해당한다. 그럼에도 불구하고 그는 우리 사회의 고질적인 학연이나 지연, 그리고 일부 부분적인 '태작(駄作)'의 영향으로 정당한 평가를 받지 못했다. 요컨대 그는 그렇게 허망하게 역사의 갈피 속에 묻혀서는 안 될 작가이며, 그에 대한 정당한 평가는 한 작가가 필생의 공력으로 이룩한 문학적 성과를 올곧게 수용해야 마땅한 한국문학의 책무이기도 하다.

그래서 지금 여기서, 다시 이병주인 것이다. 마치 허만 멜빌의 『모비딕』이 그의 탄생 1백 주년 기념행사를 통해 다시 세상에 드러났듯이, 우리는 그가 이 땅에 온 지 꼭 100년, 또 유명(幽明)을 달리한 지 29년에 이르러 그의 '천재'와 '노력'을 다시 조명해 보아야 한다. 진보와 보수의 이념적 성향이나 문학과 비문학의 장르적 구분, 중앙과 지방의 지역적 차이를 넘어 온전히 그의 문학을 기리고 사랑하는 마음을 앞세워서 '이병주기념사업회'가 발족 되었던 것은, 바로 이러한 당위적인 일들을 감당하기 위해서였다.

미상불 그의 작품세계가 포괄하고 있는 이야기의 부피를 서재에 두면, 독자 스스로 하루의 일을 마치고 귀가하는 발걸음을 재촉할 것이다. 더 나아가 물질문명의 위력 앞에 위축되고 미소한 세계관에 침몰한 우리 시대의 갑남을녀(甲男乙女)들에게, 그의 소설이 거대담론의 기개를 회복하고 굳어버린 인식의 벽을 부수는 상상력의 힘, 인간관계의 지혜와 처세의 경륜을 새롭게 불러오리라 확신하는 바이다.

2021년 나림 탄생 100주년 기념사업의 일환으로 지난해 7월부터 진행해온 '이병주 문학선집' 발간 준비작업이 여러 과정을 거쳐 작품 선정 작업을 완료하고 대상 작품에 대한 출간 작업에 들어갔다. 작품 선정은 가급적 기 발간된 도서와 중복을 피하고, 재출간된 도서들이 주로 역사 소재의 소설들임을 감안하여 대중성이 강한 작품에 중점을 두기로 했다. 이를 위해 한길사 전집 30권, 바이북스 및 문학의숲 발간 25권을 기본 참고도서로 하여 선정 및 편집을 진행했다.

그동안 지원기관인 하동군의 호응과 이병주문학관의 열의, 그리고 편찬위원 및 기획위원들의 적극적인 작품 추천 작업 참여, 유족 대표인 이권기 교수 및 기념사업회 운영위원 고승철 작가 등 여러분의 충심 어린 조언과 지원에 힘입어 이와 같은 성과를 얻게 되었다. 역사 소재의 작품들에 이어 대중문학의 정점에 이른 작품들을 엄선한 '이병주 문학선집'이 독자 제현의 기대와 기쁨이 되기를 기원한다.

이병주기념사업회에서는 이 선집 발간을 위하여 〈편찬위원회〉를 구성하고 편찬위원장에 임헌영(문학평론가, 민족문제연구소 소장) 씨를 모시고, 편찬위원으로 김인환(문학평론가, 전 고려대 교수), 김언종(한 문학자, 전 고려대 교수), 김종회(문학평론가, 전 경희대 교수), 김주성(소설가, 이병주기념사업회 사무총장), 이승하(시인, 중앙대 교수), 김용희(소설가, 평택대 교수), 최영욱(시인, 이병주문학관 관장) 제 씨를 위촉했다. 이와 함께 기획위원으로 손혜숙(이병주 연구자, 한남대 교수), 정미진(이병주 연구자, 경상대 교수) 두 분이 참여했다.

이 선집은 모두 12권으로 구성되어 있으며, 선정 작품 목록은 다음과 같다. 중·단편 선집 『삐에로와 국화』 한 권에 「내 마음은 돌이 아니다」(단편), 「삐에로와 국화」(단편), 「8월의 사상」(단편), 「서울은 천국」(중편), 「백로선생」(중편), 「화산의 월, 역성의 풍」(중편) 등 6편의 작품이 실려 있다. 그리고 장편소설이 『허상과 장미』(1·2, 2권), 『여로의 끝』, 『낙엽』, 『꽃의 이름을 물었더니』, 『무지개 사냥』(1·2, 2권), 『미완의 극』(1·2, 2권) 등 6편 9권으로 되어 있다. 또한 에세이집으로 『자아와 세계의 만남』, 『산을 생각한다』 등 2권이 있다.

이병주기념사업회와 편찬위원들은 이 12권의 선집이 단순히 한 작가의 지난 작품을 다시 볼 수 있도록 재출간한다는 평면적 사실을 넘어서, 우리가 이 불후의 작가를 기리면서 그 작품을 우리 시대에 좋은 소설의 교범으로 읽고 즐거워할 수 있는 하나의 본보기가 되었으면 한다. 역사적 삶의 교훈과 더불어 일상 속의 체험들에 의미를 부여할 수 있는 유익한 길잡이로서의 문학이 되었으면 하는 것이다. 이 선집이 발간되기까지 애쓰고 수고한 손길들, 윤상기 군수

님을 비롯한 하동군 관계자들, 특히 이 일이 진행될 수 있도록 막후에서 모든 지원을 아끼지 않으신 이병주기념사업회의 이기수 공동 대표님, 어려운 시절에 출간을 맡아주신 바이북스의 윤옥초 대표님께 깊이 감사드린다.

2021년 나림 탄생 100년의 해에

이병주 문학선집 편찬위원회 일동

인생을 살다 보면 언젠가 가보았던 곳으로 다시 한 번 가봤으면 하는 충동에 사로잡힐 때가 있다. 다시 한 번 만났으면 하는 사람들도 있다.

내게 있어서 사람이란 내게 감동을 준 책을 쓴 사람을 말한다. 내 생애가 결국은 그 본질적인 부분에 있어서 책을 통한 편력(遍歷)이 있을 때 그 편력의 흔적을 다시 더듬어보고자 하는 건 당연한 일일지도 모른다.

인생은 무언가, 또는 누군가와의 만남으로써 엮어지는 드라마를 닮고 있다. 그때 그 사람을 또는 그 책을 만나지 않았더라면 오늘날 내가 이렇게 되어 있을 까닭이 없을 것이라고 생각할 때 그와 같은 만남을 그저 운명이라고만 처버리고 지나칠 순 없는 것이다.

어린 시절 책을 읽을 땐 새로운 세계의 전개가 있었다. 순간순간이 발견의 연속이었고 기쁨의 연속이었다. 읽었다는 것 자체가 일종의 충실감을 동반하기도 했다. 그런데 어느 때부터인가, 나는 차츰 허망을 느끼기 시작했다. 모두들 크고 작은 문제를 스스로의 과제로 하고 열심히 노력한 결과가 예외 없이 그 문제의 심각성만 부각시켰을 뿐 별다른 성과도 없이 그 언저리만 맴돌다가 끝나고 있는 사태를 알았기 때문이다. 이를테면 도스토옙스키의 대문학(大文學)이 우리에게 가르쳐준 그 무엇인가가 있다면 인생이란 결국 허망(虛妄)한 것이란 교훈(敎訓)이 가장 두드러진 것이다. 니체도 마찬가지고 루쉰(魯迅)도 마찬가지고 마르크스도 마찬가지다.

그러나 나는 아니 우리는 도스토옙스키의 허망을 도학자(道學者)들의 알짱 같은 교훈과 바꿔줄 생각은 없다. 허망 그 자체에서 진실을 본다는 것이 아니라 그와 같은 허망의 프리즘을 통하지 않곤 어떤 진실도 붙잡을 수가 없다는 것을 알고 있는 것이다. 허망하기에 진실이 아름답다는 것은 결코 역설이 아니다.

괴테를 모르고 톨스토이를 모르고 베토벤을 모르고 사르트르를 모르고도 사람은 살 수가 있고 도리어 그런 사람들이 상식적으론 더욱 행복하게 지낼 수 있을지도 모른다. 하지만 이미 학문이라고 하는, 사상이라고 하는, 예술이라고 하는 독기(毒氣)에 젖어버린 사람들에겐 이들 없인 살 보람이 있을 까닭이 없고 항차 이들과 상관없는 행복이란 상상해볼 수도 없는 것이다.

허망을 배운 사람은 이미 지옥을 봐버린 사람이나 마찬가지다. 그 허망을 뚫고 찾아낸 진실만이 지옥을 견디어 살 수 있는 유일한 방편이란 인식에 굳어 있는 것이다.

그런데 나는 이러한 인식의 경화(硬化)조차도 하나의 은총으로 생각한다. 그러니 이것은 내가 그러한 은총에 이르게 된 편력의 일부의 기록이다. 물론 나의 편력은 끝나지 않았다. 일모로원(日暮路遠)의 탄식을 안은 채 나는 지금도 편력의 도상(途上)에 있다. 다음 또 이

속편을 발표할 기회가 있었으면 한다. 그러자면 독자 여러분의 성원
이 있어야 하는 것이다.

1983년 여름

차례

루쉰 편

도스토옙스키 편

루쉰

魯迅

魯迅

글을 쓰지 않고 있을 동안에 나는 루쉰의 비교적 충실한 제자일 수가 있었다. 주변에 생기는 일. 눈에 띄는 글을 그의 정신으로 판단하고 처리하면 되었던 것이니까 그랬다.

그러나 내가 글을 써서 발표하기 시작하면서부터 루쉰은 내게 있어서 거북한 교사가 되었다. 실천에 있어서 그를 따르기엔 그의 정신은 너무나 준열했고 나의 의지는 너무나 약하다는 것을 알게 된 것이다. 그런데도 나는 루쉰의 제자로서의 자기를 끝끝내 보전하고 싶었다. 그것은 도대체가 무리한 일이기도 했다. 그 결과가 내게 징역 10년을 안겨준 필화사건 (筆禍事件)으로 나타났다. 하지만 그 필화사건의 원인이 루쉰에 있었다고 하면 지나친 표현이 된다. 똑바로 말하면 그 필화의 원인은 루쉰의 정신과 기법을 충전하게 배우지 못한 나의 성실성의 부족, 기량의 미흡에 있었던 것이다.

루쉰과의 대화

내가 그날을 선명하게 기억하고 있는 것은 바로 그날 일본이 미국과 영국에 대해 선전포고를 한 1941년 12월 8일이었기 때문이다.

진주만의 공격이 성공했다는 뉴스를 곁들인 선전포고의 내용이 라우드 스피커를 통해 거듭 울려퍼지고 있어 동경의 거리엔 들뜬 기분이 범람하고 있었다. 그날 오후 나는 간다 신전(神田)의 서점에서 몇 권의 책을 샀다. 그 가운데 낀 것이 『루쉰선집(魯迅選集)』이란 문고본이다. 그때 나는 20세의 청년이었다. 2백 페이지 남짓한 얄팍한 책이라서 두 시간 안 걸려 끝까지 다 읽을 수 있었다. 그리고 곧 이건 한 번만 읽고 말 책이 아니란 느낌을 가졌다. 당시 나는 아르뜨 랭보, 말라르메 등 프랑스 상징주의 문학에 미쳐 있었는데, 루쉰은 그러한 나를 부끄럽게 했다.

'이것이 진정한 문학이 아닐까? 바로 우리 이웃에 이러한 문학을 두고 나는 이때까지 무엇을 했단 말인가' 하는 뉘우침을 닮은 생각이 솟기도 했다.

이것이 계기가 되어 나는 프랑스 문학과 일단 결별하고 루쉰에 몰두하게 되었다. 고서점에서 가이소샤판(改造社版 개조사판)의 『대 루쉰전집(大魯迅全集)』을 구할 수 있었던 것도 하나의 행(幸)이었다. 드디어 짧은 한문과 시문(時文)의 지식으로 원어로써 읽을 욕심까지 냈지만 백화문(白話文)이란 또 하나의 장벽이 있다는 것을 알았다. 진수인(陳秀仁)이란 중국 유학생으로부터 백화문(白話文)을 배우기 시작한 것은 그 무렵의 일이다.

하여간 루쉰은 사람을 사로잡는 무서운 힘을 가진 작가라는 것을 알았다. 장편 소설 한 편 없이 단편과 잡문만으로 대문호란 호칭이 결코 과장일 수 없는 유일한 현상이었다. 그런데 그 무렵 일본의 고명한 문학 평론가 K가 쓴 다음과 같은 문장이 눈에 띄었다.

"대 루쉰이라고 일부에서 야단들이지만 넌센스에 가깝다. 우선 고리키와 비교해보면 알 일이 아닌가. 약간의 기골(氣骨)이 있는 작가쯤으로 쳐두면 될 것을 대 루쉰 운운하는 것은 되레 그 진가를 손상하는 결과밖엔 더 될 것이 없다."

루쉰이라고 해도 그만일 것을 대 루쉰이라고 하는 덴 나 자신 반발을 느끼지 않는 바는 아니었지만 고리키에 비교해서 루쉰을 얕잡아 보는 K라는 평론가의 의견엔 나는 미움을 느꼈다.

『어머니』, 『나의 대학(大學)』, 『첼캇슈』, 『밑바닥』 등 고리키의 작품들을 그때만 해도 꽤나 읽고 있었지만 그 모두가 루쉰의 「아큐정전(阿Q正傳)」을 능가할 수 있는 작품이라곤 나로선 도무지 생각할 수 없었던 것이다. 그리고 고리키와 루쉰을 비교한다는 자체가 글러먹었다고 생각했다. 고리키에겐 고리키의 문학이 있고, 루쉰에겐 루쉰의 문학이 있는 것이 아닌가. 똑같이 양립시켜 읽을 일이지 우열을 논할 문제가 아닌 것이다. 나는 그 후로 K라는 평론가를 믿지 않기로 했다. 솔직히 말해 K는 재기가 있는 평론가이긴 했다. 그러나 그 재기로써 루쉰과 같은 정신을 논단할 순 없을 것이었다. 다음에 인용하는 글은 이런 K와 같은 인간에게 루쉰이 가한 정문일침(頂門一針)이라고 할 수 있을 것이다.

사람과 짐승을 그다지 엄밀하게 구별할 필요는 없다. 동물의 세계는 고인들이 환상한 것처럼 쾌적하고 자유로운 것은 아니겠지만 요설(饒舌)과 작위(作爲)는 인간 세계보다 훨씬 덜하다. 그들은 성정(性情)대로 행동한다. 좋으면 좋다고 하고 나쁘면 나쁘다고 할 뿐, 한마디의 변명도 없다. 버러지나 구더기는 더럽다.

그러나 그들이 스스로 청고(淸高)하다고 뽐낸 적이 없다. 맹금(猛禽)이나 맹수(猛獸)는 약한 동물을 잡아먹으니 잔인하다고 할 수도 있다. 그러나 그들은 '공리(公理)'니 '정의'니 하는 깃발을 휘두르질 않았다. 그런데 인간의 경우는 어떤가. 직립할 수 있게 된 것은 물론 일대 진보다. 말을 할 수 있게 된 것은 물론 일대 진보이다. 글을 쓰고 문장을 만들 수 있게 된 것은 더욱 더욱 커다란 진보다. 그러나 동시에 타락이기도 하다. 왜냐하면 그때부터 쓸데없는 소릴 지껄이게 되었기 때문이다. 쓸데없는 소릴 하는 것까진 좋다. 마음에도 없는 소릴 지껄이면서 그런 사실을 의식조차 안 한다는 것은 그저 울기나 하고 짖기나 하는 동물들에게 대해 부끄러울 뿐이다. 만일 일시동인(一視同仁)하는 조물주가 천상에서 이런 꼴을 본다면 그는 인류의 이러한 재주를 무용(無用)의 장난이라고 생각할는지 모른다. 그것은 우리들이 동물원에서 원숭이가 물구나무를 서고, 코끼리가 절을 하는 것을 보며 빙그레 웃기는 할망정, 동시에 불쾌하고 슬픈 기분으로 바뀌면서 그 여분의 재주는 없는 것만 못하다는 생각을 갖는 거나 마찬가지다.

나름대로의 탐구가 진행되는 동안 루쉰은 한때 나의 광명이 되었다. 어떤 폭풍우 속에서도 꺼지지 않을 것 같은 광명이었다. 그 광명으로써 나는 어두운 밤길을 걸어도 실족하지 않을 것이고, 격동하는 역사 속에서도 행로를 잃지 않을 것으로 믿었다.

해방 후의 혼란은 루쉰과 같은 스승을 가장 필요로 하는 시기이기도 했다. 나는 그의 눈을 통해 우익을 보았다. 인습과 사감(私感)에 사로잡힌 반동들의 무리도 보았다. 민주주의에 대한 지향이 없다고는 할 수 없었으나 불순한 권모술수가 너무나 두드러지게 나타나 있었다.

나는 또한 루쉰의 눈을 통해 좌익을 보았다. 그것은 인민의 이익을 빙자해서 인민을 노예화하려는 인면수심(人面獸心)의 집단으로 보였다. 그곳에서의 권모술수는 우익을 훨씬 상회하는 것이었다. 인민을 선도하는 데 목적이 있는 것이 아니고 모스크바의 상전에 보이기 위한 연극에 열중해 있는 꼬락서니였다. 이러한 관찰을 익히고 보니 나는 어느덧 우익으로부턴 용공분자로 몰리고, 좌익으로부턴 악질적인 반공분자로 몰렸다. 가장 너그러운 평가란 것이 회색분자란 낙인이었다. 루쉰도 한때 이와 같은 곤경에 빠진 적이 있었다. 나는 루쉰이 이 상황 속에 살아 있다면 어떻게 대처했을까 하는 마음으로 언론계, 특히 문학계를 지켜보았다.

우익계 문인들은 보수할 아무것도 없는데도 불구하고 있지도 있을 수도 없는 '순수'한 간판을 내걸고 무언가를 보존하려고 안간힘을 쓰고 있었다. 그 무언가가 미구에 닥칠지 모르는 적화로부터의 인간의 구출일 것이란 사정을 어렴풋이 알고는 있었으나 일제 때 오염된 자아의 정산없이 어떻게 '순수'가 가능할까 하고 생각하니 허망한 노릇으로밖엔 보이지 않았다. 한편 좌익계 문인은 철저하게 공산당의 시녀로 타락하고 있었다. '문학은 정치를 회피해선 안 된다. 정치까지를 포함해서 문학의 대상으로 삼아야만이 진정한 문학'이라고 떠벌리고 있으면서 자기들의 정치엔 일언반구의 비판도 못 하는 꼭두각시가 되어 있었던 것이다. 그들에게 있어서 문학은 완전히 선전의 수단으로 화하고 말았다. 그들은 루쉰을 자기들의 편이라고 믿고 의심하지 않았을 것이지만, 그들의 문학적 실천이 다음과 같은 루쉰의 비판을 감당할 순 도저히 없는 것이다.

"문학은 선전일 수가 있다. 그러나 모든 선전이 문학일 순 없다. 모든 꽃은 빛깔을 가졌지만 빛깔을 가지기만 하면 뭐든 꽃이 되는 것이 아니라는 것과 같은 이치다. 슬로건, 포스터, 교과서 이외에 문학이 필요한 까닭이 여기에 있다."

그런 까닭으로 나는 루쉰이 이 나라에 살아 있었으면 절대로 문학가 동맹 같은 덴 가담하지 않을 것이란 결론을 얻었다. 루쉰이 상해 시절, 좌익 문인의 집단인 창조사파(創造社派)와 대항했다는 사실의 내용으로 미루어보아서도 알 일지만 '소시첸코', '아후마도바'를 반동 문인이라고 해서 규탄한 소련 공산당의 결정서를 그대로 옮겨 실었을 뿐만 아니라 꼭 그대로의 흉내를 내서 조선 공산당이 어떤 문인을 규탄할 결정을 실어 문학지의 전 페이지를 채우는 등의 짓을 일삼는 문학가 동맹에 루쉰이 가담하리라는 짐작은 상상도 못 해 볼 일인 것이었다. 이런 생각 저런 생각으로 당시 나는 글을 써서 발표할 의사를 포기하고 말았다.

그런데 그로부터 7~8년 지난 뒤 그야말로 자의 반 타의 반으로 직업적으로 글을 쓰는 사람이 되었다. 글을 쓰지 않고 있을 동안엔 나는 루쉰의 비교적 충실한 제자일 수가 있었다. 주변에 생기는 일, 눈에 띄는 글을 그의 정신으로 판단하고 처리하면 되었던 것이니까 그랬다. 그러나 내가 글을 써서 발표하기 시작하면서부터 루쉰은 내게 있어서 거북한 교사가 되었다. 실천에 있어서 그를 따르기엔 그의 정신은 너무나 준열했고 나의 의지는 너무나 약하다는 것을 알게 된 것이다. 그런데도 나는 루쉰의 제자로서의 자기를 끝끝내 보전하고 싶었다. 그것은 도대체가 무리한 일이기도 했다. 그 결과가 내게 징역 10년을 안겨준 필화사건(筆禍事件)으로 나타났다. 하지만 그 필화사건의 원인이 루쉰에 있었다고 하면 지나친 표현이 된다. 똑바로 말하면 그 필화의 원인은 루쉰의 정신과 기법을 충전하게 배우지 못한 나의 성실성의 부족, 기량의 미흡에 있었던 것이다.

출옥한 후 나는 뱁새가 황새를 따를 순 없는 것이라고 느끼고, 당분간 그를 떠나 있기로 마음먹고 나름대로의 나의 길을 찾으려고 애써 보았다. 그 방법의 하나가 에세이로부터 소설로의 전환이었다. 내가 그를 스승으로 한 것은 에세이스트 루쉰이었던 것인데 방향을 소설로 돌리면 사정은 달라지는 것이다. 소설가로서의 루쉰은 물론 그의 광원(光源)이며, 핵이긴 하지만 전체상에서 볼 땐 그 일부분을 차지할 뿐이다. 그리고 소설에 있어선 굳이 그를 스승으로 해야만 하는 사정은 아니다.

이렇게 루쉰과 거리를 지니며 살아가려고 하는데 최근 하나의 사건이 생겼다. 요문원(姚文元)이라고 하는 문학 평론가가 쓴 「루쉰론(魯迅論)」을 입수한 것이다. 나는 그 책이 루쉰의 진면목을 왜곡한 것으로 보지 않을 수 없었다. 동시에 루쉰에 대한 정당한 평가가 우리나라에 있어서도 이루어져야 한다는 마음을 갖게 되었다. 지금 우리나라에선 루쉰을 등한히 하고 있다. 중공이 그를 높이 평가한다고 해서 문둥이 옻나무 피하듯 할 것은 아니라고 생각한다. 결론부터 먼저 말하면 루쉰은 한국적인 의미에 있어서의 좌익 작가는 결코 아니며 진정한 민족주의자, 가장 참된 뜻에서의 민족주의자인 것이다.

　루쉰의 소설은 요즘의 우리 문학 평론가의 눈으로써 보면 소설이라고 말할 수 없는 그런 필치로 엮어져 있다. 문장은 담담한 에세이풍으로 전개된다. 형용사를 비롯한 수식구가 극도로 절약되어 있다. 그런데도 읽는 사람에게 감동을 주는 것은 정확 민감한 관찰력과 강직하면서도 유연한 사고력 때문이 아닌가 한다. 글은 느낀 대로 생각한 대로 적어야 하며, 느낀 대로 생각한 대로 적기 위해서는 그 느낌과 생각의 밀도가 충분하게 표현되어 있어야 한다는 문장의 궤범(軌範)을 몸소 체현하고 있는 듯하다.

　「범인일기(犯人日記)」, 「아큐정전(阿Q正傳)」에서 얻은 감동은 별개로 하고 내가 가장 큰 충격을 느낀 것은 「후지노(藤野) 선생」이란 소품이다. 이것은 허구를 곁들인 소설이 아니다. 연보(年譜)에 의하면 그는 1904년, 24세 때부터 1906년의 3월까지 일본 센다이(仙臺)의 의학 전문학교에 재학하고 있었는데, 그때 친히 가르침을 받은 후지노 교수에 대한 회상록이다.

　후지노 선생은 외롭게 유학하고 있는 중국인 루쉰이 일본어가 서툴러 필기가 제대로 되어 있지 않을까 걱정해서 간혹 노트를 제출케 하곤 틀린 부분을 고치고 부족한 부분을 주필(朱筆)로써 보충해 주는 친절을 베풀었다. 뿐만 아니라 그를 불러 간절한 충고도 해주었다. 루쉰이 그 은혜를 갚지 못해 기록한 것이 이 작품이다. 그런데 이 가운덴 다음과 같은 대목이 있다.

……제2학년엔 세균학의 강의가 있었다. 세균의 형태는 환등(幻燈: 슬라이드)으로써 보여주게 되어 있었다. 수업이 일단락되고 그리고도 시간이 남았을 땐 시사 뉴스를 보여주기도 했다(당시는 노(露) · 일(日) 전쟁 때였다). 물론 일본이 러시아에 이기는 장면만이 있었는데 어느 날 중국인이 그 장면에 나타났다. 러시아군의 스파이 노릇을 했다고 해서 일본군에 체포되어 총살당하는 광경이었다. 둘러서서 구경하고 있는 군중들은 중국인이었고, 그 교실 안엔 단 한 사람 중국인인 내가 있었다. '만세'를 부르며 모두들 박수를 쳤다. 이 환성은 승리의 장면이 나올 때마다 터진 것이지만 그때의 그 환성은 특별히 내 귀를 찌르는 듯했다. …… 아아, 이 이상 할 말이 없다. 그때 그 자리에서 나의 생각은 변한 것이다.

어떻게 생각이 변했는가를 루쉰은 「눌함(吶喊)」의 서문에 적어 놓고 있다.

우약(愚弱)한 국민은 체격이 아무리 좋고 건강해서 오래 살아도 기껏 본보기의 재료나 되고, 그것을 구경하는 구경꾼이 될 뿐이 아닌가. 병을 앓고 죽는 사람이 많다고 해서 그걸 불행한 일이라고까지 할 수 없는 것이 아닌가.

그렇다면 우리가 할 임무는 그들의 정신을 개조하는 일이다. 정신의 개조에 도움되는 일은 당시의 내 생각으로선 문예(文藝)가 제일이었다. 그래서 문예운동(文藝運動)을 제창할 생각으로 기울어들었다.

루쉰은 의학을 포기하고 문학에 전념할 뜻을 세웠다. 그때의 사정을 루쉰은 「후지노 선생」 가운데 다음과 같이 기록하고 있다.

제2학년이 끝날 무렵 나는 후지노 선생을 찾아가 의학 공부를 그만두겠다는 것과 센다이(仙臺)를 떠날 작정이란 말을 아뢨다. 선생의 얼굴엔 슬픈 표정이 돈은 듯했다. 무슨 말인가를 하려다가 그만두는 것 같았다. "저는 생물학을 할 작정입니다. 선생님으로부터 배운 학문은 결코 헛되지 않을 것입니다." 하고 사실은 생물학을 배울 뜻이 없었는데, 너무나 실망한 것 같은 선생을 위로할 참으로 거짓말을 했더니 "의학을 위해 가르친 해부학 따위는 생물학엔 별로 쓸모가 없을 걸세" 하고 선생은 탄식했다. 출발하기 2~3일 전 선생은 나를 자택으로 불러 사진을 한 장 주었다. 그 뒷면엔 '석별(惜別)'이란 두 글자가 씌어 있었다. 그리고 나더러 사진을 달라고 희망하셨지만 그땐 찍어 놓은 사진이 없었다. 선생은 훗날이라도 보내달라고 하시고, 자주 편지를 하라고도 하셨다.

그런데 나는 센다이를 떠난 뒤 오랫동안 사진을 찍은 일이 없었다. 게다가 상황도 나빴기 때문에 통지를 하면 선생을 실망시킬 뿐일 것이어서 편지를 쓰지도 않았다. 그래 아직껏 한 통의 편지도 한 장의 사진도 보내지 않았다.

루쉰이 의학을 시작한 동기는 병상에 있는 가친을 시봉할 때 중국 전래의 의술이 대부분 미신에 사로잡혀 있다는 사실을 통감한 결과였으며, 이에 곁들여 후진국 일본이 선진국의 대열에 끼일 수 있게 된 계기를 마련한 명치유신(明治維新)이 서양 의학에의 개안(開眼)으로 비롯되었다는 사실의 인식에 있었던 것이었다. 그런데도 루쉰은 깨달은 바 있자 주저없이 의학을 버리고 문학에의 전신(轉身)을 감행했던 것이다.

나는 이 대목이 가장 중요하다고 생각한다. 의학을 하면서도 문학을 할 수가 있다는 선례는 얼마든지 있다. 그리고 1년 남짓만 참으면 의사로서의 자격증도 얻을 수 있었다. 보통의 경우면 일단 의사로서의 자격을 얻어 놓고 난 뒤에 문학을 해도 좋다는 타협점에 도달하게 마련인 것이다. 물론 의학을 포기하게 된 이유가 앞서 말한 그런 것만은 아닌 복합적인 사정도 있었을 것이지만, 자기의 소신에 철저하게 충실한 루쉰의 특성을 여기에서 볼 수가 있다.

그의 문학이 장인(匠人)의 문학으로서 자족하지 않고, 직업으로서의 문학으로 타협하지 않고, 순교로서의 문학―지사(志士)로서의 문학으로 일관한 까닭이 시초에서부터 이렇게 역연하다. 또 한 가지 이 작품이 특이한 것은 이 작품이 배일, 항일, 모일의 풍조가 한창 거셀 무렵 발표되었다는 사실이다. 중국의 천지가 일본에 대한 반감으로 들끓고 있을 때 '그는 내가 스승으로서 받들고 있는 사람 가운데 가장 나를 감격시키고 격려해 준 사람'이라면서, 일본인의 이름을 내세울 수 있다는 것은 이만저만한 용기가 필요한 일이 아니다.

「후지노 선생」의 말미의 문장은 더욱 감격적이다.

그가 손을 봐준 노트를 나는 세 권의 두터운 책으로 장정해서 영구히 기념할 작정으로 소중히 간수해두었다. 불행하게도 7년 전, 이사를 할 때 도중에서 책궤 하나가 파괴되어 반수의 책을 잃었다. 노트가 그 잃은 가운데 끼였다. 운송점에 편지를 내어 독촉을 해보았지만 회답도 없었다. 다만 그의 사진만이 북경의 내 우거(寓居)의 동벽(東壁), 책상 앞에 지금도 걸려 있다. 밤마다 일에 권태를 느끼면 그의 검고 여윈, 지금이라도 억양이 강한 말투로 얘기를 시작할 것 같은 얼굴을 불빛 속으로 우러러본다. 그러면 나의 양심은 되살아나고 용기가 솟는다. 나는 담배에 불을 붙여 물곤 '정인군자(正人君子)'들의 미움을 살 글을 엮기 시작하는 것이다.

이처럼 루쉰이 경애한 후지노 선생의 소식을 나는 최근에야 알았다. 언젠가 나는 수필에 후지노 선생은 그때의 주수인(周樹人: 루쉰의 본명)이 유명한 루쉰인 줄 모르고 죽었을 것이라며 문안 편지의 필요성을 강조하는 뜻을 적은 일이 있는데 그것이 잘못된 추측이란 것도 알았다.

후지노 씨는 1914년에 센다이 의전이 동북제대(東北帝大)로 승격함에 따라 교수직을 사임하고 고향 후구이(福井)에서 개업의로 일하고 있다가 1945년에 죽었다. 루쉰의 몰년(沒年)이 1937년이니 제자보다 8년을 더 산 셈이다. 후지노 씨는 1938년 〈삼가 주수인(周樹人) 군을 애도한다〉라는 글을 남기고 있다. 그 내용은 다음과 같다.

"……명치 34년 나는 센다이 의진으로 전임했습니다. 그리고 2년인가 3년 후에 중국에서 첫 유학생으로서 입학한 사람이 주수인 군이었습니다. 내 담당은 인체 해부학이었는데 교실 안에서 성실하게 필기를 하고 있었지만 일본어가 서툴러 힘들지 않을까 해서 방과 후 그의 노트를 보아주었던 것입니다. 당시의 기록이 남아 있으면 주 군의 성적도 알 수 있을 테지만 현재 아무것도 남아 있지 않습니다.

그렇게 우수한 편은 아니었을 것으로 알고 있습니다. 당시 나의 집에 놀러 온 적도 있었을 것이지만 기억할 순 없습니다. 재작년 내 장남이 후구이 중학교에 있었을 무렵의 한문 교사였다는 스가란 사람이 '네 아버지 얘기를 쓴 것 같은데 읽어 봐. 사실이 그렇거든 얘기해주게' 하고 주더라면서, 책을 가지고 온 적이 있습니다. 사또(佐藤)란 사람이 번역한 것이었습니다.

그리고 반 년쯤 후에 그 스가 씨가 찾아와 주 군이 중국으로 돌아가서 훌륭한 문학자가 되어 있다는 얘길 들려주었습니다.

내 사진을 죽을 때까지 거처하는 방에 걸어 놓았다고 들었는데, 기쁘기 한량이 없습니다. 그렇게 듣고 보니 그때의 내 모습을 한번 보았으면 하는 생각도 듭니다. 주 군은 나를 유일한 은사라고 했다는데, 아까도 말한 바와 같이 노트를 보살펴주었다는 정도이니 이상한 느낌입니다. 주 군이 일본에 온 것은 청·일 전쟁 후 상당한 시간이 흘러갔는데도 일본인은 중국인을 챵코로라고 멸시하는 풍조가 있었습니다. 그런데 나는 소년 시절 노사까(野坂)란 선생으로부터 한문을 배웠기 때문에 중국의 선현을 존경하는 동시에, 그 나라의 사람들도 소중히 해야 한다는 의식을 가지고 있었습니다.

그런 의식이 특히 주 군에게 풍겨진 것인지도 모릅니다. 죽을 때까지 내 소식을 알고 싶어했다니 편지라도 통할 수 있었다면 얼마나 반가워했을까요. 그러나 지금에 와선 어떻게 할 수도 없는 노릇입니다. 주군의 영전에 경건히 기도하는 동시에, 그 가족들의 행복을 빌어마지 않습니다."

거인의 생애를 통해 우리는 인생을 보다 감동적으로 파악할 수가 있다. 「후지노 선생」이란 작품은 비록 짤막한 내용의 것이긴 하지만 거센 인생의 기미(機微)와 하나의 인간의 성장사가 있다. 후지노와 같은 평범한 인간이 인류의 교사로서의 자격을 얻을 수 있었다는 것은 루쉰이라고 하는 위대한 정신의 조명을 받았기 때문이다. 루쉰 문학의 진수는 실로 평범 속에서 가치 있는 의미를 조명해 내는 그 진실과 성의와 자질에 있다. 어떠한 방향으로 문학이 개전(開展)하건, 문학이 그 제1의적인 사명을 잊지 않으려면 일단은 루쉰을 거쳐야 한다는 교훈이 「후지노 선생」이란 소품 속에서도 주옥처럼 빛나고 있는 것이다.

1881년 9월 25일에 나서 1936년 10월 19일에 죽은 루쉰의 56년 동안은 위대한 생애라고 할 수가 있다. 죽은 이튿날인 20일에 1만 명이 넘는 조문객이 들이닥쳤다는 사실을 들고 말하는 것이 아니다. 그 어려운 시대를 일관의 필(筆)에 의탁해서 그 이상으로 값지게 살 수 있기란 도저히 무망(無望)할 정도로 최선을 다해 살았다는 점에서 위대한 것이다.

그러나 요문원(姚文元) 등이 그들의 성미에 맞추어 루쉰을 위대한 혁명가 또는 탁월한 혁명적 문학가라고 하는 덴 나는 반발을 느낀다. 서투른 화필이 고양이를 호랑이처럼, 그리고 호랑이를 고양이처럼 그리는 실수는 용서할 수 있을지 모르지만, 사람을 호랑이처럼 그리고 작위는 용납할 수가 없다. 요문원은 루쉰을 높이는 나머지 루쉰을 사나운 호랑이로 만들고 있다. 루쉰의 작품을 겸허하게 읽어 보면 혁명에 도달하기까진 그들과 어느 정도의 보조로 맞추어 나갔겠지만, 혁명 후 오늘날까지 그들의 동지로서 남아 있으리라곤 상상할 수가 없다.

다시 말하면 침략자에 대한 반대, 억압자에 대한 저항, 봉건 잔재에 대한 반발에 있어선 때론 앞장을 서기까지 하며 동조한 사람이었지만, 억압자로 표변(豹變)했다는 사실을 확인한 바엔 루쉰은 다시 그들과 적대 관계에 들어갈 사람인 것이다. 이와 같은 경우를 우리는 고리키에서 볼 수가 있다. 고리키는 그의 출생 성분의 탓도 있어 그의 문학적 경향이 곁들어 러시아 혁명 이전엔 열렬한 혁명의 지지자였다. 그러나 혁명이 일단 성공한 후의 사태에 대해선 회의를 느끼기 시작했다. 그런 결과 스탈린에게 맞아 죽는 참담한 운명에 빠져들었다.

곽말약(郭抹若)은 이른바 문화 대혁명이 진행하고 있을 무렵 '이때까지의 나의 모든 문학적 업적을 부인한다'는 성명을 발표하고 문학을 포기해버렸다. 오늘날까지 루쉰이 살아 있었다고 치면 그는 곽과 같은 궁지에 몰리는 일이 없었을까. 그리고 그때 과연 곽처럼 스스로를 뉘우치고 문학을 포기한다는 성명을 발표할까. 루쉰의 경우엔 절대로 그럴 리가 없다는 단언은 하지 못한다. 그의 에세이는 제외하고라도 그의 문학 작품 가운덴 사회주의 리얼리즘의 관점에서 보면 비판을 받아야 할 상당 부분이 있다.

그들이 창도(昌道)하는 사회주의 리얼리즘이란 것은 첫째 노동자, 농민 등 기본 계급이 주인공이 되어야 하고 기필 혁명은 승리한다는 결론으로 이끌려야 하며 어떤 종류의 패배주의적 사상도 감상도 거부하는 것이다. 그런데 루쉰의 출세작인 「범인 일기」는 제도가 하나의 인간을 발광케 하는 대목까진 사회주의 리얼리즘과 일치하지만 주인공의 선택과 절망적인 상황의 묘사는 패배주의적인 점으로 해서 사회주의 리얼리즘관에 어긋난다. 명작이라고 해서 불굴의 명성을 루쉰에게 안겨 준 「아큐정전(阿Q正傳)」만 해도 그렇다. 아큐(阿Q)는 기본 계급 출신이 아닐 뿐 아니라 그들이 금기로 하고 있는 룸펜 프롤레타리아다. 그리고 그 작품은 혁명 의식을 고양하는데 플러스가 된다기보다는 혁명을 파르스(茶番劇)적으로 희화화하고 있어 혁명에 관한 한 도스토옙스키의 『악령』과 같은 작품 효과를 갖고 있는 것이다. 그러니 루쉰의 명성에 이용 가치가 있는 동안에는 몰라도, 그렇지 못할 때 루쉰이 곽과 같은 궁지에 몰리지 않을 것이란 단언은 누구도 할 수가 없다. 다만 곽처럼 루쉰이 자기 문학을 포기하는 성명을 내는 등 호락호락하게 무릎을 꿇진 않을 것이란 짐작만은 할 수가 있다.

혁명 전과 혁명 후는 사태도 물론이거니와 제기되는 문제가 다르다는 점을 분석해 보인 사르트르의 명논문 「스탈린의 망령(亡靈)」을 통해서 루쉰의 입장을 조명해볼 때 명성을 위해선 루쉰이 1936년에 죽은 것은 다행한 일이다. 사르트르는 혁명에 이르기까진 당과 인민의 이해가 일치하고, 노동자와 농민의 이해가 일치하고, 정치가와 기술자 그리고 문화인의 이해가 일치하는데, 혁명이 성공하고 나면 그때부터 이러한 이치가 붕괴되고 각 방면에 분열과 대립 현상이 나타나 드디어는 인민을 위한다는 당이 인민을 억압하는 기능으로 전환한다고 했다.

내가 1936년에 루쉰이 죽은 것을 그의 명성을 위해서 다행한 일이라고 한 것은, 그가 그러한 일치의 계절에만 산 까닭에 불변한 이상의 횃불을 켜고 있으면 되었기 때문이다. 그러나 그의 행(幸)은 우리의 불행이기도 하다. 분열과 대립의 계절에 그가 어떻게 처신하는가를 구체적으로 우리의 육안으로 볼 수 없게 된 때문이다. 그러나 내겐 그가 결단코 인간을 억압하는 편엔 서지 않으리라는 믿음이 있다.

나는 루쉰을 보다 잘 이해하기 위해서 다음과 같이 구분해 본 적이 있다. 인간주의적 문학자와 혁명적 논객으로서의 구분이다. 동일한 육신을 이렇게 구분하는 건 일견 무의미한 것 같지만, 이러한 가설을 통해 만만치 않은 진실을 발견할 수도 있다. 「지킬 박사와 하이드 씨」 같은 극단한 허구를 통해야만이 밝혀지는 인간의 내면이란 것도 있는 것이다.

인간주의적 문학자로서의 자질이 혁명적 논객으로서의 면목에 중후감을 주고, 혁명적 논객으로서의 포부가 인간주의적 문학자로서의 활동에 생동감을 주기도 하여, 루쉰의 이미지는 그런 대로 밸런스를 취하고 있는 것이지만, 그러니까 그의 문학을 혁명의 문학이라고 말할 순 없는 것이다. 그의 문학은 어디까지나 인간의 문학이었다. 인간의 문학이 곧 혁명의 문학으로 통하는 것이 아니냐, 또는 혁명의 문학이라야만 진정한 인간의 문학일 수 있는 것이 아니냐는 논의가 가능한 만큼 이 문제에 관한 사전 설명을 해둘 필요가 있다.

혁명의 문학은 곧 혁명을 해야 한다는 대전제에 서서 혁명의 대의를 밝히는 한편, 혁명에로 독자를 선동하는 방향으로 나가는 문학이다. 이를테면 '원수를 쳐부숴라', '계급의 적을 없애라', '소시민 근성과 개인주의를 청산하고 전체사회(全體社會)의 이익에 봉사하라!'는 등의 구호로써 요약할 수 있는 것을 리얼하고 설득력 있게 내용과 형식을 갖추면 그 교졸(巧拙)의 도합(度合)이야 어떻건 혁명의 문학은 성립한다. 그런데 이렇게 하는 것만으론 문학일 수 없다는 생각이 있다. '원수를 쳐부숴라'고 하기에 앞서 '원수란 무엇이냐'를 생각하게 된다. '계급의 적을 없애라'고 하기 전에 '계급이란 무엇인가. 그 적이란 무엇인가'를 생각하게 된다.

혁명의 문학이 원수에 대한 교조적인 개념을 그냥 그대로 받아들이는 데 반해, 인간의 문학은 그 교조적인 개념을 원용은 할망정 원수 가운데도 혹시 원수가 아닌 사람이 있지 않을까 하는 생각을 지워버리지 못한다. 혁명의 문학은 제도를 바꾸기만 하면 만인의 행복이 보장될 것이란 신앙을 가지고 있는데 반해, 인간의 문학은 제도의 개선을 바라면서도 제도만으론 어떻게 할 수 없는 인간의 문제를 중시한다. 이러한 망설임과 신중함이 반동이란 낙인을 찍혀 규탄당하기도 하지만 인간은 그 행복과 불행을 결국은 각기 개인이 감당해야 한다는 절실감에서 풀려나지 못한다.

인간의 문학이 혁명의 문학에 비해 늠연(凜然)하지 못한 것은 혁명의 문학은 군상을 선동하고 규합하는 구호를 소리 높이 외칠 수 있는데, 인간의 문학은 기껏 '자기 자신을 소중히 해야 한다'고 중얼거리거나, '혁명을 하되 그 근본적인 의미를 잊어선 안 된다'고 나직이 타이를 수밖에 없기 때문이다. 혁명의 근본적인 의미란 인간에 있어서 가장 소중한 것은 인간이니 혁명의 궁극적인 목적이 인간의 행복에 있다는 것이다.

또 이렇게도 생각할 수가 있다. 혁명의 문학은 농사에 있어서 좋은 씨앗을 뿌려라, 잡초를 뽑아라, 쟁기질을 깊게 하라는 유의 것이라면, 인간의 문학은 토양이 산성화되어 있으면 아무리 좋은 씨앗을 뿌려도, 잡초를 제거해도 소용이 없다는 것을 알고, 토양의 산성화를 막고, 이미 산성화된 토양을 다시 비옥화하도록 힘쓰려는 유의 작업이다. 혁명의 문학, 곧 정치의 문학, 곧 정치가 그해 그해의 작물에 주요한 관심을 갖는 것이라면 인간의 문학은 보람을 길게 잡고 유구한 대지의 생산성에 관심을 갖는다. 이런 뜻에서 루쉰의 문학은 인간의 문학인 것이다.

혁명적 논객으로서의 루쉰이 그의 문학적인 영역에선 전연 면목을 달리하고 있다는 증거로 결국 그의 전 작품을 들 수밖에 없지만, 그 가운데서도 특출한 것은 「범애농(范愛農)」, 「주루(酒樓)에서」, 「고독자」 등이다.

「범애농」의 주인공 범(范)이나 「주루에서」의 주인공 여위보(呂緯甫)나 「고독자」의 주인공 위연역(魏連殳)은 모두들 시대의 파도를 넘어서지 못하고 낙백(落魄)한 군상들을 대표하는 사람들이다. 말하자면 일련의 패배자들이다. 그들 패배자를 있게 한 시대 사정은 절망적인 것으로 나타나 있고 루쉰의 그들에게 대한 애정감은 가슴을 치는 감동으로 읽는 사람의 마음을 저미게 한다. 나는 이 작품들을 읽으며 수없는 한국판 범애농, 여위보(呂緯甫), 위연역(魏連殳)을 연상하고 루쉰의 문학에 혈연을 느끼기조차 했다.

그런데 이미 말했거니와 이러한 낙오자들의 군상을, 더욱이 애정감을 곁들여 작품화한다는 것 자체가 사회주의 리얼리즘으로선 용납될 수 없는 일이다. 루쉰은 문학 작품에 있어선 눈앞의 혁명 과업보다 한 시대를 사는 인간의 본질 문제에 중점을 두었다. 그렇기 때문에 그의 문학은 혁명의 문학이기에 앞서 인간의 문학이라고 해야 하는 것이다. 인간주의, 또는 휴머니즘이라고 하면, 공산주의자들은 일종의 기만이라고 비난한다. 인간을 존중하려면 환경을 그렇게 만들어야 하고, 그런 환경을 만들려면 공산당의 프로그램에 따라야 하는데, 그러지도 않고 휴머니즘을 새삼스럽게 내세우는 데 기만이 있다는 얘기다.

그러나 휴머니즘은 제도로선 어떻게 할 수 없는 인간의 심층부에까지 유관한 사상이며, 일체의 반인간적인 조건과 작동에 대해선 단연 반대하는 주장으로서, 공산당과 맞서지 않을 수 없는 사상이기도 하다. 지금 소련을 비롯해 동구에 일어나고 있는 반체제 운동은 급기야 종래의 공산주의가 휴머니즘과 상충하지 않을 수 없게 된 사정의 폭발이라고 이해해야 하는 것이다. 루쉰이 오늘의 시대를 살며 이와 같은 사태에 직면했더라면 어떻게 대처할 것인가. 논객으로서의 면목은 또 다른 것이지만 루쉰은 그의 논객으로서의 부분까질 합쳐 문학자인 것이며 그가 쓴 문장치고 문학 아닌 것은 없다.

육신을 가진 사람으로선 거의 완벽한 휴머니스트라고 말하는 것은 혁명가, 또는 혁명의 문인이란 의미를 넘어 휴머니스트로서의 빛이 가장 찬란한 때문이다.

이미 얘기한 바와 같이 루쉰이 문학에 뜻을 둔 것은 일본 유학 중의 일이지만 작가로서의 출발은 훨씬 뒤인 1918년이다. 당시 그의 나이는 38세였다. 그때까지의 그의 경로를 살펴보면 만주인이 지배하고 있는 청(淸) 왕조를 타도하고 한인(漢人)의 주권을 회복하고자 하는 민족 혁명 운동에 나름대로의 참가한 시기가 있었다. 나름대로의 참가라고 하는 것은 혁명의 목적엔 동조하면서도 어중이떠중이가 그 혁명을 수단으로 사리를 취하려는 풍조에 반발한 나머지 어느 정도의 거리를 갖고 그 혁명에 참가했다는 뜻이다. 청 왕조가 타도되고 중화민국이 되었다. 이것은 이름만의 공화국일 뿐 실권을 잡은 것은 군벌이었다. 그의 환멸과 적막은 심각했다. 그 적막감을 그는 다음과 같이 적고 있다.

모름지기 사람의 주장이란 것은 찬성을 얻으면 전진이 촉성되고, 반대에 부딪치면 분투(奮鬪)를 촉발당한다. 그런데 군중 속에서 외쳐대는 아무런 반응이 없을 경우 찬성도 얻지 못하고 반대의 소리도 없을 경우엔 무변(無邊) 황야를 헤매는 기분으로 어떻게 할 줄을 모르게 된다. 그처럼 슬픈 일이 또 있을까.

그래서 나는 스스로의 느낌에 적막이란 이름을 붙였다. 이 적막은 나날이 성장해서 커다란 독사처럼 내 혼을 휘감곤 떨어지질 않았다. 나는 이처럼 까닭없는 슬픔에 잠겨 있었다고는 하나 분노하는 심정은 아니었다. 내가 팔을 휘둘러 외쳐대기만 하면 호응하는 군중이 구름처럼 모여드는 영웅이 아니라고 깨달았기 때문이다. 나는 갖가지 방법으로 적막을 극복하려고 했다. 나는 내 혼을 마취시켜 국민의 밑바닥에 가라앉히고 스스로를 고대(古代) 속으로 침잠시켰다. 그 뒤에도 나는 보다 절실한 적막, 보다 큰 슬픔을 몸소 체험하기도 하고 방관하기도 했지만 회상하기조차 고통스럽다. 그러나 내 마취법은 어느 정도 효과가 있었던 모양으로 청년 시대에 느꼈던 강개비분(慷慨悲憤)의 감정은 일지 않았다.

루쉰이 말하는 마취법이란, 그의 고전 연구를 말한다. 그는 고문헌을 들추기도 하고 고비(古碑)의 사본을 만드는 등 하며 얼만가의 세월을 보냈다. 그 성과가 『중국 소설사략(小說史略)』을 비롯한 중국 고전에 관한 논고(論考)로 나타났다. 『중국 소설사략』은 그 방면에 있어선 불후의 명저로 이미 정평이 나 있다. 그러나 그것은 루쉰의 학자적인 명성을 높인 것이긴 해도 그의 본령(本領)은 아니다. 그의 본령은 1918년에 발표한 「광인일기(狂人日記)」로부터 발휘되기 시작한다.

당시 중국엔 유럽의 근대 사상이 물밀듯 쏟아져 들어왔다. 그리고 그 근대 사상의 조명으로 유교 이데올로기의 비판이 성행하고 있었다. 루쉰은 이러한 바깥에서부터의 비판이나 계몽을 모두 허망한 것으로 느꼈다. 그는 유교 이데올로기의 비판을 내면으로부터 시도했다. 즉 육신을 가진 한 사람의 피해자를 등장시켜 그 피해자가 가해자로 전환하는 과정을 묘사하는 수법을 쓴 것이다. 이것은 전연 그 내용과 취의(趣意)는 다르지만 방법에 있어선 도스토옙스키의 『죄와 벌』에 통하는 점이 있다. 톨스토이가 『전쟁과 평화』에서 역사적 인물 나폴레옹을 역사의 무대와 규모를 같이한 무대를 설정해서 묘사한 데 반해 도스토옙스키는 인간 유형으로서의 나폴레옹을, 라스콜리니코프라고 하는 고학생의 심상 속에 집어넣어 개인 나폴레옹의 의미를 나폴레옹적 인간의 의미에까지 확대 심화한 것이 『죄와 벌』이다.

「광인일기」엔 이런 대목이 있다.

"나는 역사를 들춰 조사해보았다. 이 역사엔 연대도 없고, 어느 페이지에도 '인의도덕(仁義道德)'이란 문자가 너절하게 깔려 있었다. 잠이 오지도 않고 해서 나는 밤중까지 걸려 소상하게 챙겨봤다. 그랬더니 글자와 글자 사이에서 겨우 진짜 글자가 나타났다. 책 꽉 차게 '식인(食人)'이란 두 글자가 씌어 있었다."

루쉰은 유교의 이데올로기를 사람을 잡아먹는 사람이 사람에게 먹히고, 사람에게 먹히는 자기가 또 사람을 먹는 사람이란 상황을 만들어낸 사상으로 풀이하고 있는 것이다. 그리고 루쉰은 이 「광인일기」를 통해 백화문(白話文)을 문학 용어로 정착시킴으로써 이른바 문학혁명을 승리로 이끄는 기수적 작가가 되었다. 문학혁명은 호적(胡適)이 선창(先唱)한 문학 운동이었지만 구호만 있고 실천이 없었다. 그런데 루쉰의 「광인일기」로써 실질적인 문학혁명의 기능이 증명되었다. 그런 뜻에서도 이 작품은 역사적인 가치를 아울러 지니고 있다. 루쉰이 이 작품을 쓰게 된 동기의 설명은 작품 자체에 못지않게 감동적인 내용의 것이다. 다음에 인용해 본다.

S회관에 살고 있었을 무렵 – 간혹 놀러온 사람은 옛날부터의 친구인 김심이(金心異)였다. 그는 들고온 큼직한 가방을 내 찌그덕거리는 책상 위에 던져 놓고 두루마기를 벗고는 내 앞에 앉았다.

"자넨 이런 걸 베끼고 있는데, 도대체 이게 무슨 소용이 있는 거고?"

그는 내가 하고 있는 고비(古碑)의 사본을 뒤적여보더니 이렇게
물었다.

"아무 소용도 없는 거지."

"그런데 자넨 뭣할 작정으로 그런 걸 베끼고 있나?"

"아무런 작정도 없어."

"그렇다면 어때, 자네 문장을 써볼 생각 없나?"

나는 그가 한 말의 뜻을 알았다. 그들은《신청년(新靑年)》이란 잡
지를 내고 있었는데, 그즈음은 찬성하는 사람도 없고, 그렇다고 해서
반대하는 사람도 없는 형편인 것 같았다. 그래 그들도 적막을 느끼고
있는 것이 아닐까 하는 생각을 하고 나는 이런 말을 했다.

"가령 여기 철벽으로 만들어진 방이 있다고 치자. 창이란 한 군데
도 없고 절대로 부술 수가 없는 방이다. 그 안에 잠자고 있는 사람이
많이 있다. 불원 질식해서 모두 죽어버릴 것이다. 그러나 혼수상태
에서 그냥 죽음으로 이행하는 것이니 죽기 전의 슬픔도 고통도 느끼
지 않는다. 그런데 지금 자네가 고함을 질러서 다소 의식이 남아 있
는 몇 사람을 깨웠다고 하면 이 불행한 소수자들에게 공연히 임종의
고통만 안겨주는 꼴이 될 게 아닌가. 그래도 자넨 그들에게 미안하
다는 생각을 갖지 않겠는가."

그런데 그의 대답은 다음과 같았다.

"그러나 몇 사람이 깨어 일어났다면 그 철벽을 부숴버릴 희망이
절대로 없는 것이라곤 말할 수 없을 것 아닌가."

그렇다. 내게도 물론 확신이 있어서 한 말이지만 희망이라고 하면 이는 말살할 수가 없다. 희망은 장래에 있는 것이니 절대로 없다는 나의 주장으로 있을 수도 있다는 그의 설을 논파(論破)하기란 불가능한 노릇이었다. 그래서 결국 나는 문장을 쓰길 승낙했다. 이것이 곧 「광인일기」란 최초의 일편(一篇)이다. 그 뒤 나는 일단 발을 떼어 놓은 이상 후퇴할 수도 없어서 친구들의 의뢰가 있을 적마다 소설 비슷한 문장을 쓴 것인데, 그것이 이미 십수 편이 되었다.

나는 이미 절실한 감정이 복받쳐올라 소리가 된다는 유의 인간은 아니다. 그런데도 그 무렵의 적막과 슬픔이 잊히지 않는 때문일까. 때론 눌함(吶喊) 소리가 입에서 터져 나왔다. 바라건대 적막 속을 돌진하는 용사들에게 마음 놓고 선두를 달릴 수 있게 하는 얼만가의 위안이라도 되었으면 한다. 그래서 나는 왕왕 터무니없기도 한 곡필(曲筆)을 농(弄)해선 「약(藥)」의 주인공 유아(瑜兒)의 무덤에 사연에도 없는 꽃다발을 바치기도 하고 「명일(明日)」 속의 단스싸오쓰(單四嫂子)가 드디어 아들을 만나는 꿈을 꾸지 않게 되었다고는 쓰지 않았다. 나는 내가 고민해온 적막감을 내 젊었을 때처럼 달콤한 꿈을 꾸고 있는 청년들에게 전염시키지 않게 위해서였다.

이것이 곧 루쉰의 소설론이라고도 할 수가 있다. 그의 문학관이 예술지상주의와는 먼 것이거니와 사회주의 리얼리즘과는 전면적으로 일치될 수 없다는 까닭도 이로써 알 수가 있다. 그의 소설의 양은 비록 한 권의 책에 수록될 정도밖엔 안되지만 아직 후진의 성격을 벗어나지 못한 나라에서의 '바람직한 문학이란 어떤 것이냐' 하는 설문에 대한 가장 유력한 답안인 것이다. 그러나 나는 이 스승의 제자일 수 없는 스스로를 슬퍼하는 마음으로써 가득하다. 연전의 일이다. 김점덕(金點德) 군이 찾아왔다. 김 군은 나의 진주 시대 이래의 친구인데, 실로 20여 년 만의 재회였다. 그는 음악의 개인 교수로서 생계를 유지하며 지금 안양에서 작은 농장을 하고 있다고 했다.

그는 나를 만나자마자 "당신의 루쉰 연구는 어떻게 되었느냐"고 물었다. 진주에서 살고 있었을 때 나는 술을 마시지 않으면 루쉰에 빠져 있었고, 한다는 말이 주로 루쉰에 관한 것이었고 '루쉰 연구'가 내 평생의 주요 과업이 될지 모른다고 했기 때문에, 그때의 상황을 회고하고 한 말일 것이었다. 동시에 그것은 '자네가 지금 발표하고 있는 그 숱한 문장보다 내가 기대하는 것은 루쉰 연구의 성과다' 하는 뜻도 포함되어 있었던 것이다.

나는 차마 "루쉰 연구를 포기했다."는 말을 할 수가 없어서 "중공이 루쉰을 너무나 신격화함으로써 되레 그 이미지를 흐리게 하고 있는 까닭에 현대에 있어서의 루쉰의 의미를 활달하게 파악하기란 지난한 일이라서 차일피일하고 있다"고 얼버무렸다. 그랬더니 김 군은 "베토벤을 소련이 숭앙하고 있다고 해서 우리는 베토벤을 외면해야 하나?" 하고 얼굴을 찌푸렸다.

루쉰에 관해 할 얘기가 얼마든지 있다. 그러나 그 모두는 나의 숙

원인 본격적 연구에 이를 미루기로 하고, 루쉰의 유서를 우선 다음에 소개하고자 한다.

나는 그저 유서를 한 장 써놓을까 했다. 내가 만일 궁보(宮保)쯤 되는 벼슬을 하고 천만의 재물을 가지고 있었더라면 자식들이나 그밖의 사람들이 억지로라도 내게 유서를 쓰도록 강요했을 것이지만, 내겐 그런 일이 없다. 그러나 나는 한 장의 유서는 써 놓았다.

① 장례식을 위해 한 푼의 돈도 받아선 안 된다. 단 친구는 차한(此限)에 부재(不在).

② 빨리 납관(納棺)하여 처리하라.

③ 기념 사업을 해선 안 된다.

④ 내 일은 빨리 잊고 자기들의 생활 걱정이나 해라.

⑤ 아이들이 성장하거든 조그마한 직업을 택해 생활을 시키되 절대로 허술한 문학자나 예술가가 되도록 해선 안 된다.

⑥ 타인의 약속을 믿어선 안 된다.

⑦ 남의 눈이나 이빨에 상처를 입혀 놓곤 보복을 반대하고 관용을 주장하는 그런 따위의 인간에겐 절대로 접근해선 안 된다.

이밖에 또 있었지만 모두 잊었다. 그런데 단 한 가지만은 잊지 않고 있다. 유럽인들은 죽을 땐 언제나 남의 용서를 빌고 자기도 남을 용서한다는 의식을 행한다. 나의 적은 너무나 많다. 만일 신식 인간이 나타나서 그럴 경우 어떻게 할 것이냐고 물으면 나는 어떻게 대답해야 할까. 곰곰이 생각해 본 끝에 나는 이렇게 작정했다.

　"나를 미워하는 놈은 나를 미워하도록 놔둬라. 나는 한 놈도 용서하지 않을 테니까."

　그렇게 간단히 끝맺을 수 있는 일도 아니고 해서 루쉰에 관한 이야기는 일단 중단하려고 했는데, 뜻밖에도 많은 독자들로부터 좀 더 계속해 달라는 청이 있었다. 나로서도 루쉰과의 대화를 시작해 놓고, 그 유명한 「아큐정전(阿Q正傳)」에 대한 감상도 적지 않은 채 지나쳐 버린다는 것은 아쉬운 일이었다. 그래 앞으로 얼마 동안 루쉰에 관해 계속해서 쓸 작정이다. 나는 「아큐정전(阿Q正傳)」을 열 번 이상을 읽었다. 읽을 때마다 그 의미가 발전하는 것을 느꼈다. 다음은 내가 「아큐정전(阿Q正傳)」을 어떻게 읽었는가에 관한 기록이다.

　예부터의 인습에 사로잡혀, 어느 곳에도 구원의 빛을 찾아볼 수 없는 농촌의 묘사에서 나는 일본의 압력과 역시 구래의 인습에 싸여 있는 우리의 농촌과 공통되는 것을 발견한 느낌이었다. 그곳에 아큐(阿Q)라고 하는 보잘 것 없는 인간이 살고 있는데, 혹시 내가 자란 마을에도 그런 등속의 인간이 있을 성 싶었다. 뭔가 쉽게 해결할 수 없는 허망감을 주는 강력한 작품이긴 한데 농민 문학으로서 그 착취의 구조를 부각하는 등의 장점이 있는 것도 아니었고 아큐(阿Q)와 혁명을 결부시켜 새로운 미래를 전망하게 하는 이른바 혁명 문학도 아니란 점이 아무래도 석연치 않았다. 그러면서도 뭐가 있는 듯싶은 아쉬움이

길게 꼬리를 끌었다. 이것이 나의 최초의 독후감이었다. 두 번째는 아큐(阿Q)가 총살을 당하는 마지막 장면을 뇌리에 새겨 놓고, 그 장면을 클라이맥스로 하고 짜여진 어떤 의미일 것이란 가설을 세워 놓고 있었다. 그러고 보니 작자의 잔인한 눈이 보이는 것 같았다.

루쉰에게 아큐(阿Q)에 대한 동정도 없거니와 관중에 대한 공감도 없는 것이다. 이를테면 작자의 민중에 대한 사랑은 물론이고 연민의 흔적도 없었다. 미워하면서도 사랑하는, 아니 입으론 미워하면서도 마음속에선 눈물짓는 그런 의(義)의 인간도 발견할 수가 없다. 작자는 그저 아큐(阿Q)라고 하는 보잘 것 없는 인간을, 농촌을 무대로 하고 한 편의 잔인담(殘忍譚)을 꾸미기 위해 도구로써 이용했달 뿐인가 하는 느낌을 그땐 강하게 가졌다. 그리고 루쉰의 민중에 대한 의식이 혐오의 빛깔을 띠고 있는 것으로 짐작했다. 그러나 그럴 까닭이 없다는 생각이 들었다. 이것이 미련이었다. 다음엔 아큐(阿Q)의 심리에 중점을 두고 있었다. 「아큐정전(阿Q正傳)」엔 '우승기략(優勝記略)' 속 우승기략(續 優勝記略)'이란 대목이 있다. 즉 심리적으로 승리하는 방법이다. 아큐(阿Q)는 자존심이 강하다.

"나는 옛날엔 깃발 날렸어. 네 같은 건 어림도 없다."는 식으로 사람을 깔보고, 장차 출세할 문동(文童)을 가졌다고 해서 조(趙) 씨니 전(錢) 씨니 하는 마을의 부자들이 일반의 존경을 받고 있는데 아큐만은 그들을 존경하지 않는다. '장차 내 아들은 그보다 더 훌륭하게 될 텐데 뭐' 하고 생각키로 한 것이다. 아큐는 남의 심부름으로 간혹 도시에 나가본 적이 있었기 때문에 그는 그 견식으로써 마을사람보다 자기가 한 등 위라고 생각한다. 그리고 자기보다 약한 놈은 두들겨 줌으로써 만족하고, 자기보다 강한 사람은 흘겨보는 정도로 만족한다. 어쩌다 두들겨 맞으면 '어린애한테 얻어맞는 요량을 하면 되는 거지. 세상이 틀려먹은 거라'고 생각하고 만족한다. 그 속셈을 간파당해 "사람이 짐승을 때리고 있는 거라고 말하라"고 강요당하면 "나는 버러지다, 버러지" 하고 한술 더 뜬다.

자기를 버러지라고 하는 건 비하하는 것으론 제 1등이니 비하의 부분을 빼버리면 과거에 제1등을 한 거나 마찬가지인 제1등이라고 해서 충분한 만족을 얻는다. 노름판에서 모처럼 딴 돈을 송두리째 빼앗겼을 땐 자기가 자기의 뺨을 갈겨 놓곤 맞은편은 다른 사람이고 때린 사람은 자기라고 생각함으로써 만족한다.

루쉰은 아큐의 이와 같은 심리를 중국인이면 누구나 가지고 있는 병리적인 징후로 보고 캐리커처(戲畫)한 것이 아닐까 하는 생각을 해보았다. 이 생각이 그다지 황당한 것이 아니라는 사실을 나는 루쉰의 잡감집(雜感集)『열풍(熱風)』에서 발견했다. 그 속에서 루쉰은 중국의 〈집단적 애국적 자부〉란 제하에 다음과 같이 분류하고 있다.

① 중국은 광대하고 빨리 문명을 가진 나라로서 도덕은 세계 제일이다.

② 물질문명은 외국이 더 높겠지만 정신문명은 우리가 월등하다.

③ 외국의 것은 옛날 중국에도 있었다.

④ 외국에도 거지는 있다. 초가도 있다. 창부도 있다. 빈대도 있다.

⑤ 중국은 되레 야만인 채 있는 편이 좋다.

루쉰은 이러한 자부의 원형을 아큐를 통해 설정한 것이 분명하다. 그러나 「아큐정전(阿Q正傳)」이 그런 것만은 아닐 것 같았다. 나는 루쉰의 다른 작품을 읽으면서도 계속 「아큐정전(阿Q正傳)」으로 되돌아오곤 했다. 그런 결과 나는 겨우 하나의 결론에 이르렀다.

루쉰은 신해혁명(辛亥革命)에 실망했다. 신해혁명이란 청조(淸朝)를 전복한 혁명이다. 루쉰은 다른 지식인도 마찬가지였겠지만 이 혁명에 커다란 기대를 걸고 있었다. 그런데 혁명이 이루어지고 보니 상황은 기대완 완전히 어긋났다. 민족이 지닌 병폐적 성격이 일시에 노출된 느낌으로, 사회는 지리멸렬한 수렁처럼 되었다. 이러한 배신당한 것 같은 루쉰의 충격을 이해하지 못하고는 「아큐정전(阿Q正傳)」의 의미를 납득할 수 있을 까닭이 없다.

작품 전체에 흐르고 있는 그 짙은 혐오의 빛깔은 혁명을 횡령당하고도 무력하게 굴종하고 있는 민중에 대한 철저한 증오가 뿜어낸 감정의 속임없는 빛깔이었다. 아큐처럼 산 놈은 아큐처럼 죽어야 한다. 아큐를 멸시하는 놈, 아큐를 잡아 죽인 놈, 아큐의 처형을 구경하고 있는 놈, 어느 누구도 아큐보다 나은 건덕지라곤 없다. 이를테면 「

아큐정전(阿Q正傳)」은 루쉰의 '증오의 서(書)'이며 '분노의 서(書)'이다. 농촌의 착취 구조가 어떻고, 쇠잔한 백성의 갈 길이 어떻고 하는 따위의 발상은 그 구도에 간연할 바가 아닌 것이다. 혁명과 아큐의 관계를 좀 더 살펴보기로 한다.

아큐의 귀에도 혁명당이란 말은 일찍이 들려 왔었다. 그러나 그는 혁명당이 처형되는 것을 자기의 눈으로 보기도 했고, 혁명은 모반(謀叛)이란 관념을 가지고 있기도 했기 때문에 이때까진 혁명을 증오하고 있었다. 그런데 미장(未壯)의 마을에 백리 사방으로 이름이 높은 거인 나리가 혁명당을 겁내어 피난을 왔다고 듣자 아큐는 '혁명도 나쁘지 않은데' 하는 생각을 갖게 되었다. 그러던 차에 낮부터 술을 두어 잔 하고 나니 공복인 탓도 있어 어지간히 취했다. 돌연 그는 자기가 혁명당이고 미장부락의 사람들이 모두 자기의 포로가 된 것 같은 기분이었다. 그는 고함을 질렀다.

"조반요(造反了), 조반요."

마을 사람들이 아큐를 보는 눈이 변했다. 그 슬프고 애처러운 눈은 일찍이 보지 못했던 것이었다. 아큐는 한 여름에 빙수를 마신 것처럼 가슴이 후련했다. 그는 흥에 겨워 다음과 같이 흥얼거리기조차 했다.

"得得, 鏘鏘, 悔不該, 酒醉錯斬了, 鄭賢弟, 悔不該 呀呀呀"

딩까 딩까, 창창, 후회한들 무엇하리, 술에 취해 잘못 보고 정현제

를 죽였구나, 후회한들 무엇하리, 아아아

이렇게 좋아했는데도 혁명당은 아큐를 본 척도 안 하고 유력자들과 결탁하곤 아큐를 도둑이란 누명을 씌워 총살해 버린다. 그 총살 직전의 장면은 다음과 같다.

"그 찰나 그의 사고가 다시 선풍처럼 뇌리를 스친 기분이었다. 4년 전 그는 산기슭에서 굶주린 한 마리의 늑대를 만난 적이 있었다. 늑대는 근접하지도 않고 멀어지지도 않는 거리를 유지하면서 언제까지나 그의 뒤를 따라와서 틈만 있으면 덤벼들어 그를 잡아먹으려고 했다. 그는 무서워 견딜 수가 없었다.

그러나 그의 손에 도끼가 있었기 때문에 어떻게 담력을 진정시켜 마을까지 돌아올 수가 있었다. 그러나 그 늑대의 눈은 영원히 잊을 수가 없었다. 잔인한, 그러면서 겁을 먹은 것 같은 귀화(鬼火)를 닮은 눈, 그것은 먼 곳에서도 그의 살과 가죽을 뚫을 것만 같았다. 그런데 그와 같은 눈들을 그는 이제 본 것이다.

그리고 그 눈들이 언제까지나 자기의 뒤를 따라왔다. 그리고 그 눈들이 하나로 합쳐졌다 싶자 난데없이 그의 영혼을 물어뜯었다.
"사람 살려!"

그러나 아큐는 그 고함을 입밖으로 내진 않았다. 그의 눈은 돌연 캄캄해지고 귓전으로 '붕' 하는 소리가 들리는 것 같더니 전신은 박

살이 났다."

아큐가 총살당하고 난 후의 얘기를 루쉰은 다음과 같이 쓰고 있다.

여론이 어떠했느냐고 하면 미장부락에선 한 사람의 이론(異論)도 없이 당연히 아큐가 나쁘다는 의견으로 일치를 보았다. 총살을 당했다는 것이 그가 나쁘다는 증거다. 나쁘지 않으면 총살당할 까닭이 없지 않은가. 한편 성내(城內)에 사는 사람들의 여론도 탐탁지 않았다. 뿐만 아니라 그들 대부분은 불만이었다. 총살형은 참수형에 비해 재미가 없더란 것이다.

보다도 뭐 그따위 머저리 같은 사형수가 있단 말인가 하고 투덜대기도 했다. 그렇게 오랫동안 거리를 끌려 돌아다녔는데도 사형수답게 노래 한 마디 부를 줄을 모르다니, 괜히 따라다니느라고 헛고생만 했다는 것이다.

바로 이 대목이 신해혁명에 대한 루쉰의 무효선언이라고 볼 수가 있다. 말하자면 아무것도 달라진 것이 없다는 얘기다. 민중의 생활도, 지배층의 생태도 그 의식마저 혁명 이전의 상태 그대로 남았다는 것이다.

아무튼 「아큐정전(阿Q正傳)」은 피상적으로도 감동을 얻을 수는 있으나 난해한 작품임에 틀림이 없다. 그러나 갖가지의 평가가 엇

갈리는 현상을 빚기도 했다. 혁명 문학파를 대표하는 전행촌(錢杏邨) 은 1928년 5월에 발표한 평론 〈죽은 아큐(阿Q) 시대〉 속에서 "루쉰 의 창작집의 명칭 「눌함(吶喊)」과 「방황」은 바로 작자 자신을 설명하 고 있다. 그는 항상 외치고 방황하여, 언제나 한 묶음의 야초와도 같 이 끝내 교목(喬木)은 될 수 없는 것이다. 루쉰으로부터 발견할 수 있 는 것은 기껏 과거뿐"이라고 하고 「아큐정전(阿Q正傳)」에 관해선 루 쉰을 대표하는 훌륭한 작품이라고 인정하면서 다음과 같이 그 이유 를 제시하고 있다.

이 작품의 제1의 장점은 이미 과거의 것이 되어버린 중국의 병적 국민성 일부분을 집중적으로 표현한 데 있고, 제2의 장점은 신해혁 명 초기의 농민 사상을 해부한 데 있다고 했다.

"그러나 10년 내의 혁명 정세의 발전에 의해 중국의 농민은 이미 당시의 유치한 농민은 아니다. 그들은 조직되어 정치에 관한 상당한 인식을 가졌고, 지주에게 반항하여 혁명에 참가하고 있다. 그러니 아 큐의 시대는 지났다. 우리가 시대에 충실하려면 빨리 아큐를 매장해 버려야만 한다. 우리들은 영원히 아큐 시대를 필요로 하지 않는다. 그리고 「아큐정전(阿Q正傳)」의 기교도 과거의 것이다. 현재는 정치 사상 없는 음험각독(陰險刻毒)의 문예 표현자로선 파악될 수 없다. 아 큐 시대는 죽었다. 루쉰 자신도 한계에 이르렀다. 철저하게 각성하여 생로를 찾지 않는 한 루쉰에겐 구원이 없다. 그는 근본적으로 시대를 인식하지도 못 하고 계급적 인식이 결여되어 있을 뿐 아니라 혁명 정서(情緒)도 갖지 못하고 있다."

과연 전행촌(錢杏邨)의 말대로 아큐(阿Q)는 과거의 인물일까. 전(錢)은 사회적 인식에 지나치게 사로잡혀 「아큐정전(阿Q正傳)」의 근본적인 주제를 파악 못 하고 만 것이다. 그의 말마따나 아큐 시대는 갔을지 모르지만 「아큐정전(阿Q正傳)」은 그 예술성을 통해서도 영원한 생명을 가진다. 전행촌(錢杏邨)의 평론은 거의 휴지가 되어 버렸지만, 그로부터 '그 기교도 과거의 것이다' 하고 단죄된 「아큐정전(阿Q正傳)」은 오늘날도 루쉰의 이름을 보다 빛나게 하고 있는 광원(光源)이란 사실로써 충분히 증명되는 것이다.

루쉰의 연보(年譜)를 챙겨 보면 1906년 7월 어머니의 명을 받아 귀국, 약혼녀인 주안(朱安)과 결혼, 수일 후 아우인 주작인(周作人)을 동반하고 일본으로 와서 동경 본향구(本鄕區) 2정(丁) 복견관(伏見館)에 하숙을 정하고 문예 연구를 시작하다로 되어 있다. 이 해의 루쉰의 나이는 26세.

그런데 어떠한 문서에도 루쉰이 주안 여사와 동거한 사실은 없고, 그 자신 언급한 일도 없고 황차 이혼했다는 기록도 없다. 루쉰의 부인은 허광평(許廣平) 여사이고 그와의 사이엔 해영(海嬰)이란 아들이 있다. 그 아들은 지금 중공 치하에서 방송 관계의 일에 종사하고 있는 것으로 알려지고 있다. 대수롭지 않은 일일지 모르지만 나는 이런 사실이 궁금했다. 루쉰이라고 하는, 엄격하게 지신(持身)한 사람이 아무리 어머니의 명령이기로서니 마음에도 없는 결혼을 할 수 있었을까. 그랬다면 까닭이 있어야 할 것인데 무슨 까닭일까. 결혼 후에도 동거한 흔적이 없는데 주 여사는 어떻게 살고 있었던 것일까. 이혼도 하지 않은 모양인데 그건 또 어떻게 된 일일까. 루쉰은 결혼한 주 여사를 두고 고민하지 않았을까. 허 여사는 여류 사상가라고 할 수 있는 교양 있는 여성인데 루쉰의 그런 사정을 알면서도 결혼한 것일까. 그 문제를 두고 루쉰과 허 여사 사이엔 어떠한 트러블이 없었을까. 나는 내 고민을 추적하는 마음으로 루쉰의 결혼 문제를 추적해 보았다.

가이소사판 대루쉰 전집의 제7권 부록에 녹지항(鹿地亘) 씨가 쓴 루쉰전이 있는데 그 가운덴 다음과 같은 짤막한 기록이 있다.

"동향(同鄕)의 어느 사람이 그가 일본 부인과 결혼해서 아이를 데리고 간다(神田)를 산책하고 있는 걸 보았다는 소문을 퍼뜨려 고향 사람들을 놀라게 했다. 1906년 6월 26세 때 그는 일시 귀국하고 있는데 만년 나에게 말한 바는 이랬다. 그러한 소문 때문에 집으로부터 '빨리 귀국하라'는 독촉이 빗발치듯 했다. 때론 하루에 편지가 두 통씩이나 왔다. '나는 분노와 번민 때문에 노이로제가 되었다'. 결국 그는 귀국해서 산음(山陰)의 주 여사와 결혼하곤 일주일 후 동경으로 돌아왔다."

오자끼 호쓰끼(尾崎秀樹)는 여러 가지의 자료를 토대로 루쉰과 주안 여사와의 결혼을 경제 문제와 그에 따른 도의적인 속박 때문일 것이라고 풀이하고 있다. 루쉰의 가정은 그가 태어났을 무렵에는 사대부의 집안으로서 유복한 편이었는데 조부의 실각, 부친의 병사 등으로 몰락하여 빈궁에 빠졌다. 그러한 딱한 처지를 주안 여사의 집안에서 돌보아주었다는 것이고, 그러니 그 여자와의 결혼을 이행하지 않으면 루쉰의 모친은 얼굴을 들 수 없는 처지에 놓였다는 것이다. 루쉰의 모친은 루쉰의 아우 주작인(周作人)이 일본 여성과 결혼하는 것을 용서해줄 정도로 이해가 넓은 사람이었지만 루쉰의 경우엔 그럴 수 없었다는 것을 오자끼 씨는 여러 가지 기록을 종합해서 설명하고 있다.

그러나 여전히 석연할 수 없는 것은 루쉰과 같은 성격의 사람이 어떻게 하나의 여성을 영영 불행하게 만드는 짓을 할 수 있었겠느냐 하는 점이다. 경제적인 도움을 받고 도의적인 속박을 느꼈다면 그것에 상응한 노력쯤은 있어야 할 것이 아닌가. 어머니의 뜻을 받들어 한 결혼이라고는 하나, 결과적으로 어머니를 속인 행동이라고밖에 볼 수가 없는 것이니 뭔가 또 다른 사정이 없고서야 납득할 수가 없다. 이 문제에 관해 루쉰이 고민한 흔적은 수감록(隨感錄) 40에 나타나 있다.

한편의 시를 미지의 청년이 보내왔다. 이것은 내게 의의가 있다. 나는 가련한 중국인. 애정이여, 나는 네가 무엇인질 모른다. 내가 19

세가 되던 때 부모는 내게 아내를 마련해주었다. 벌써 몇 해가 지났다. 우리들 둘은 사이좋게 살고 있다. 그러나 이 결혼은 엉뚱한 사람의 발안이었고 엉뚱한 사람의 주선에 의한 것이다. 그들의 어느 날의 농담이 우리들 한평생의 맹약이 되었다. 흡사 두 마리의 가축이 "자, 너희들 잠자코 있어야 한다"고 주인으로부터 명령을 받은 것처럼. 애정이여! 가련한 나는 네가 어떤 것인질 모른다. 시(詩)의 잘잘못 그 생각의 심천(深淺)에 대해선 말하지 않기로 한다.

이것이야말로 피의 증기이며 눈을 뜬 사람의 진실한 소리다. 애정이 어떤 것인지 나는 모른다. 중국의 남녀는 대강 한 쌍, 더러는 일부다처의 관계를 맺고 산다. 그러나 이때까지 고민의 소릴 들어본 적은 없다. 그리고 애정 없는 결혼의 나쁜 결과는 언제나 연속 부단으로 나타나고 있다. 그러나 여성에겐 원래 죄가 없다. 낡은 관습의 희생자일 뿐이다. 우리는 이제 인류의 도덕을 자각했으니 양심에 비춰 그와 같은 죄를 범하지 않게 될 것이고 또 이성을 문책할 까닭도 없다. 다만 이대로 일대(一代)를 희생함으로써 4천 년 묵은 장부에 결말을 지을 뿐이다. 일대를 희생하는 것도 물론 두려운 일이지만 그러나 드디어 피는 맑아지고 소리는 진실을 말하게 된다.

우리는 크게 외칠 수가 있다. 꾀꼬리는 꾀꼬리 나름으로, 부엉이는 부엉이 나름으로 외치는 것이다. 우리들은 매음굴에서 나온 채로 "중국의 도덕은 제일이다"고 떠드는 인간의 소리를 닮을 필요는 없다. 우리들은 또한 사랑 없는 슬픔을 외치고 사랑할 도리가 없는 우리들의 슬픔을 외쳐야만 한다. 낡은 장부가 말소될 때까지 외쳐대야만 한다. 미지의 청년이란 가탁(假託)은 했을망정 이건 정녕 루쉰의 육성일 것이었다. '우리 둘은 사이좋게 살고 있다'는 것은 일종의 미채(迷彩)다.

루쉰이 그의 불행한 결혼을 암시라도 한 것은 이것이 단 한번의 경우이지만, 주안 여사의 존재는 한평생 그를 심통케 하는 하나의 인자(因子)였을 것이다. 루쉰 연구의 권위자 다께우찌 고노미(竹內好)씨는 루쉰의 이런 사정을 다음과 같이 적고 있다.

"여기서 루쉰의 결혼에 관해 언급해둘 필요가 있을 것 같다. 루쉰은 유학 시대 명의상(名義上)의 결혼을 하고 있다. 이것은 모친의 희망에 의한 것이었고 그는 애정을 느끼지도 않았으며 한 번도 동거 생활을 한 일도 없다. 그런데도 이혼하지도 않았다. 루쉰은 동시대인들은 인습에 의한 결혼을 이혼으로써 청산하고 있는데 루쉰은 그런 방법을 취하지 않았다. 아마 그것은 상대방에게 줄 충격을 고려한 때문이 아닐까 한다.

그리고 그것은 루쉰적인 처리 방법이기도 했다. 따라서 허광평(許廣平)과의 결혼은 형식적으로 보면 불합리하지만 실질적으론 가장 합리적이고 도덕적인 해결이었다. 왜냐하면 허광평에 있어선 유일한 참된 결혼이었고, 동시에 그것이 루쉰의 명의상의 처, 또는 그의 어머니에게 대해서 경제적으로나 정신적으로 그다지 충격적인 일이 아니었을 테니까. 그 여자들은 이미 중년에 달한 가장이 제2의 처를 맞이했다고 해서 도덕적으로 비난할 일이라곤 생각하지 않았을 것이다. 루쉰은 문장으로써 한 번도 그의 제1부인에 관해 언급한 일이 없다. 언급하지 않음으로써 그는 자기의 의사를 표명하고 있다. 그러나 『양지서(兩地書)』특히 그 제3집을 읽으면 은밀한 가운데 이 문제가 당사자 사이에선 천의무봉(天衣無縫)이라고 할 수 있을 만큼 원만한 해결에 도달해 있다는 것을 독자는 감득할 것이다."

그러나 루쉰이 애정 생활에 있어서 행복했다고 할 수 있는 것은 허광평이란 애인을 만나 드디어 아름다운 가정을 이룰 수 있었기 때문이다. 루쉰에게 있어서 허 여사는 그야말로 하늘이 그에게 보내는 반려라고 할 수 있다.

만일 루쉰이 허광평 같은 여자를 만나지 못 했을 경우를 생각해 보면 안나 부인을 만나지 못한 도스토옙스키를 연상하기에 이른다. 안나 부인 없이 도스토옙스키를 상상할 수가 있을까. 『가난한 사람들』로서 일시 각광을 받았다가 세파에 휘몰려 수포처럼 역사의 바다에 매몰되어 버린 도스토옙스키가 있었을까. 루쉰의 경우도 대동소이(大同小異)하리라고 생각한다. 물론 루쉰은 허 여사와 결혼하기 전에 문명(文名)을 정립해 놓았다고는 할 수 있겠지만 그 만년의 10년 동안은 이를 데 없이 암울했을 것은 두말할 나위가 없다.

『양지서(兩地書)』는 루쉰과 허광평과의 사랑이 어떻게 성장했는가를 가르쳐 주는 문헌인 동시에 서한 문학(書翰文學)의 골수를 보여주는 동양 최고의 전례(典例)라고 할 수가 있다. 다께우찌 고노미 씨는 『양지서』를 다음과 같이 풀이한다.

작품으로서 보면 이 작품은 3부로 성립된다. 주요 인물의 하나인 학생과, 그 학생의 신뢰를 받고 있는 어느 교사는 서로 알지도 못 하고, 독자에게도 미지의 존재이다. 젊은 여학생이 폐쇄된 사회 속에서 발랄한 정열의 배출구를 찾는 나머지 당면한 인생 문제에 관한 의문을 편지를 통해 교사에게 던지는 데서부터 소설의 줄거리는 전개된다. 학교 문제의 처리를 중심으로 교사의 지도를 받아 젊은 혼이 성장해 가는 과정에 있어서 쌍방 인물의 성격·사상·심리의 움직임이 부각되어 나간다.

사건 발발에의 예상과 애정이 싹트기 시작하는 암시로써 제1부는 끝났다. 제2부는 이미 사건의 와중(渦中)에 있는 두 개의 혼이 애정으로 맺어져 서로 격려하면서 외계의 속악(俗惡)과 싸우는 내면의 기록이다. 이 늪을 전진에 의해서 탈각하고, 동시에 애정의 열매를 맺은 평화로운 경지가 제3부의 주제가 된다. 작중 인물들은 인간적으로 높아지고 그로써 작품은 완결한다. 독자들은 이로써 자기 정화의 감명을 느끼게 된다. 물론 다께오 씨는 『양지서』를 이러한 문학 작품으로서 볼 수 있다고 풀이해 보인 것이지, 이것이 문학적으로 의도된 것이라고 말하는 것은 아니다.

『양지서』는 "지금 선생님께 편지를 쓰고 있는 것은 선생님으로부터 거의 2년 동안 가르침을 받고, 매주 『중국 소설사략(小說史略)』의 강의 시간을 기다려선 수업 시간에 저도 모르게 당돌한 질문을 잘 하는 학생입니다……." 하는 허광평의 편지로부터 시작한다. 이때는 1925년 봄, 허광평은 북경 여자 사범대학의 학생이고, 루쉰은 그 대학의 강사였다. 허(許)의 나이는 28세, 루쉰의 나이는 45세. 이렇게 시작한 왕복 서한이 모여서 1백 35통, 『양지서』를 이루고 있는데 처음에 사제의 관계였던 것이 애인, 또는 동지의 관계로 발전하고, 드디어 부부로서 화합하는 과정이, 그것이 꾸민 것이 아닌 만큼 그야말로 천의무봉한 아취를 풍긴다. 욱달부(郁達夫) 같은 문인은 이『양지서』를 루쉰 최고의 작품이라고 말하기조차 한다.

나는 『양지서』를 읽고 제1부인이란 암울한 그늘을 지녔을망정 루쉰은 사랑에 있어서의 승리자라고 느꼈다. 그리고 그에겐 그만한 은총은 있어야 할 것이란 생각도 했다. 동시에 허광평의 그 깊고도 헌신적인 사랑에 머리를 숙인다.

루쉰과 같은 과거를 가진 사람에게 그로 인해 조금의 트집을 잡는 법도 없이 되레 그 상처를 어루만지기까지 하며 사랑을 완수했다는 것은 허 여사의 사랑이 얼마나 위대했던가를 증명하고도 남는다. 그로 인해서 루쉰과 더불어 광채 찬란한 여인을 우리는 역사상으로 갖게 된 것이다. 허 여사는 1968년 3월 3일 향년 71세로서 서거했다. 여사가 남긴 저서엔 『마음 흐뭇한 기념(欣慰紀念 흔위기념)』,

『루쉰의 생활에 관하여(關于魯迅的生活 관우)』 그리고『루쉰 회억록 (魯迅回憶錄)』이 있다.

나는 이 세 권의 책을 안나 도스토옙스키의『남편 도스토옙스키 의 회상』과 더불어 귀중한 보물로 간직하고, 어떤 고민에 사로잡힐 때마다 이곳저곳 넘겨보는 것을 버릇으로 하고 있다.

일인(日人) 이마무라 요시오(今村與志雄)의 명저에『루쉰과 전통 (傳統)』이란 것이 있다. 그 가운데 중국에 있어서의 〈루쉰 평가의 변 천〉이란 항목이 있다. 그것을 바탕으로 하고 루쉰이 중국 본토에서 어떤 평가를 받고 있는가를 적어 보려고 한다. 1918년 4월《신청년 (新青年)》지에「광인일기」가 발표되었을 때의 인상을 아오툰(茅盾) 은 다음과 같이 회상하고 있다.

"당시에 그다지 명확한 인상을 받지 않았던 것 같다. 다만 오랫동 안 어둠 속에 있었던 사람이 돌연 눈부신 양광(陽光)을 쐬었을 때에 느낀 것 같은 일종 통쾌한 자극을 받았다……."

이어 그는 다음과 같이도 말했다.

"그 무렵《신청년》지는 문학혁명을 제창하고 있었다. 그래서 중 국의 전통 사상을 맹렬하게 공격하고 있던 중이었다. 일반 사회에 서 보면 1백 페이지 남짓한《신청년지》는 일자일구광(一字一句狂) 아닌 것이 없었고, 괴(怪) 아닌 것이 없었다. 그런 까닭으로 「광인일기」가 실려도 그다지 기괴한 것으로 뵈지는 않았다. 전에 예가 없는 문예 작품 「광인일기」는 그러니 반짝 했을 뿐 문단에 현저한 풍파를 일으키진 못했다.”

사실 중국 근대 문학의 출발점이란 평가를 받는 이 소설은 탄생했을 그 무렵엔 문단적으로나 사회적으로나 특별한 반향이 없었던 것이다. 5·4운동은 1919년에 일어났다. 루쉰이 수감집 『열풍』의 제기(題記)에 쓴 대로 “혁신 운동이 표면적으로 성공했다. 혁신을 주장하는 세력도 일어났다.” 어제까지의 소수파가 다수파로 변모했다. 루쉰은 이 해 「공을기(孔乙己)」, 「약(藥)」을 썼을 뿐이고 1920년에도 「명일(明日)」, 「작은 일」, 「머리칼 이야기」, 「풍파(風波)」 등의 단편 몇 개를 썼을 뿐, 이렇다 할 집필 활동이 없었다. 물론 이 무렵에도 루쉰은 일부 견식이 있는 사람들에 의해선 새로운 소설가로서의 인정을 받고 있었다. 1921년 말부터 루쉰은 파인(巴人)이란 필명으로 「아큐정전(阿Q正傳)」을 《농보(農報)》에 연재하기 시작했다. 그때 어느 독자가 다음과 같은 투서를 해 왔다.

“농보에 연재하고 있는 「아큐정전(阿Q正傳)」의 작자 필봉(筆鋒)은 날카롭다. 지나칠 정도로 날카롭다. 진실을 상하게 하고 풍자가 그 도를 넘으면 억지로 꾸몄다는 느낌이 들어 그만큼 진실과는 멀어진다. 그런 점「아큐정전(阿Q正傳)」을 완전한 작품이라고 할 순 없다."

당시 독서계에선「아큐정전(阿Q正傳)」이 발표될 때마다 이 작자 파인(루쉰의 필명)은 나의 비밀을 알고 있는 모양이다. 이 사람이 누구일까 하고 당황하는 사람이 적지 않았다고 한다.「아큐정전(阿Q正傳)」을 특정한 인물의 사행(私行)을 폭로하고 중상하는 풍자 소설쯤으로 생각했던 것이다.

그러나 루쉰의 소설과 잡감문(雜感文)은 차츰 파괴적인 힘으로써 작용하기 시작했다. 표면에 나타나진 않았지만 세론(世論)을 아래로부터 뒤흔들었다. 루쉰으로부터 가장 큰 자극을 받은 사람들은 바로 그 아랫세대인 청년들, 그리고 그 아랫세대인 소년층이었다. 루쉰의 다음세대엔 모택동·구추백(瞿秋白)·아오툰(茅盾 모순)·욱달부(郁達夫)가 있었고 그 다음세대엔 파금(巴金)·정령(丁玲)·이장지(李長之) 등이 있었다. 루쉰이 이들 청년에게 어떤 충격을 주었는가는 다음과 같은 회상을 통해서도 알 수가 있다.

"「광인일기」가《신청년》에 발표되었을 때 문학이 무엇인지를 아직 몰랐던 나는 이상한 흥분을 느꼈다. 만나는 친구마다에 중국 문학은 새 시대를 맞이했다. 넌 광인일기를 읽었느냐고 물었다. 길을 걸으며 생면부지(生面不知)의 사람을 만나도 나는 내 의견을 말하고 싶은 충동을 느꼈다……."(송운빈(宋雲彬),「루쉰 선생은 어디에 숨을 것인가」)

평론가 이장지(李長之)는 "내가 가장 큰 영향을 받은 것은 현대인
으로선 루쉰이었다, 나는 그의 사람에 대해서, 또는 사물에 대해서
의 비타협을 존경했다"고 말하고 있다. 이장지가 그의 〈루쉰 비판〉
에 쓰고 있는 것처럼 루쉰을 읽은 것이 계기가 되어 온화한 성격이
일변해서 사회악에 대한 감수성이 병적으로 예민하게 된 청년이 나
타나기에 이르렀다.

고민·불평·광기 등은 건전한 상식과는 배치되지만 아무것도 생
각하지 않는 바보가 되어 있는 것보단 그 '활기(活氣)'의 면에선 취할
바가 있다. 루쉰은 '비관주의자'였을지는 모르나 극한의 상황에 놓인
생명에 깃든 활기를 제시함으로써 청소년들의 혼을 깨우쳤다. 그들
은 그들의 감정을 노래 부르는 시인을 루쉰에게 발견하고 나름대로
의 품질(稟質)에 의해 살아 갈 수 있는 지침을 배웠다. 모택동은 후년
'루쉰의 경골(硬骨)'이란 한 마디로써 단적으로 표현한 '불굴의 정신'
을 루쉰으로부터 배웠다.

5·4운동 이후 중국의 문화계는 급전했다. 구문단은 해체하고 신
문단이 형성되었다. 1921년 당시 활약하고 있던 문학자들은 결집하
여 문학 연구회란 것을 만들었다. 그 중요 멤버의 하나인 셴엔빈(沈
雁泳)은 "중국 신문단에선 루쉰은 항상 새로운 형식을 만들어 내는
선봉이다. 이러한 새로운 형식은 청년 작가들에 커다란 영향을 주었

다.”고 높이 평가했다.

그러나 곽말약(郭抹若)·욱달부(郁達夫)·성방오(成仿吾)·장자평(張資平)을 중심으로 1921년에 결성된 창조사(創造社)의 동인들은 루쉰에게 대해서 비판적이었다. 특히 성방오는 다음과 같이 그의 루쉰에게 대한 악의를 숨기려 하지 않았다.

“……모든 사람들이 「눌함(吶喊)」이 출판된 후 야단들이기에 천신만고 끝에 입수해 봤는데 보기가 흉했다.”

그러나 이렇게 말하는 성(成) 역시 루쉰이 청년들에게 미치는 영향을 무시할 수가 없었다.

“루쉰은 신문학의 최초의 개척자였다. 사실 모든 면에서 그는 문학혁명 후 우리가 얻은 최초의 작가이다. 그는 문학혁명론을 소리 높게 외치진 않았지만 실력으로써 중국 문학사에 신시대를 그었다”는 장정황(張定璜)의 말엔 동조했다. 빙설봉(馮雪峰)의 다음과 같은 평도 들어볼 만하다.

“1925년부터 1927년까지 나는 북경에서 방랑 생활을 하고 있었다. 그때 북경 대학의 강의실에 가서 루쉰 선생의 강의를 몇 차례 들은 일이 있다. 그때 내 자신 얻은 인상과 남으로부터 들은 이야기를 종합해서 나는 그를 대단히 모순된 사람으로 보았다. 나는 마음속으로 이렇게 생각했다. 루쉰은 틀림없이 정열가다. 그러나 실제론 무서울 정도로 냉정한 사람이라고.

그는 모든 구세력과 모든 권위에 반항하라고 청년들에게 호소하고, 그 자신 선두에 서서 가시덤불을 헤쳐 어떤 상처를 입어도 태연한 걸 나는 보았다. 그러나 동시에 모든 것을 멸시하고 모든 사람에게 의혹과 적의를 가진 사람이었다. 청년들도 그에게 있어선 원수처럼 보이는 모양이었고, 그 자신을 자기의 적처럼 느끼고 있는 모양이었다. 요컨대 그는 모순에 벽찬 인간이었고 접근하기 힘든 인간이었다."

1926년 8월 말 루쉰은 북경을 탈출해선 아모이로 갔다. 그러나 12월 아모이 대학을 그만두고 다음 해 1월 광동(廣東)으로 가서 중산(中山) 대학의 교수를 하다가 국공(國共) 분열 후의 소연한 사태 속에서 4월 중산 대학을 그만두고 10월 상해로 왔다. 이 시기에 루쉰이 생명의 위협을 느낀 적은 한두 번이 아니었다. 그러니 자연 침묵할 수밖에 없었다. 이것이 일부 식자들의 기대를 배신하는 양으로 되었다. 다음과 같은 비난이 그를 향해 쏟아졌다. "그는 중산 대학에서 「눌함(吶喊)」의 용기를 회복하지 못했을 뿐만 아니라 당지(當地)에선 아무런 압박도 없는 탓으로 할 말도 없어져 버린 모양이다. 이상도 한 일이다. 루쉰 선생은 현실 사회에서 뛰쳐나와 소 뿔 속으로 피해 버린다."

루쉰에게 대해 가장 가혹했던 비평가는 전행촌이었다.

"10년 내의 혁명 정세의 발전에 의해 중국의 농민은 이미 옛날의 농민이 아니다. 그들은 조직되었고 정치에 대해서도 상당한 인식을 갖게 되어 지주에 반항하여 벌써 혁명에 참가하고 있다. 따라서 아큐 시대는 지났다. 우리들이 시대를 인식한다면 빨리 아큐를 매장해야 한다. 우리들은 영원히 아큐를 필요로 하지 않을 것이다. 그리고 「아큐정전(阿Q正傳)」의 기교도 과거의 것이다. 현대는 정치사상 없는 음험각독(陰險刻毒)의 문예 표현자로선 파악할 수가 없다. 아큐의 시체와 더불어 그 정신도 같이 매장해 버려야 한다. 루쉰 자신도 끝까지 와 버렸다. 철저하게 각성해서 활로를 찾지 않는 한 루쉰에겐 구원이 없다. 그는 근본적으로 시대를 인식하지 않고, 세계의 정치사상에 접근하지도 않고, 계급적 인식에 결여되어 있고 혁명의 정서(情緖)도 없다. 중국 소설의 성립기에 기여한 그의 공적은 무시할 수가 없다.

그러나 그의 작품은 기교가 문제일 뿐이지 사상은 볼 만한 것이 없다. 오늘도 루쉰의 작품을 지지하는 사람이 있는 것은 그의 문단적인 지위 때문이고 국민성의 약점에 그의 작품이 아첨하고 있기 때문이다."

그의 전환이 있는 후에도 루쉰은 기회주의자란 비난을 받았다. 이상과 같은 찬반양론을 바탕으로 루쉰을 사회사적으로 조명한 『루쉰론』이 있다. 그 필자는 구추백(瞿秋白)이다.

"루쉰은 15년 내 단속적으로 많은 논문과 잡감(雜感)을 썼다. 특히 잡감이 많다. 어느 사람은 그를 '잡감 전문가'라고 불렀다. 잡(雜)이 전문이 된다는 것, 여기엔 분명히 모멸의 뜻이 포함되어 있다. 그러나 일부의 모기와 파리떼들이 그의 잡감을 싫어했다는 그 사실만으로써 그는 자기의 전투적 의의를 증명한 것이었다. 급격하고 격렬한 사회 투쟁은 작가가 사상과 감정을 창작 속에 용해시켜 구체적인 형상으로 조형화하는 작업을 불가능하게 했다. 동시에 잔인하고 흉포한 압력도 작가의 언론이 보통의 형식을 취하지 못하게끔 했다.

이에 그의 유머러스한 재능이 예술의 형식을 빌어 그 정치적 입장, 심각한 사회 관찰, 민중 투쟁에의 열렬한 공감을 표시하게 되었다. 뿐만 아니라 5·4운동 이래의 중국에 있어서의 사상 투쟁의 역사가 거기에 반영되어 있는 것이다. 잡감이란 문체는 루쉰에 있어선 문학성을 지닌 논문이란 것으로 될 것이다."

이어 구추백은 다음의 네 가지 점으로 루쉰의 특징을 요약했다.

첫째 루쉰은 가장 각성된 현실주의자란 것이고, 둘째 인내력 있는 투사라는 점이고, 셋째 반자유주의, 반타협주의의 정신을 관철했으며, 넷째 허위에 대한 철저한 반대로써 그의 탁월한 의미가 빛난다는 것이다.

구추백의 『루쉰론』은 방대한 한 권을 이루고 있는 것이어서 여기엔 그 대강만이라도 언급할 도리가 없다. 결론적으로 말해 중국에 있어서의 루쉰의 평가는 구추백의 『루쉰론』으로 정립되었다고 해도 과언이 아니다. 중공 치하에 있어서의 루쉰의 평가는 할애(割愛)할 밖엔 없다.

도스토옙스키

Fyodor Mikhailovich Dostoevskii

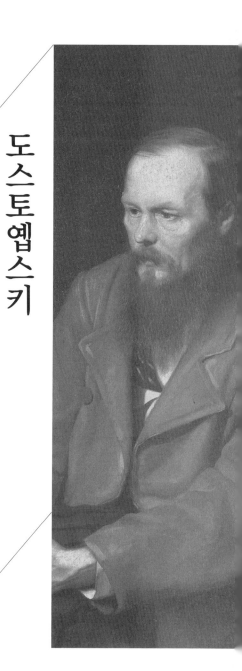

Fyodor Mikhailovich Dostoevskii

내가 다시 도스토옙스키, 아니 『죄와 벌』을 읽게 된 데는 동기가 있었다. 동경에서 살게 된 지 얼마 안 되었을 무렵, 어느 선배의 하숙을 찾아갔더니 마침 그 선배의 이웃방에서 토론이 벌어지고 있었다. 그들은 법과 학생들이었는데, 그 토론의 형식이 퍽 재미가 있었다. 『죄와 벌』의 주인공 라스콜리니고프를 피의자로 하고 하나는 검사, 하나는 변호인, 하나는 재판관이 되어 각기의 주장을 내세우는 그런 형식이었던 것이다.

인생(人生)에
쉬운 문제란 없다

톨스토이는 위대하고 심오하고 신비롭기까지 하지만 결코 난해하진 않다. 그의 세계는 루벤스의 필치에 의한 일련의 풍경화처럼 그 이미지를 구성해 볼 수가 있다.

톨스토이의 시간은 물리적 시간의 순서에 따라 변화 있는 기상을 동반하여 흐른다. 회월(晦月)의 하늘에 장밋빛 광선이 비끼면서 아침이 시작하고, 5월의 날씨처럼 오전이 펼쳐졌다가 먹구름이 몰려들어 비를 부르고 번개와 뇌성이 천지를 진동하는 한때가 있곤 청명한 가을의 하늘이었다가, 소조(蕭條)한 겨울 날씨로 변해선 황혼으로 접어든다. 이러한 시간 속에 아아(峨峨)한 산봉들이 원경, 근경으로 솟아 있고 광활한 들의 지평선이 한편으로 보이는데, 들을 관류(貫流)하는 대하는 만만한 수량(水量)이다.

그 대하(大河)를 끼고 거슬러 오르면 기암괴석이 금강산 같은 협곡에 이르기도 하고 돌연 천인절벽의 정상에 서기도 하는데, 폭포와 격류에 휩쓸릴 듯하는 공포에 전율하기도 한다. 말하자면 톨스토이의 그 위대함과 심오함은 이러한 나름대로의 해석과 이해를 가능하게 한다.

그는 세속적인 의미로선 아무런 부족이 없는 건강·지위·명예 그리고 부를 차지하고 살면서도 인류의 교사로서 자각적으로 고민하고 투쟁하고, 위대한 지도자 또는 탁월한 예술가로서 82세의 인생을 완수하여 영광의 절정에서 죽었고, 그 영광은 아직도 역사 위에 찬란한 것이다.

이에 비하면 도스토옙스키의 경우는 천국에 대한 지옥만큼이나 다르다.

그의 세계는 풍경화적으로 일모(一眸)에 모아 볼 순 도저히 없을 뿐만 아니라, 그러한 아이디어 자체를 거부한다. 루벤스, 렘브란트 같은 장거도 그의 그로테스크한 세계의 문턱에서 화필을 던져 버릴 것이 분명하다. 반 고흐, 칸딘스키, 달리 등의 의욕을 염두에 떠올려 보기도 하지만 어느 정도의 접근에 가능할 뿐이고 그들의 묘사력이 성공할 수 있을 것이란 기대는 없다.

우선 도스토옙스키의 어느 모로 보더라도 물리적 시간을 닮은 데가 없다. 낮과 밤의 구별이 없다. 아침에 시작해서 저녁에 마지막이 된다는 그런 따위의 루틴이 원래 없는 것이다.

마지못해 조작해 보는 것이지만 그의 시간을 심리적 시간이라고 불러 보면 서툴게나마 표현이 될지 모른다. 심리적 시간은 과거와 현재와 미래가 동시에 흐르기도 하고 현재로부터 미래로 뻗어 가는 것이 아니라 현재에서 과거로 거슬러 오르기도 하고, 시간의 기점이 과거도 미래도 아닌 무한 속의 어떤 일점(一點)이기도 하고, 때론 그 운행이 전연 정지하기조차 한다.

예를 들면 톨스토이의 시간 속에선 나폴레옹이 말을 타고 등장한다. 1812년 9월 1일이란 날짜까지 나타난다. 그날은 모스크바가 함락되는 바로 전일, 맑은 가을 날씨의 일요일이었다.

교회에선 기도식을 알리는 종소리가 평상시와 다름없이 울려 퍼지고 있었다. 9월 2일, 나폴레옹은 모스크바에 입성, 모르대를 계엄 사령관으로, 레세프스를 민정 장관으로 임명하는 등 기고만장했다. 그러나 10월 11일의 밤중에 나폴레옹은 모스크바를 탈출하지 않으면 안 될 운명에 있었다. 6월에 45만의 병력을 이끌고 니멘강을 넘어 동진(東進)한 나폴레옹군은 모스크바를 탈출할 땐 10만으로 줄어들었고, 스몰렌스크까지의 패주 사이에 그 반수 이하인 4만으로, 베레지나강을 넘은 수는 겨우 9천 명, 니멘강을 넘어 살아남은 자는 1천 9백 명밖에 되지 않았다.

이로부터 나폴레옹의 낙일(落日)은 시작되어 워털루의 결전에서 일패도지(一敗塗地)하곤 드디어 세인트 헬레나의 고도에서 그 생을 마친다. 말하자면 톨스토이의 시간 속에선 나폴레옹은 그 인생적 의미와 역사적 의미만을 남겨 놓고, 1821년 5월 5일 영원히 퇴장해 버리는 것이지만, 도스토옙스키의 심리적 시간 속에선 세인트 헬레나에서 죽은 바로 그 나폴레옹이 라스콜리니코프라고 하는 생신(生身)의 인간으로 페테르부르크의 빈민가 다락방에 뒹굴며, 기왕 세계를 정복하려던 그 두뇌로써 전당포의 주인 노파를 죽일 계획에 열중하고 있다. 뿐만 아니라 우리들을 그의 공범자로 만들어 버리기도 한다.

톨스토이도 우리를 불안하게 하지 않는 바는 아니지만, 그의 시간 속에 들어서면 부득이 냉정한 관찰자로서의 태도를 강요당한다. 때론 흥분 상태가 될 수도 있지만 작자와 독자와의 일정한 거리를 줄일 수는 없다. 그러나 도스토옙스키의 시간은 사람을 사로잡아 버린다. 작자와의 관계를 넘어 공범 의식마저 갖기에 이른다. 도스토옙스키의 이미지를 풍경화적으로 객관화할 수 없는 이유가 바로 이런 사정에 있는 것이다.

스스로의 고민에 겨워 톨스토이를 찾아가면 그는 적절한 교훈을 내려 우리의 갈 길을 제시해 줄 것만 같다. 사실 톨스토이는 우리들이 평생을 통해 지켜 부족함이 없을 만큼 많은 교훈을 남기고 있기도 하다.

한데, 도스토옙스키를 찾아갔을 때를 상상해 보면 어떨까. 그는 우리의 고민을 자기의 것인 양 같이 고민해 줄진 모르나 한 마디의 교훈도 얻지 못할 것이 아닌가 하는 생각이 든다.

톨스토이는 어떤 어려운 문제라도 그것을 풀 수 있는 지력(知力)과 정열과 용기를 가지고 있는 사람처럼 보인다.

도스토옙스키는 이와는 반대이다. 그는 가장 쉬운 문제마저도 그 것을 풀어 주기는커녕 감당 못할 정도로 어렵게 만들어 버리는 버릇을 가지고 있는 듯싶다.

어려운 문제를 풀어 주기는커녕 쉬운 문제마저도 어렵게 만들어 버리는 그런 버릇을 지혜라고 할 수 있을까. 도스토옙스키를 '잔인한 천재' 또는 '비극적인 천재'라고 부르는 까닭이 나는 이런 데 있다고 생각한다.

어려운 문제를 멋지게 풀어 보이는 기술에 대해 갈채를 보내고 머리 숙여 존경의 뜻을 나타내는 것은 당연한 노릇이다. 그런데 간단한 문제를 복잡하게 만들어 버리는 버릇을 가진 도스토옙스키의 그 잔인하다고도 할 수 있는 천재에 애착하는 까닭은 무엇일까?

이렇게 곰곰이 생각하고 있으면 내 뇌리에 바실리 페르프가 그린 도스토옙스키의 초상화가 떠오른다. 짙은 눈썹 아래 음산한 눈을 슬프게 뜨고 뭔가를 응시(凝視)하고 있는 그 초상의 입을 빌어 도스토옙스키는 속삭이듯 조용하게 다음과 같이 말했다.

"인생에 있어서 쉬운 문제가 있을 까닭이 없지 않으냐."

내가 도스토옙스키로부터 배운 가장 중요한 것 가운데의 하나가 바로 이것이다. 인생에 있어서 쉬운 문제란 결코 있을 수가 없는 것이다. 그런데도 우리의 주변엔 너무나 안이한 답안들이 범람하고 있다.

"인간이 보람되게 살려면 역사의 법칙을 따라야 한다", "네 이웃을 내 몸과 같이 사랑하라", "근면과 저축이 성공의 지름길이다", "네 자신을 소중하게 하라!" 등등.

기껏 문제를 제기만 해놓고 아니 문제의 제기조차 없이 문제를 해결한 것처럼 착각하고 있는 사람들과 도스토옙스키와의 거리는 서로가 전연 무연할 정도로 멀다. 그런 뜻에서 벨자에프의 다음과 같은 말은 들어 둘 만하다.

"도스토옙스키는 나의 정신생활에 있어서 결정적인 역할을 했다. 젊은 시절 그는 내게 접목이 되어 그와 나와는 생명의 합일체가 되었다. 다른 어떠한 작가도 철학자도 그처럼 나의 영혼을 자극하고 나를 끌어 올린 사람은 없다. 그를 알고부터 내게 있어서의 인간은 '도스토옙스키인(人)'과 '그완 무연한 사람'의 두 종류로 분류되는 것이다."

이를테면 도스토옙스키의 영향하에 인생을 사는 사람과 그와 무관하게 사는 사람으로 구분할 수 있다는 이야기이다. 좀 더 강하게 말하면 도스토옙스키의 세계를 아는 사람과 모르는 사람과는 같은 천체에 사는 인간일 수 없다는 뜻으로 된다. 이것은 내 경험과 동일하다. 도스토옙스키의 세계에 사로잡힌 사람은 그 주박(呪縛)과도 같은 힘에서 좀처럼 벗어날 순 없는 것이다.

그런데, 그러한 강력한 힘이 어디에서 비롯되는 것일까. 이것을 해명해 보고자 내가 염원을 가꾸어 온 지는 벌써 오래된 일이다. 그러나 이러한 염원이 쉽게 달성될 수 없다는 것은 그 숱한 연구 문헌의 부피를 보아서도 알 수가 있다.

모두들 나름대로의 애착을 말하고 존숭(尊崇)의 뜻을 나타내어 그 천재의 비밀을 작출(斫出)하기에 애쓰고 있지만, 충전한 성공을 거둔 예를 나는 아직 알지 못한다. 다음에 적는 슈아레스의 감동은 바로 나의 감동이다.

"나는 도스토옙스키의 그 이름과 그 모습을 긴 정사(靜思)의 밤을 위해서 간직해 두었었다. 산다고 하는 사실의 위대함, 그 위대함 속에 포함된 고민에 관한 나름대로의 결산을 해보고, 그 총액을 일찍이 내가 알고 있었던 가장 청정(淸淨)한 것, 가장 강력하고 열렬한 것과 비교해 볼 필요를 느끼게 될 그런 날의 밤을 위해서 소중히 간직해 두었던 것이다. 드디어 그때가 왔다. 나는 이 사람의 놀랄 만한 풍양(豐穰)의 심오를 탐구할 작정이다. 그 탐구가 성공하는 날, 생명의 가장 청결한 모습을 볼 수 있을 것이며, 지칠 줄 모르는 미에 대한 열정과 광명으로 향하는 도약과 끊임없는 구세(救世)의 의지가 그 진면목을 나타낼 것이다."

그러나 이렇게 벅찬 감동으로도 슈아레스가 도스토옙스키의 고봉(高峯)과 심연을 충분히 답사했다고는 볼 수가 없다.

도스토옙스키의 난해성은 인생의 난해성과 동질의 것이다. 그런 까닭에 이 천재를 이해하려는 노력이 성공은 못한다고 해도 인생에 대한 성의로서의 보람은 갖게 된다.

도스토옙스키의 생전엔 그에 대해서 냉담했던 톨스토이가 그가 죽고 난 15년 후에 엄숙한 선언을 했다.

"이 세계에 있는 모든 서적, 특히 문학 서적은 내 자신의 것을 포함해서 모두 불살라 버려도 무방하다. 그러나 도스토옙스키의 작품만은 예외다. 그의 작품은 남겨 두어야 한다."

나는 톨스토이가 엉뚱한 소릴 꾸몄다고는 생각하지 않는다. 동시에 자기의 작품을 불살라야 한다는 그의 의견에도 동조하지 않는다. 전연 이질적인 것인데도 톨스토이의 작품 세계를 배경에 깔았을 때, 도스토옙스키의 작품은 그 광휘(光輝)를 더한다. 톨스토이가 종래의 문학을 집대성적으로 완성해서 그 절정을 극한 거장이라면 도스토옙스키는 그 절정에서부터 문학의 새로운 기원을 창시한 거장이다.

문학은 도스토옙스키로부터 다시 시작되었다고 해도 과언이 아니다. 전연 다른 인간 인식의 지평이 도스토옙스키에 의해 열렸다고 바꾸어 말해도 좋다.

아무튼 톨스토이는 역사상으로 찬란히 빛나고 도스토옙스키는 우리의 가슴속에 신비로운 광망(光芒)으로서 빛난다. 이러한 신비를

두고 감히 나의 애착을 나름대로나마 적어 보겠다는 것도 오만 불손
한 말이다. 다만 도스토옙스키의 대양(大洋)에서 비겁하지 않을 만큼
의 물을 길어 와선 성력(誠力)을 다해 내게 필요한 소금을 증류해 보
고 싶을 뿐이다.

그의 생애

〈도스토옙스키론〉의 체재(體裁)가 갖추어지기 위해서는 내 나름 대로 그의 생애를 간추려 정리해 보는 작업이 필요하지 않을까 한다.

1821년 10월 12일, 그는 아버지가 의사로 근무하고 있는 모스크 바의 어느 병원의 사택에서 처음으로 이 세상의 빛을 보았다. 그 병원은 빈민들을 위한 시료원이었다. 그는 나면서부터 그늘진 인생의 공기를 호흡하게 된 것이다.

3인의 형제와 4인 자매의 둘째인 그는 1837년, 그가 15세 때 어머니를 잃었다. 1839년엔 아버지를 잃었다. 그의 양친은 모스크바에서 30리쯤 상거에 있는 투우라에 얼마간의 토지를 가지고 있었다. 그런 까닭으로 어릴 적 농촌에서 두세 번 여름철을 지낸 적이 있다. 톨스토이의 장원(莊園) 야스야나포랴나는 바로 그 이웃이라고 할 수 있었다. 그는 평생 자연 속에서의 생활을 꿈꾸어 왔지만, 그가 산 곳은 도시의 뒷골목이었다.

마리아 시료원(施療院)이라 불리어지는 병원 시대에도 생활은 딱했다. 때론 열, 혹은 12인이나 되는 대가족이 방 두 개에 살고 있었다. 의사로서의 수입으로 대가족을 먹여 살리자니 그 생활이 윤택할 까닭이 없다. 도스토옙스키의 아버지는 군대와 국가의 최하 계급에서 일하는 소귀족 계급의 일원이었다. 이 계급에 속하는 사람들은 프랑스에 있어서의 시민 계급의 역할을 담당하고 있었다. 우리나라로 치면 재산 없는 양반 계급에 해당한다고나 할까. 아무튼 재산이 없는 이러한 귀족들은 군대에 들어가 장교가 되든지, 의사가 되든지, 교육자, 또는 기술자가 되든지 할밖에 없었다. 급료 이외의 수입이란 없고 보니, 대개 상인의 딸과 결혼한다. 도스토옙스키의 어머니는 이런 종류에 속하는 여인이었다. 그 여인은 남편에게 절대로 복종하며, 가사와 분만(分娩)과 기도에만 전념했다.

1837년, 형 미하일과 함께 페테르부르크로 나가 교육을 받았다. 형과 그는 드물게 의좋은 사이였다. 그들은 그가 25세가 될 때까지 언제나 같이 있었다. 그는 극도로 민감했고 언제나 고독했다. 1841년, 그는 육군 공과 학교에 입학하고, 졸업해선 장교가 되었지만, 소위의 계급으로 1844년 그 직에서 물러났다. 문필로써 생활하길 작정한 것이다.

곤궁 속에서도 각고한 보람이 있어 1846년 처녀작 『가난한 사람들』을 발표해서 공전의 성공을 거두었다. 당시의 대평론가 베린스키는 "드디어 러시아에 새로운 대천재가 나타났다"고 격찬했다. 그는 이어 많은 중편과 장편 소설을 썼다. 그러나 처녀작만큼의 성공을 거두지는 못했다.

1849년의 3월, 그는 '페트라셰프스키 사건'에 연좌하여 체포되어선 동년 12월 22일 사형 선고를 받았다. 집행 직전 4년의 징역과 종신 병역으로 감형되어 1849년 12월 25일 그는 시베리아로 향해 떠났다. 29세의 청년, 도스토옙스키의 당시의 감상은 후일 주옥과 같은 문학으로 결정을 보이게 된다.

1850년부터 1854년까지 종형장(從刑場)에서 지내다가 2월 15일 징역형이 완료되자, 일병졸(一兵卒)로서 시베리아 제7보병대대에 편입되어 세미파라친스크로 파견되었다. 거기서 그는 앞으로 5년 반을 살게 되는 것이다.

1857년 2월 그의 병역 생활이 4년째 접어들었을 때 세관리(稅關吏)의 과부인 마리아 드미트리에브나 이사에프와 결혼, 그 여자가 데리고 온 아들을 양자로 입적시켰다. 세미파라친스크에서의 암울한 생활. 그는 그 해의 연말에 사직서를 내고 모스크바에 거주하게 해줄 것을 청원했지만 1859년 3월 소위로 임관시킨 후 면직시키고 드베리에 거주할 허가를 얻었다. 드베리에 체재하는 동안 『아저씨의 꿈』, 『스테판치코보 촌의 주민들』 등을 썼다.

그가 페테르부르크로 돌아간 것은 그 해의 12월이다. 1849년 12월에 유형수의 몸으로 그곳을 떠난 지 만 10년 후의 일이다. 29세의 청년은 머리가 벗겨지기 시작하고 잔주름이 얼굴에 생겨난 마흔 살의 중년이 되어 있었다.

1860년 형 미하일과 함께 잡지《부레미야 시대》를 발간했다. 이 잡지에 그는 「학대받은 사람들」을 발표하고 이어 『죽음의 집의 기록』을 연재했다. 『죽음의 집의 기록』은 그가 시베리아의 감옥에 있었을 때의 견문과 사상을 적은 것이다. 1860년부터 1862년까지의 이 무렵이 그의 생애에 있어서의 최량(最良)의 시기였다.

1862년과 1863년에 걸쳐 그는 파리·런던·드레스덴 등에 여행. 이때의 기행문이 「겨울에 적는 여름의 인상」이다. 그러나 이 무렵부터 그의 건강은 악화하기 시작했다. 1849년 이래의 고질인 간질이 심각할 정도로 악화했다. 그의 도박벽은 극도에 이르렀다.

1864년 그의 최악의 해가 되었다. 4월에 아내 마리가아 죽고 6월엔 그의 형 미하일이 죽고 12월엔 그의 친우 아폴롱 그리고리에프가 죽었다. 뿐만 아니라 연전(年前) 그의 잡지는 정치상의 이유로 발행 정지 처분을 받고 있었고, 1만 5천 루블의 부채와 더불어 두 개의 가정을 지탱해야 할 부담이 그의 어깨를 짓눌렀다.

1864년부터 1867년까지의 3년간은 지옥과 같은 고통 속에 있었다. 악화되는 병세, 채권자로부터의 강박, 무능력한 가족들을 돌봐주어야 할 심로(心勞), 믿었던 형의 죽음으로 인한 고독, 이 사이에서 1865년과 1866년에 걸쳐 『죄와 벌』이 발표된 것이다. 그러나 1866년, 그 결정적인 비참 속에서도 한 줄기의 광명을 얻었다. 안나 그리고리에브나 스니토키나란 젊은 여자, 속기자(速記者)를 만난 것이 그

것이다. 안나의 힘을 얻어 『도박자(賭博者)』를 완성했다.

1867년 2월 15일, 46세인 그는 22세의 젊은 여자 안나 그리고리에브나와 결혼했다. 안나와의 사이에 네 아이가 있었다. 둘은 유년기에 죽고 둘만이 그의 사후에까지 살아남았다.

결혼 직후 그는 부채로 인한 투옥의 공포에 쫓겨 국외로 나가선 4년여를 외국에서 지냈다. 그가 주로 머물렀던 곳은 드레스덴이었다. 거기서 그는 입센, 와그너 등과 만날 수도 있었을 것인데 당시의 그는 그들의 이름조차도 몰랐던 모양이다.

그밖에 그는 이탈리아, 프랑스, 스위스의 제네바에도 갔었다. 그런데 그는 제네바가 가장 싫었던 것 같다. 그러나 이 수년 동안이 그에게 있어서 가장 중요한 시기였다.

『백치(白痴)』가 쓰여진 것도 이 시기의 일이고 『카라마조프가의 형제들』의 원형인 『무신론(無神論)』을 착상한 것도 이 시기의 일이다. 1869년 9월 차녀 류보프가 탄생했다. 이 딸이 이른바 『에메의 회상(回想)』이란 이름으로 아버지 도스토옙스키를 회상한 기록을 쓴 바로 그 '에메'이다. 1879년엔 「영원의 남편」이란 작품을 스트라호프 편집의 잡지 《여명(黎明)》에 발표하고 유명한 『악령(惡靈)』의 집필을 시작했다.

1871년 그는 페테르부르크로 돌아왔다. 1875년부터 1877년까지 정기 간행으로 《작가의 일기》란 소책자를 발행하기 시작했다. 《작가의 일기》는 대성공이었다. 이것은 그의 모든 걸작을 다 합한 것보다도 큰 명성을 그를 위해 확립했다. 56세에 이르러 그는 비로소 러시아의 소리가 된 것이다. 다시 말해 그는 국민적인 대작가로서의 자리를 굳힌 것이다.

그는 그 이래 모든 기회를 포착해선 국민을 대변해서 국민들에게 호소했다. 푸시킨에 대해서, 네크라소프에 대해서, 고골리에 대해서, 또는 터키와의 전쟁에 대해서, 학생들의 마음가짐에 대해서 그의 소신을 끊임없이 피력했다.

1880년 드디어 그의 필생의 대작이며 인류가 가진 최고 서(書)라고 할 수 있는 『카라마조프가의 형제들』를 세상에 내놓았다. 그리고 1881년 1월 28일, 60세를 일기로 하고 그 파란 중첩한 위대한 생활애를 닫았다.

그날 아침 도스토옙스키는 안나 부인에게 그가 옛날 시베리아로 유형을 가는 도중 데카브리스토의 아내들이 드보리스크에서 그에게 선물로 준 신약 성서를 가져오라고 일렀다. 그는 평생 동안 그 성서를 자기의 신변에 간직하고 어떤 위기가 닥칠 때는 언제나 그걸 펴선 최초에 눈에 띤 부분을 읽고 거기서 지침을 얻는 버릇이 있었다. 그날 도스토옙스키가 연 부분은 마태복음이었는데 문면(文面)은 다음과 같았다.

"예수 답해 가라사대, 지금은 용서하라. 우리들이 이같이 정당한 일을 하는 건 당연한 일이니라."

안나 부인이 읽자 도스토옙스키는 말했다.

"지금은 용서하라는 건 오늘 죽는다는 뜻이다."

그리고 그날 밤 8시 반에 그는 마지막 숨을 거둔 것이다.

유해는 네프스키 사원에 안치되었다. 그리고 그 장의(葬儀)는 빅토르 위고를 장송(葬送)한 의식을 모방한 성대한 것이었다. 교회엔 왕실의 가족들과 문교 장관을 비롯한 정부의 현관(顯官)들이 참석했고 장렬의 선두엔 기와 십자가가 섰다. 사회의 모든 계층을 대표하는 42명의 대표들이 그 장렬의 근간을 이루었는데 그 행렬의 길이는 8킬로에 걸쳤다.

E. H. 카는 말한다.

"작가의 죽음이 사회적으로 중대사가 되는 건 러시아에 있어선 희귀한 일이다. 푸시킨 이래의 작가로서 이처럼 광범한 인기 속에 죽은 자는 없다. 도스토옙스키에 대해선 관민 일치해서 애도의 뜻을 표했다. 그가 죽은 익일 그의 장례비와 자녀의 교육비는 국가에서 지변하겠다는 제안이 있었으나 안나 부인은 이를 사절했다. 수일 후 연액 2천 루블의 연금을 주겠다는 제안만은 받아들였다. 1월 31일 많은 단체가 보낸 화환을 든 각 대표들을 합친 약 3만 명의 인파가 네프스키 사원까지의 장렬에 참가했다."

교회에서의 예식이 끝나고 장지로 향했다. 관습대로 하관이 있은 후엔 추도 연설이 있었는데, 그 최초의 연사는 1849년 페트라셰프스키 사건에 연좌하여 네메네프스키 광장의 사형대에 도스토옙스키와 같이 섰던 생존자의 하나인 파르므란 소설가였다. 그밖에 청년 시대 이래의 친구 그리고로비치, 노년기의 우인(友人) 소로비에프, 아폴롱, 마이코프와 대학 교수, 대학생들의 조사(弔辭)가 잇따랐다.

조사가 끝나면 무덤 위에 화환을 놓는 습관이 있는데, 그 화환의 수는 74개가 되었다.

E. H. 카는 다음과 같이 그의 도스토옙스키 전(傳)을 끝맺고 있다.

"드디어 연설도 끝났다. 관 위에 흙이 뿌려졌다. 공복과 비탄으로 지친 안나 부인은 천천히 아이들을 데리고 그 자리를 떠났다. 시각은 오후 4시. 태양이 질 무렵이었다. 그러나 무덤가에 둘러 서 있는 군중은 움직이려고 하지 않았다."

『죄와 벌』에 관해서

도스토옙스키와 나와의 만남은 『죄와 벌』에서 비롯된다. 내가 이 작품에 처음으로 접하게 된 것은 중학 2, 3학년 때가 아닌가 한다. 일본 가이소사(改造社) 판(版)의 세계문학전집 가운데의 한 권이었는데, 역자는 노보루(昇曙夢)라고 기억한다.

나는 그것을 탐정 소설로서 읽었다. 가난한 대학생이 전당포 노파를 도끼로 찍어 죽이고 끝내는 경찰에 붙들려 감옥살이하는 동안 회개한다는 얘기로 받아들인 것이다. 그러나 탐정 소설로서는 그다지 스마트하지 않다는, 그것만은 아닐 것이란 느낌도 동시에 가졌지만, 이 작품을 내 나름대로 소화하기에는 나의 감수성과 독해력이 부족했던 것이다. 그런데 당시의 어느 평자(評者)의 말에 도스토옙스키는 그 사상적 면은 볼 만한 것이 있지만 문장은 졸렬하다는 것이 있었던 것을 그냥 받아들이고, 내가 읽은 역문(譯文)이 결코 나쁜 문장이 아니었는데도 그렇게 치고 말았다.

내가 다시 도스토옙스키, 아니 『죄와 벌』을 읽게 된 데는 동기가 있었다. 동경에서 살게 된 지 얼마 안 되었을 무렵, 어느 선배의 하숙을 찾아갔더니 마침 그 선배의 이웃방에서 토론이 벌어지고 있었다. 그들은 법과 학생들이었는데, 그 토론의 형식이 퍽 재미가 있었다. 『죄와 벌』의 주인공 라스콜리니코프를 피의자로 하고 하나는 검사, 하나는 변호인, 하나는 재판관이 되어 각기의 주장을 내세우는 그런 형식이었던 것이다.

그 토론 과정이 어떤 내용이었던가는 지금 기억 속에 없다. 다만 검사는 사형을 주장하는데 변호사는 무죄를 주장하고 있었고, 재판관은 징역 3년에 집행 유예 5년을 선고했다는 기억만은 있다. 그런데 나로 하여금 그 작품을 다시 읽게 한 것은 그러한 재판 결과 재판관을 맡은 학생과 검사 역할을 맡은 학생 사이에 격론이 벌어져 드디어는 주먹다짐을 교환하는 난투극으로 번진 때문이었다.

난투극이 된 원인은 검사가 목적과 동기는 어떻게 되었건 사람을 둘이나, 그것도 가장 잔인한 수단으로 죽인 범죄자는 극형에 처해 마땅한데, 집행 유예를 선고한다는 것은 법관으로서의 소질이 없는 증거라고 인신 공격적인 발언을 한 데 대해서, 재판관 역할을 맡은 학생이 너처럼 냉혈적인 동물이 법관이 되었다가는 법질서를 지킨다는 명분하에 사람을 예사로 죽일 것이니, 자네야말로 법관의 소질이 없는 놈이라고 응수한 데 있었다.

학문적인 토론을 난투극에까지 몰고 간 그들의 태도는 결코 탐탁한 것은 아니었으나 일단 서로를 비난하기 시작하면 주고받는 말이

상승적으로 에스컬레이트해서 그것이 감정의 폭발을 일으킨다는 실례를 보는 듯해서 하나의 교훈이 되었다.

"법률하는 놈들은 항상 저 모양이라니까." 하고 선배는 나를 데리고 밖으로 나와 버려 그 결과가 어떻게 되었는지 모르지만, 젊음은 때로 그런 과오를 통해서 스스로 성숙시키는 것이다.

아무튼 나는 그 사건으로 해서 『죄와 벌』을 다시 읽어야겠다고 생각하고 그런 뜻을 말했더니, 이왕이면 영역(英譯)이나 불역(佛譯)으로 읽어 보는 것이 어떻겠느냐는 선배의 권고가 있었다.

그래 우리들은 '환선(丸善)'이란 양서(洋書) 전문의 서점에 가서 영역은 가네트 부인의 것, 불역은 NRF판(版)의 책을 샀다. 그러나 약간 자신이 없어 일본 책점을 들러 이와나미(岩波) 문고로 된 나까무라(中村白葉) 역의 『죄와 벌』을 사 보냈다.

일본의 지적 에너지를 생산하는 데 있어서 이와나미 문고의 공적이란 한량이 없다. 원서를 읽지 못하는 사람에게 서양의 학문과 예술을 공급하는 점에 있어서도 그렇고, 원서를 사려면 3~4원에서부터 5~6원이 드는 것을 이와나미 문고로 사면 20전, 40전, 60전 정도로 족했던 것이다.

원서로써 지식을 수입하는 사람은 이와나미 문고로 서양 학술에 접하는 사람들을 일러 이와나미 문화인이란 야유적인 멸칭(蔑稱)으로 부르는 풍조가 없지 않았지만, 세계 각 국어를 골고루 마스터한 사람은 없었을 것이니 일본의 문화인은 거개(擧皆) 이와나미 문화인의 범위 속에 포함된다고 해도 과언은 아닐 것이다.

뿐만 아니라 번역이 또한 정평이 있는 것이었다. 아까 들먹인 나까무라(中村白葉)의『죄와 벌』만 해도 가네트 판, NRF판의 번역을 능가했으면 했지 손색됨이 없는 명역(名譯)인 것이다.

처음 영역을 나까무라 역을 참조해 가면서 읽고 다음 불역은 영역을 참조하며 읽었다. 그리고는 나까무라 역으로 다시 한 번 통독했다. 그런 결과 나는 도스토옙스키의 문장이 졸렬하다는 모 평자(評者)의 말이 얼토당토않은 것이라고 판단했다. 가네트 역과 나까무라 역, NRF역으로 읽은 바에 의하면 도스토옙스키의 문장은 정치(精緻)하고 감동적이기조차 했다. 러시아어로서의 원문은 졸렬한데 번역을 해 놓으니 이렇게 명문(名文)이 되는 것일까 하는 의혹이 있어 당시 내가 다니고 있는 대학에 출강하고 있던 요네가와(米川正夫) 선생에게 말해 보았더니 그는 분연한 말투로 말했다.

"도스토옙스키의 문체는 대상에 밀착해 있어 문장의 교졸(巧拙)을 독자가 느끼지 않을 만큼 거의 완벽하다. 소설에 있어선 그런 문장이라야 한다. 도스토옙스키의 문장을 졸렬하다고 말한 사람을 나도 알고 있지만, 그 사람은 어떤 악역(惡譯)을 읽고 성급한 판단을 했거나, 그 사람 자체가 졸렬한 사람이거나 할 것이다."

그리고 내가 읽은 것이 나까무라 역이라고 듣자, 그는 온안(溫顏)

에 웃음을 띠고 "나까무라의 『죄와 벌』은 번역으로서는 세계의 제일품"이라고 하곤 "나까무라는 원래 너무나 세밀한 완전주의자가 돼서 거의 완벽한 번역을 하지만 그런 만큼 양이 적다. 그러니 나까무라가 못다한 부분은 내 번역으로 읽어도 무방할 거라"고 하고 "도스토옙스키를 공부하는 것이 문학을 배우고 인생을 배우는 가장 중요한 길이 될 것"이란 말까지 덧붙였다.

요네가와(米川正夫) 선생의 이 말은 옳았다. 내 역량이 모자라 도스토옙스키로부터 받은 영향을 아직도 내 문학에 직접 활용할 수 없는 처지지만 나의 인생에 관한 견식은 그로 인해서 바탕이 잡혔다.

나는 첫째 『죄와 벌』을 이해하기 위해서 라스콜리니코프를 비롯한 모든 등장인물의 얘기 줄거리에 있어서의 의미를 생각해 보기로 했다. 이 작품이 탐정 소설로서의 기승전결을 갖자면 우선 불필요한 인물이 너무 많이 나온다는 사실에 착목한 것이다. 우선 루쉰이 그렇고 스비드리가일로프가 그렇다. 마르메라도프도 소냐와 라스콜리니코프를 직거래시킬 수가 있으니 탐정소설을 꾸미는 데 굳이 필요한 인물이 아니다.

이에서 미루어 볼 때 살인 사건은 얘기 줄거리의 중심이긴 하되 이 소설의 주제는 아닌 것이다. 주제를 발전시키기 위한 계기로서 이용되었다는 것뿐이다. 이를테면 독자는 살인 사건의 전말을 읽어 나가면서 주제가 제기한 문제의 의미를 읽도록 이 작품은 그렇게 구성되어 있다. 그런 점 소설의 기능을 모범적으로 발휘한 것이라고 할 수가 있다. 감수성과 독해력이 성숙하기 전엔 고전적인 명작을 읽어선 안 된다는 시사(示唆)를 여기서 볼 수도 있다.

살인 사건의 전말만 읽고 주제를 놓쳐 버렸는데도 그것을 읽었다고 치고 지나쳐 버릴 위험이 있기 때문이다.

『죄와 벌』의 주제는 라스콜리니코프라고 하는 인간의 연옥적(煉獄的) 내면을 조명해 보려는 것만은 아니다. 물론 그가 중심인물이기에 주제의 중량이 대부분 그에게 걸려 있는 것이기도 하지만, 그 주제는 소설의 제목이 가리키고 있듯이 죄와 벌 사이로 방황하고 고민하고 때론 절망하면서도 광명에의 동경을 잃지 않은 인간이란 것의 실존을 제시하는 데 있다.

제목인 『죄와 벌』은 죄를 지었으니 벌을 받아야 한다는 뜻이 아니다. 죄 짓지 않곤 살 수 없는 인간이란 것, 그렇다고 해서 죄에서 면책될 수 없는 인간이란 것, 이러한 생의 실존적인 의미에 부여된 것이 곧 『죄와 벌』이다.

그럴 때 나는 이 작품을 복수의 인간이 등장하는 드라마로서 보기보다는 한 인간의 내면에 복수의 인간이 있다는 것, 다시 말하면 한 인간의 심상 풍경으로 이해해 보는 것이 가장 정확한 태도가 아닐까 하는 생각에 이르렀다. 그러니 이 작품이 지닌 그 음침한 분위기는 곧 우리 심상(心象)의 분위기가 되는 것이고 그 괴기한 빛깔은 곧 우리 심상의 빛깔로 되는 것이다.

사실 우리의 내면세계를 의시하고 있으면 별의별 동물을 발견할 수도 있다. 사자도 있고 용이 있는가 하면 돼지도 있고 개도 있고 여우도 있고 뱀도 있고 비둘기도 있다. 이러한 동물들과 아울러 심리의 자락엔 갖가지 관념과 욕망과 야심이 제각기 집을 지어 놓고 있다.

평온할 땐 무풍(無風)의 산야처럼 조용하지만 일단 거센 바람이 불면 도끼를 휘둘러 대립되는 관념과 욕망을 죽이려는 참극이 우리 내부에서 벌어지기도 하는 것이다.

바꾸어 말하면 우리 심리의 자락엔 확실히 라스콜리니코프적인 인간이 서식하고 있다. 자기는 지배자의 입장에 서야 하고 그러기 위해선 수단 방법을 가릴 필요가 없다는 것을 역사적 재료에서 증거까지 찾아내어 합리화하려는 극단한 에고를 누구나 가지고 있는 것이다. 동시에 우리의 내부엔 라즈미힌적인 인간도 있다. 라즈미힌은 평균적 인간, 상식적인 인간이다. 극단한 에고가 통하지 않는다는 것을 알고, 고학생은 고학생답게 빈자는 빈자답게 살아야 한다는 처세지(處世智)로써 살아가는 사람이다.

라스콜리니코프적인 심성을 대개 사람들은 라즈미힌적으로 무마하고 산다. 우리에겐 또한 마르메라도프적인 심리적 경사가 있다. 마르메라도프는 이래선 안 될 줄을 번연히 알면서도 무위(無爲)와 나태에 곁들여 술독에 빠져 자멸하는 인간이다. 스비드리가일로프도 예외는 아니다. 누구나의 심리의 자락에 때론 음밀하게 때론 뻔뻔스럽게 살고 있다. 악마적인 향락에의 유혹도 분명히 인간성의 한 가닥인 것이다. 물론 소냐적인 심성도 우리에겐 있다. 이 심성은 자기

를 위해선 바라는 바가 없고, 가족 또는 사회를 위해서 희생하는 애
타적(愛他的)인 현상이다.

라스콜리니코프의 '에고', 즉 강력한 개성과 소냐의 몰아(沒我)의
개성을 양극으로 하고, 도스토옙스키는 심리의 자락마다를 성형화
시켜 인간의 내부를 페테르부르크의 거리 규모만큼 확대해 보인 것
이다.

『죄와 벌』을 읽는 것이 스스로의 마음을 읽는 거나 다름이 없다
는 까닭이 여기에 있다. 톨스토이에 있어서의 심리 묘사는 촌탁(忖
度)과 상상에 의해 그림을 그리듯 그려 놓은 것이지만 도스토옙스키
에 있어서의 심리는 그 무수한 등장인물의 자기표현으로 나타난다.
라스콜리니코프의 심리를 그리는 것이 아니라 라스콜리니코프 자체
가 심리로써의 자기표현인 것이다.

라즈미힌도, 스비드리가일로프도, 마르메라도프도, 소냐도 그 예
외가 아니다. 도스토옙스키의 문학이 새로운 문학의 시발점으로 된
이유가 바로 여기에 있다.

그러나 『죄와 벌』의 의미가 이런 것에만 있는 것은 아니다. 그것
이 제기한 문제는 사회와 인간의 근본을 묻는 대문제와 연결 되는
것이다.

『죄와 벌』을 쓴 시기

어느 한 사람의 심상 풍경(心象風景)을 페테르부르크의 규모만큼 확대해 보인 것으로『죄와 벌』의 세계를 이해해 볼 수 있다는 것은 그 작품을 엮은 도스토옙스키의 예술적 조탁(彫琢)에 대한 내 나름대로의 찬사가 되는 것이지만, 이것을 또한 나는 페테르부르크의 심리적인 풍물지(風物誌)라고 할 수 있지 않을까 하는 생각도 가져 보았다. 물질적인 궁핍에 허덕이고 있던 도스토옙스키의 육맥(肉脈)과 심맥(心脈)에 조명된 페테르부르크의 풍물지란 뜻이다.

역사에 의하면 1860년대의 러시아는 경제적으로 형편이 없었다. 물론 정치적으로도 불안했지만 그 원인이 경제 사정에 있었고 그로 인한 정치적 불안이 또한 경제적 사정을 악화시키는 악순환 속에 있었다. 말하자면 라스콜리니코프적인 인간을 필연적으로 만들어 내지 않을 수 없는 갖가지 조건을 갖추고 있었던 것이다.

보다도 도스토옙스키 자신이 라스콜리니코프적인 입장에 있었다. 라스콜리니코프적인 입장이란 한편엔 금리에 편승해서 무위도

식하며, 죽은 후 자신의 공양(供養)을 위해서 많은 돈을 교회에 기부하라는 유언을 써 놓고 있는 노파처럼, 한 벌레 같은 존재가 있는가 하면, 한편엔 훌륭한 인간이 될 수 있는 소질과 재능을 가지고 있는 아이들이, 예컨대 그의 형 미하일의 유아(遺兒)들 같은 아이들이 아사(餓死) 직전에 있다는 사실의 대비에서 부득이 사회에 반역하는 의지와 감정을 가꾸지 않을 수 없는 입장을 말한다.

　도스토옙스키도 그 마음속에서 몇 번인가 라스콜리니코프의 도끼를 쳐든 적이 있었을 것이라고 추측하는 것은 이 작가에 대한 모독이 될까. 그러나 나는 그렇겐 생각하지 않는다. 성자의 심중엔들 한 마리쯤의 독사가 없을 순 없다. 자기 속의 독사를 죽이고서 성자가 되는 것이다. 원래 독사 한 마리 없는 청결한 마음의 소유자가 성자가 되었대서 그건 대단한 일이 아니다. 도스토옙스키는 자기가 마음속에 쳐든 도끼의 의미를 탐구한 끝에 라스콜리니코프로 하여금 센나야의 광장에 무릎을 꿇게 하고 오물투성이가 되어 있는 그 흙에 입을 맞추게 한 것이다.

　그렇지 않고서야 죄짓지 않고는 살 수 없다는 뜻으로서의 '죄'와 그렇다고 해서 죄를 모면할 수는 없다는 뜻의 '벌'이란 인식이 어떻게 가능했었느냐 말이다. '죄와 벌'이라고 할 때의 죄는 또한 반역을 기도하지 않고는 스스로의 존재를 확인할 도리가 없는 실존에 붙여진 이름이며, 벌이란 그러나 반역한 채로는 생을 지탱할 수 없는 실존에 붙여진 이름이다.

도스토옙스키의 궁핍, 특히 『죄와 벌』을 쓴 시기의 전후에 있어서의 그의 궁핍상을 읽으면 눈물이 난다. 어떻게 그러한 고통 속에서 살아남을 수 있었을까 정도이다.

1864년에서 1865년은 그에게 있어서 최악의 시기라고 할 수가 있다. 1864년 6월 그의 형 미하일이 죽었다. 형의 가족은 무일푼이었다. 도스토옙스키에겐 2만 5천 루블의 부채가 남았다. 형의 가족도 부양해야 하고, 빚도 갚아야 하고, 잡지 발행도 해야 했다. 그 무렵의 상황이 어떠했던가를 시베리아 이래의 친구인 우랑게리 남작에게 보낸 편지로써 그 일단을 짐작할 수가 있다.

"뭣이건 나 혼자서 해야만 했다. 교정, 원고의 의뢰, 검세관과의 교섭, 논문의 정정(訂正), 금책(金策), 아침 6시부터 일을 하는데 다섯 시간밖에 자지 못했다. 이렇게 해서 나는 단 한 줄도 쓰지 못했다. 내 이름이 잡지에 없으니 페테르부르크에서조차 잡지를 경영하고 있는 사람이 나라는 사실을 알지 못하는 형편이다. 독자는 1천 3백으로 줄어들었다. 아아, 나는 몇 해라도 좋으니 감옥엘 가겠다. 부채를 갚고 자유로운 몸이 될 수만 있다면 기꺼이 들어갈 참이다……."

그의 채권자는 모든 계층의 고리대금업자였고, 그들의 독촉은 가혹했다. 언제 채무자 감옥에 들어갈지 모르는 위협 때문에 매일매일이 전전긍긍한 지옥이었다.

필사적인 노력을 했는데도 잡지 《세기(世紀)》는 폐간되고, 산더미 같은 빚은 그냥 남았다. 별 도리 없이 소설을 써야만 푼돈이나마 만져 볼 궁지에 몰렸다. 《조국》 잡지의 편집자인 크라예프스키에게 장편 『취한(醉漢)』을 쓰겠다고 제의했지만, 자금 사정이 여의치 않다는 이유로 거절당했다.

도스토옙스키는 마지막 수단으로 채권자를 피해 외국에 가서 창작에 전념할 계획을 세웠다. 그러나 외국에 가서도 금전상의 국경은 면할 수가 없었다. 비스바덴에선 노름판에서 닷새 동안에 그가 소지한 돈은 물론이고, 차고 있던 시계까지 몽땅 털렸다. 페테르부르크에선 채무자 감옥이 겁났지만 그곳에선 그보다 더한 아사(餓死)의 위험에 직면하게 된 것이다. 1865년 도스토옙스키가 스슬로바에게 쓴 편지는 이러한 사정을 밝히고 있다.

"나는 오늘 아침 호텔 보이로부터 식사도 차도 커피도 주지 못하겠다는 통보를 받았다."(1865. 8. 10 일자)

"빵 한 조각 못 먹고 물만 마시고 사흘을 지냈다. 그런데도 이상하게 먹고 싶은 생각이 나질 않는다. 다만 불쾌한 것은 밤에 촛불을 주지 않는 일이다."(1865. 8. 12 일자)

이러한 상황에서 도스토옙스키는 『죄와 벌』에 착수했다. 굶주림과 돈의 문제로 인해 사생 간을 방황하고 있을 바로 그때가 『죄와 벌』

이 탄생한 순간이었다고 후년 그는 술회하고 있다. 『죄와 벌』을 쓸 작정으로 그가 카토코프에게 교섭을 시작한 것은 비스바덴의 노름판에서 소지금을 몽땅 털린 직후의 일이다.

물론 그 주제는 옛날부터 그의 뇌리에 배태(胚胎)되어 있었던 것인데, 금전적 파멸의 위기에 부딪치자 새로운 아이디어와 결부되어 범죄 소설로서의 구성으로 전개된 것이다.

1865년 9월 그는 카토코프에게 다음과 같은 편지를 보냈다.

"당신의 잡지《러시아 통보(通報)》에 내 소설을 실어 줄 수 없겠습니까. 이 소설은 어느 범죄의 심리적인 보고라고 할 수 있겠습니다. 학생 서클에도 고립되어 극단한 가난 속에 있는 어느 대학생이 요즘 만연하고 있는 어떤 미완성적인 사상에 사로잡혀 일거에 자신의 비참한 경우에서 벗어나려고 결심합니다.

그는 고리대금업을 하고 있는 노파를 죽이고 그에게서 훔친 돈으로 시골에 있는 모친을 편안하게 해 준 다음, 어느 지주의 집에 고용살이하는 누이동생을 구출하고, 자기도 대학을 졸업하여 외국으로 가서, 보다 높은 수업을 쌓은 다음 생애를 통해 '인류에 대한 인도적 의무'를 완수함으로써 지은 죄를 보상하면 될 것이 아닌가 하는 생각을 갖게 되는 것입니다.

물론 그는 귀머거리인 데다가 심술이 궂은, 그리고 자기 자신도 뭣 때문에 살고 있는지를 모를뿐더러 한 달쯤 후엔 저절로 죽어 없어질 그런 노파를 죽이는 것이 범죄가 된다고는 생각하지 않지만, 설사 그것이 범죄가 된다고 해도 충분히 보상할 수 있다는 겁니다.

이러한 범죄의 수행은 대단히 어려운 일이오. 으레 꼬리를 잡혀 범인은 체포되게 마련인 것인데, 그 범인은 우연히 감쪽같이 그 범죄를 해치웁니다.

그리고 최후의 파국이 올 때까지 약 1개월간 그는 무사히 지냈습니다. 그런데 범죄자의 심리 작용이 남김없이 전개됩니다. 해결 불가능한 문제가 살인자를 막아섭니다. 꿈에도 생각지 않았던 뜻밖의 감정이 그를 괴롭히게 되는 것입니다. 신의 진리, 지상의 규율에 굴복하고 그는 드디어 자수합니다. 설령 도형장에서 쓰러져 죽을망정 인간에의 복귀를 원했던 것입니다.

그는 범죄 직후부터 느끼기 시작한 고독감, 인류와의 단절감으로 고민하게 되었던 것입니다. 진리의 법칙과 인간의 본성이 승리한 셈입니다. 범인은 자기가 저지른 죄를 보상하기 위해 스스로 고통을 감수하려고 결의합니다."

푸시킨은 "〈지옥〉 편의 계획만으로써도 위대한 천재의 소산이라고 할 수 있다"며 단테를 찬양하고 있듯이, 우리는 이 편지 속에 담겨진 내용만으로도 그의 문제의식의 깊이를 알 수가 있다. 매사에 신중하고 계산 속이 밝은 카토코프도 이 천재적인 계획을 읽고는 가만 있을 수가 없었던 모양이다. 당장 선금조로 3백 루블을 그에게 보냈다.

그 해 가을 도스토옙스키는 『죄와 벌』의 집필에 전력을 다했다. 그는 우랑게리에게 보내는 편지에서 이 소설은 전연 새로운 형식, 새로운 구성으로 된 것이라고 강조하고 있다.

과연 그렇게 자랑할 만했다. 『죄와 벌』은 도스토옙스키 자신의 문학에 새로운 에폭 시대를 그었을 뿐만 아니라, 세계 문학에 새로운 지평을 연 기념비적인 작품이 된 것이다.

이미 말한 바와 같이 라스콜리니코프의 드라마는 1860년대 러시아의 심각한 경제 사정과 작자의 궁핍을 배경으로 진행한다. 그런 때문만이 아니라, 이 작품의 근원적인 모티브는 '돈'이다. 소설 벽두에 라스콜리니코프는 '가난에 쪼들려 기진맥진한 몰골'로 등장한다. 그가 최초로 나누는 대화는 고리대금업자 노파와의 흥정이다.

"1루블의 한 달 이자는 10코페이카, 그러니 2루블 반이면 이자는 매월 15코페이카, 그걸 선이자로 떼겠어요." 하는 따위의 말이다.

이러한 궁박(窮迫)에 휘몰려 라스콜리니코프의 날카로운 두뇌는 다음과 같은 사고를 엮는다.

"교회에 기부하기로 되어 있는 노파의 돈만 있으면 훌륭한 사업을 백 가지 천 가지라도 할 수가 있다. 수백 수천의 생활을 정도(正道)에 돌이킬 수가 있다. 빈곤과 퇴폐의 파멸과 타락과 성병으로부터 수십 가족을 구출할 수가 있다. 그 노파의 돈만 있으면 말이다."

이러한 착상으로부터 그의 사상은 비약한다. 그는 인간을 범인과 비범인으로 구분한다. 범인은 세속의 도덕과 법률에 복종할 의무만을 가지지만, 비범인은 기성도덕을 박차고 새로운 법률을 창조할 권리를 갖는다. 그는 그의 행동으로써 역사의 새로운 기원을 만들어 인류의 복지를 위해 공헌한다. 그런 까닭으로 범인에겐 금지된 행위도 감행할 수가 있다.

그는 예로써 뉴턴을 든다. 뉴턴의 발견이 어떤 사정으로 그것을 방해하는 수백 또는 수십의 생명을 희생하지 않으면, 인류에게 보람을 줄 수 없다고 판단했을 땐 뉴턴은 자기의 발견을 살리기 위해선 그들을 희생할 권리가 있다는 것이다.

그리고 대체적으로 마호메트나 나폴레옹은 새로운 율법을 만들기 위해 낡은 율법을 파괴하고, 대량 살육도 사양하지 않은 사실로써 본다면, 그들을 범죄인이라고 할 수 있는 것이 아닌가. 그런데 그들은 범죄인 취급을 받고 있지 않는 것이다. 이렇게 해서 라스콜리니코프는 자기가 계획하고 있는 범죄의 합리성을 구축해 나간다.

그러나 인류 사회에 대한 공헌이란 관념은 차츰 쇠퇴하고 권력의 상징으로서의 나폴레옹, '모든 행위를 감행할 수 있는 특권을 가진 사람'으로서의 나폴레옹만이 그의 상념에 군림하게 된다.

『죄와 벌』이 제시한 문제들

드디어 라스콜리니코프는 고리대 노파의 두상(頭上)에 도끼를 내려친다. 이어 노파의 누이동생, 리자베타까지 죽여 버린다. 그러나 라스콜리니코프는 자기의 행위를 시인하는 데 있어서 아무런 논리적 오산이 없었는데도 범행한 직후부터 그의 인간성은 그의 의지와 이론과는 달리 악몽의 늪을 헤매게 된다.

"나는 그 노파를 죽인 것이 아니라 나를 죽였다"고 탄식하고 "나폴레옹은 청동으로 된 사람인가" 하고 중얼거린다.

드디어 범행 후 7일 만에 그의 종전의 사상에 의하면 얼마든지 무시해 버릴 수 있는 범인(凡人)의 기관인 경찰에 자수하고 만다. 그리고 소설은 그의 인간 회복을 시사하는 대목에서 끝난다.

그런데 나는 이러한 해결을 도스토옙스키의 위대성을 증명하는 도스토옙스키적인 해결이긴 해도 일반적인 답안으로서 납득하기 어려운 것이 아닌가, 하는 의혹을 가졌다. 나 자신 살인은커녕 닭 한 마리 죽일 수 없는 심약한 성격의 소유자이긴 하지만 적어도 그런 문제를 제기한 이상, 일반론적으로도 수긍이 가는 해결이 있어야 할 것이었다.

가령 나폴레옹의 대량 살육은 왜 살인죄의 대상이 안 되고 라스콜리니코프의 범행은 살인죄의 대상이 되어야 하는가 하는 문제다. 라스콜리니코프로 하여금 사람을 범인(凡人)과 비범인(非凡人)으로 분류하게 했듯이 도스토옙스키 자신 인간을 '청동으로 된 인간'과 '육신으로 된 인간'으로 구분하여 전자는 도외시하고 후자만을 문제로 했는지 모를 일이다. 육신으로 된 평범한 인간에 집착해서 문제를 전개시켰다는 것이 그의 장점이고, 기독교적인 윤리감을 매개로 해서 일견 안이하게 타협한 듯하면서도 충분한 설득력을 갖춘 것은 그의 작가로서의 수완이겠지만 우리는 좀 더 깊고 넓은 해결을 그에게 기대해 봄직도 했던 것이다.

이 세상에 가난이 있는 한, 그리고 민감한 감수성과 날카로운 사고력이 있는 한 라스콜리니코프적인 인간은 근절되지 않는다. 목적과 수단을 가져야 한다는 것은 윤리의 목표이긴 하되 사회를 이끌어 가는 원동력은 아니다. 이 세상 최대의 문제는 아무리 목적이 좋아도 수단이 나쁘면 안 된다고 도덕은 명령하고 있는데 목적만 달성되어 놓으면 그때까지 취했던 수단이 어떤 것이었건 성화되는 것이 사회의 실상인 것이다. 도스토옙스키의 라스콜리니코프는 한 사람을 죽임으로써 만인을 잘 살게 할 수 있으면 그만이 아닌가 하는 윤리를 포기하고 시베리아에서 감옥살이를 하게 되지만, 그러지 않고 성공한 라스콜리니코프도 현실 사회엔 얼마라도 있는 것이다. 다음에 해롤드 라스키의 문장을 '신앙(信仰), 이성(理性), 문명(文明)'에서 인용해 본다.

1870~1890년대의 사람들은 록펠러가 재판관을 매수하여 입법부를 부패케 했다는 보도를 읽고 격분을 금하지 못했다. 그런데 20년대 후의 오늘은 어떠한가. 그의 선전 담당의 고문인 아이비리가 과잉 이익금 수백만 달러를 교묘하게 활용한 바람에 록펠러라고 하면 인류의 은인처럼 되어 있다.

홈스테드 파업 당시의 카네기는 살인 행위를 예사로 하는 사기꾼이었고 수천의 무력한 이민 노동자를 저임금, 장시간 노동으로 착취해서 확고한 지반을 잡은 인물인데도 그 뒤 영국 전토(全土)에 공공 도서관을 지어 주고 빈민을 위한 장학 자금을 만들기도 해서 당대 인류의 박애주의자가 되어 버렸다.

그래서 심지어 존 모레 같은 문인, 존 번스 같은 사회주의자가 카네기 덕택으로 만년을 평온하게 지내는 것을 자랑으로 하고 있는 정도이다. 이러한 사실을 살펴 볼 때 "현재 내가 알고 있는 것 같은 문명은 마땅히 망해야만 한다. 이렇게 생각하기만 해도 유쾌하기 짝이 없다"고 한 윌리엄 몰리스의 말은 자연스럽게 수긍이 되는 것이다.

문학 외적인 얘기가 되는 것이지만 도스토옙스키가 살아 있던 러시아, 특히 페테르부르크에도 이에 유사한 현상은 얼마든지 있었을 까닭이 아닌가. 민감한 작가가 그런 현상에 감응한 바가 없었을 까닭이 없다. 그런 점에서 나는 도스토옙스키는『죄와 벌』에서 제기한 문제를 고의로 추상적인 하나의 방향으로 처리하고 문제는 그냥 남겨 둔 것이 아닌가 하는 생각마저 갖는다.

아무튼 라스콜리니코프는 풀리지 않는 문제로 내 가슴속에 아직도 남아 있다. 나는 내 나름대로 이 문제를 문학적으로 해결해 보고 싶은 의도를 가지고 있지만 언제 실현할 수 있을 것인지 목하 막연하다.

『죄와 벌』을 연구 분석한 문헌은 내가 아는 것만으로도 방대한 부피를 이루고 있다. 그 가운데서 가장 내 마음에 든 것은 그로스만의 연구다. 그로스만은 특히 도스토옙스키의 묘사력을 높이 평가하고 있다. 나는 그로스만의 다음과 같은 문장을 읽고 결국 문학 작품은 원어로 읽어야만 되는 것이란 생각을 새롭게 했다.

『죄와 벌』에 묘사된 페테르부르크의 스케치와 그림은 날카로운 펜촉으로 수도의 갖가지 생리학적 풍속도를 19세기 중엽의 선화가(線畵家) 특유의 양식을 빌어 그린 듯한 느낌이었다.

그는 등장인물의 성격을 각인 고유의 말버릇으로 섬세하게 부각되게끔 묘사하고 있다. 안넨코프는 루쉰의 관료취(官僚臭)가 섞인 말, 스비드리가일로프의 약간 익살스러운, 그러면서 아무렇게나 지껄이는 말, 라즈미힌의 감격조를 띤 특별한 말투 등을 정확하게 지적하고 있다. 동시에 법률가 폴피리의 세련된 수사(修辭), 자기의 타락과 고민을 인상적으로 표현하기 위해 교회 슬라브어로써 말을 장식하는 마르메라도프의 말투도 지적할 수가 있다. 어휘뿐이 아니라 말의 제스처, 인토네이션에도 인물의 개성이 스며 있어 잊을 수 없는 풍격(風格)을 띠고 있다.

이 소설은 또한 인물 묘사와 양식상의 전형을 포함하고 있는 동시에 수도의 중심가를 그린 도시 풍경화의 걸작이기도 하다. 악취와 먼지가 뒤범벅이 되어 있는 거리, 노동자들이 사는 거리, 목로주점을 비롯한 하급 유흥장이 가득한 거리의 분위기가 선명하게 느껴진다.

"음울하고 악취가 분분한 여름의 페테르부르크는 내 기분에 꼭 맞습니다. 그 때문에 지금 쓰고 있는 소설과는 조금 어긋난 인스피레이션을 느낄 것 같은 기분이 듭니다."

『죄와 벌』을 쓰고 있을 무렵 도스토옙스키는 이런 편지를 쓰고 있는데, 그 인스피레이션은 생기와 박력이 넘친 것이었다. 『죄와 벌』에 있어선 그 내면적 드라마가 독특한 방법으로 페테르부르크의 잡답하는 거리와 광장에 펼쳐지고 있다.

사건은 좁고 낮은 다락방으로부터 수도의 시끄러운 거리로 눈부시게 이동한다. 거리의 한구석에선 소냐가 자기의 몸을 희생하고 있고, 마르메라도프는 길바닥에서 취정을 부리고, 카테리나 이바노브나는 포도(鋪道)에 피를 토하고, 스비드리가일로프는 소방탑 앞에서 권총 자살을 하고, 라스콜리니코프는 센나야 광장에 엎드려 중인환

시(衆人環視) 속에 죄를 고백한다.

고층건물, 좁은 골목, 먼지투성이의 소공원, 석교(石橋) 등 복잡한 구조를 가진 19세기 중엽의 대도시가 무한한 권력과 절대 지성의 가능을 꿈꾸는 사나이를 위압하듯 엄연한 위용으로 다가선다. 페테르부르크는 라스콜리니코프의 드라마와 분리될 수가 없다. 그것은 한 필의 직물과도 같은데 그 직물엔 그의 날카로운 변증법이 무늬를 새기고 있다.

그리고 유명한 건축가, 조각가의 작품인 대도시는 그 엄연한 위용을 과시하여, 취한 · 소녀 강간자 · 창부 · 고리대 · 탐정(探偵) · 폐병 · 성병 · 살인자 · 광견(狂犬) 등이 붐비고 있는 생활의 포말(泡沫) 위에 그 장대한 파노라마를 펼치고 있는 것이다.

내면적인 구상이 이처럼 복잡한 데도 불구하고 이야기의 기조(基調)가 완전히 통일되어 있는 점은 놀랄 만한 일이다. 그것은 흡사 개개의 장면과 인물의 모든 인토네이션과 뉘앙스, 즉 소냐, 스비드리가일로프, 라스콜리니코프, 마르메라도프, 고리대 노파 등, 이처럼 잡다한 모티브를 골고루 흡수하고 그것을 하나로 융합하여 부절(不絶)히 지배적인 주제로 되돌아오게 함으로써 이 소설은 당시 페테르부르크의 흐느낌과 통곡이 엮는 중선율(重旋律)을 라스콜리니코프의 비극이란 중심적 선율에 통일하는 일대 심포니적인 효과를 거두고 있는 것이다.

그로스만은 『죄와 벌』의 에필로그는 장엄함과 심원함에 가득차 있다면서 다음과 같이 기술하고 있다.

라스콜리니코프는 그의 도덕적 파멸에 직면하여 그 거인적 개인 주의가 인간일고(人間一股)의 생활의 단순한 법칙 앞에 허망하게 붕괴된다는 것을 느낀다. 그는 유형수들과의 노동과 고통 속에서 자기가 천재로서의 호칭과 권력자의 역할을 바랐던 것이 얼마나 터무니없는 일이었는지 깨닫는다. 그리고 그는 사람들에게 대해 범한 그의 죄를 인정하고 사람다운 사람이 되고자 자기중심적인 철학을 포기하기에 이른다.

기왕 불타는 집에 뛰어들어 두 아이를 구한 적이 있는 이 가난한 학생은 선(善)과 이타주의(利他主義)의 높은 뜻에 눈을 뜨고 자기의 운명을 인간의 복지를 위해서 바칠 각오를 하는 새로운 인간의 탄생을 실감한다.

이렇게 해서 인공적인 사이비 사상은 겸손한 인간적인 감정에 굴복하고 사랑이 그를 소생시켜 한 사람의 마음이 또 한 사람의 마음에 대해서 무한한 생명원이 되었다.(『죄와 벌』의 에필로그 제2장).

좌절한 투사는 추상적인 성서의 말에 의해서가 아니라, 헌신적인 여자의 생명의 입김과 정열의 힘에 의해 구제를 받는 것이다.

관통(棺桶)과 같은 페테르부르크의 숨이 막힐 듯한 좁은 방에서 시작된 사상극(思想劇)은 광막한 러시아의 초원을 만만한 수량(水量)으로 흐르는 일루이시강의 강변에서 끝을 맺는다. 고뇌에 의해 정화되고 그 마음에 '양식(良識)과 빛과 의지와 힘의 왕국'을 받아들이기로 한 신생(新生) 라스콜리니코프의 이 드라마는 인생의 전락과 재생을 그린 가장 위대한 문학이다.

"그러나 거긴 이미 새로운 얘기가 시작되어 있다. 그것은 능히 새로운 얘기의 주제가 될 것이다. 그러나 이 얘기는 여기서 끝난다."

도스토옙스키는 『죄와 벌』의 말미에 이렇게 적고 있는데 그러나 그는 그 새로운 얘기를 쓰지 않고 말았다. 아니, 쓰려고 몇 번이나 시도했지만 끝끝내 성공하지 못했다.

라스콜리니코프의 드라마가 그의 작품으로선 끝났지만 인생의 문제로, 또는 사회의 문제로 끝날 수가 없다는 의미로 나는 그 사실을 받아들인다.

페트라셰프스키 사건

도스토옙스키의 생애에 있어서 그의 출생과 사망에 이어 가장 중요한 일은 페트라셰프스키 사건일 것이다. 그 사건이 없었던들 우리가 오늘 알고 있는 바와 같은 도스토옙스키는 나타나지 않았을 것이다. 물론 그의 천재와 문학적 정열이 그를 범상한 인물로서 방치하는 일은 없었겠지만, 전연 그 면목을 달리한 작가가 되었을 것은 틀림없는 일이다. 1849년 4월 23일 새벽, 그는 체포되었다. 당시의 상황을 그는 다음과 같이 회상하고 있다.

22일이 아니라 그땐 벌써 23일이 되어 있었는데, 새벽 4시경 그리고리에프의 집으로부터 돌아왔다. 침대에 눕자마자 곧 잠이 들었다. 한 시간쯤 지났을까, 알지 못하는 사람들이 방 안에 들어와 있다는 것을 비몽사몽간에 느꼈다. 사아벨 소리가 들렸다. 무엇일까. 겨우 눈을 떠 보니 조용하고 부드러운 말소리가 있었다.

"일어나십시오."

보니 거리의 경찰관, 아니면 무슨 특명을 띤 사람인 것 같았다. 멋진 수염을 기르고 있었다. 말을 한 것은 그 수염의 사나이가 아니고 육군 중령의 견장을 단 청복(靑服)의 사나이였다.

"무슨 일입니까?" 하고 나는 침대에서 일어나 앉았다.

"명령입니다……."

아닌 게 아니라 '명령입니다'였다. 입구 쪽에도 청복의 병졸이 서 있었다. 소리를 낸 것은 그 병졸의 사아벨이었다.

"응, 소릴 낸 건 저것이었군." 하고 나는 중얼거렸다.

"그럼 실례지만……" 하자

"알았습니다. 옷을 입으시오. 기다려 줄 테니까요." 하고 중령은 상냥하게 말했다.

옷을 입고 있는 동안 그들은 책을 뒤지고 있었으나 대단한 것이 있었을 까닭이 없다. 그들은 방 안을 온통 들쑤셔 놓고 원고며 책이며를 끄나풀로 정중하게 묶었다. 경찰관은 명령을 받고 난로 속으로 기어들어 내 담뱃대로 불이 꺼져 있는 잿속을 휘저었다. 하사관 그도 역시 명령을 받아 의자를 딛고 난로 위에 기어올랐는데, 발이 미끌어져 의자와 함께 굴러 떨어졌다. 아무것도 없다는 것을 알았다는 것이다. 탁자 위에 낡은 5코페이카의 동전이 있었다. 검찰관은 그 동전을 날카로운 눈초리로 바라보고 있더니 중령에게 눈짓을 했다.

"사전(위조 지폐)이라고 생각합니까?" 하고 내가 물었더니,

"조사해 봐야지." 하고 그는 그것을 서류 뭉치 속에 집어 넣었다.

우리들은 밖으로 나왔다.

당시 도스토옙스키는 28세였고 『가난한 사람들』을 발표한 이래 많은 촉망을 받고 있던 신진 작가였다. 그는 그 길로 10년 동안의 연옥(煉獄)으로 들어가게 되었던 것이다.

나는 이른바 페트라셰프스키 사건이 어떤 것인가, 페트라셰프스키란 사람은 어떤 인물인가. 그 연루자들이 어떤 면면(面面)이었던가를 문학적 흥미 이외의 흥미로서 알고 싶었다. 그러나 E. H. 카가 쓴 전기, 몇몇 일본인들이 쓴 전기만으론 대강의 윤곽을 알 수 있었을 뿐 소상한 것을 알 까닭이 없었다. 도스토옙스키의 전기를 쓴 그들마저도 재료의 부족으로 어떻게 할 수 없었던 모양이다.

그런데 1972년 나는 파리에서 레오니드 그로스만의 『도스토옙스키』를 입수함에 따라 비로소 사건의 전모를 알게 되었고, 페트라셰프스키란 사람에 대한 호기심을 얼마간 달래 볼 수가 있었다. 그리고 나는 그때까진 도스토옙스키가 그 모임에서 '베린스키와 고골리'의 왕복 서간(往復書簡)을 읽은 사실밖에 없는데도 그처럼 가혹한 형을 받았다고만 알고 있었는데, 사실은 그런 것만이 아니란 것도 알았다. 그러나 그 정도만으로 나의 호기심이 만족할 까닭이 없었다. 나는 계속 페트라셰프스키 사건에 관한 문헌을 찾기 시작했다. 순전히 그 목적만으로 외국의 친구들에게 편지를 쓰기도 했다.

나 자신 감옥살이를 한 경험이 있고 보니, 그 사건을 알고자 하는 내 마음은 가까운 육친에게 일어난 사고의 전말을 알고 싶어 하는 그런 감정을 닮아 있었다. 나는 성의 있게 찾는 노력이 중요하다는 것을 알았다. 드디어 1973년 베리치코프가 편집한 『도스토옙스키의 재판 기록』을 입수할 수 있었다. 그러자 불행은 계속되었다. 하라다구야, 고이즈미 다께시 등 일본의 러시아 문학자들이 현지에 가서 수집한 자료를 정리해서 만든 『도스토옙스키와 페트라셰프스키 사건』이란 책이 간행되었다는 소식을 들었다.

하라다구야·고이즈미 양 씨의 공편(共編)으로 된 이 책은 이런 종류의 것으로 세계 최고의 서적이 아닐까 한다. 데카브리스토의 반란으로부터 페트라셰프스키 사건에 이르기까지의 역사를 개관(槪觀)하고, 페트라셰프스키 평전(評傳)과 더불어 동시대인의 인상기까지를 수록했을 뿐 아니라, 도스토옙스키의 공술서(供述書), 재판정에서의 신문(訊問) 과정까지 첨부되어 있다. 게다가 밀고자의 보고까지 끼여 있다.

성의와 정열과 능력, 그리고 그 근면이란 여러 가지 미덕(美德)이 합동해서 이루어진 것 같은 이 서적은 그 성립 과정부터가 감동적이다.

사건의 진상을 설명하기 전에 페트라셰프스키 사건의 주범(主犯)이 체포되는 광경을 적어 보기로 한다. 이것은 전기(前記) 도스토옙스키의 체포 장면과 대비하기 위해서다. 페트라셰프스키의 체포는 도스토옙스키의 체포와 동일 동시에 있었다.

다음은 엥겔리손이 쓴 기록이다.

　단정한 복장을 해야 한다는 마음은 항상 있었는데도 그의 넥타이는 언제나 비뚤어져 있었다. 보다도 그를 방문하는 인간들의 심술궂은 웃음을 자아내게 한 것은 그의 실내복이었다. 중학교를 졸업한 이래 체포된 그날까지 그는 변변한 실내복 한 벌을 장만하지 않았다. 한쪽 소매가 어깨 부분에서 찢어져 있어 그는 소매를 끼지 않고 먼저 실내복을 입는다. 그리곤 좀처럼 마음대로 되지 않는 소매에 팔을 끼워 넣었다.

　1849년 4월 23일, 드베리트 장군이 그를 체포하러 왔을 때도 그는 그 실내복을 입고 있었다.

　"옷을 갈아입으시오. 황제 직속 관방(官房) 제3과까지 동행해야겠습니다."

　장군이 자기의 신원을 밝히고 이렇게 말했다.

　"좋습니다."

　페트라셰프스키의 답이었다.

　"그런데 당신은."

　장군은 상대자가 옷을 갈아입을 생각을 안 하는 것을 보고 놀라며 물었다.

　"당신은 그런 복장으로 갈 참이오?"

　"지금은 밤 아뇨? 이 시간엔 이 옷밖에 안 입기로 되어 있소."

"당신은 지금 자기가 어디로 가는 건 줄 모르는 모양이니까 충고하는데요. 좀 말짱한 옷으로 갈아입으시오."

"알았소." 하고 그는 옷을 갈아입기 시작했다.

그 동안 장군은 책상과 선반 위에 흐트러져 있는 책을 바라보고 있었다.

"장군, 책을 보지 않도록 하시오."

페트라셰프스키가 한 말이었다.

"왜요!"

"보시다시피 나한텐 발행 금지된 책 밖에 없으니까요. 보기만 해도 기분이 나빠질 것 아닙니까."

"한데 당신은 무슨 까닭으로 이런 책만 읽고 있는 거요?"

"그건 취미의 문제겠죠." 하고 페트라셰프스키는 가볍게 머리를 흔들며 웃었다.

위대한 작가 도스토옙스키였기 때문에 페트라셰프스키 사건은 길이 세인(世人)의 이목에 남고, 그런 까닭으로 진상과 경위를 탐색하는 작업이 계속된 것이기도 하지만 1백 20, 몇 해 전의 사건에 관한 문헌이 몇 차례의 혁명과 내란의 북새통에도 그대로 보존되어 있다는 것은 놀랄 만한 일이다.

그러나 도스토옙스키의 가계를 1506년까지 거슬러 올라 밝혀 낼 수 있을 정도로 러시아의 사료(史料)가 준비되어 있다는 사실을 감안

하면 그다지 대단한 일은 아니다. 문서(文書)와 유물(遺物)을 소중히 한다는 점으로 확실히 러시아 민족은 문화 민족이라고 할 수가 있다. 우리의 국립도서관에서 해방 직후의 신문과 잡지를 찾다가 목적을 이루지 못했을 때 나는 이런 사실을 새삼스럽게 느꼈다.

본제(本題)와 빗나간 얘기지만 적어도 국립도서관은 해방 직후의 신문 잡지를 수집, 정리해 놓기 위한 성의를 보여야 할 것이 아닌가 한다. 설혹 그 사이 6·25동란이란 엄청난 재화(災禍)가 있었다고 하지만 민족의 가장 중요한 시기의 신문·잡지를 산질(散帙)한 채 안연(晏然)하게 있어서야 될 말이 아닌 것이다.

페트라셰프스키는 참으로 아까운 인물이었다. 요절한 탓으로 도스토옙스키처럼 대성하진 못했지만 대인물이 될 소질을 충분히 갖추고 있던 사람이었다. 브리지밀 엥겔리손은 그를 탁월한 인간으로서 소개하는 글을 쓰기조차 했다.

페트라셰프스키는 1821년 11월 1일 페테르부르크에서 탄생했다. 도스토옙스키보다 이틀 뒤에 난 셈이다. 그의 아버지는 의사였다.

그러나 도스토옙스키의 부친처럼 빈민 병원의 의사가 아니고 러시아 의학계의 최고의 권위자였다. 그런 까닭에 페트라셰프스키가 탄생했을 때는 황제 알렉산드르 1세가 대부가 되었고 그의 세례식엔 황제의 대리로서 밀로라드 위치 장군이 참석했다. 1832년 그는 귀족이라도 특히 명문의 자제만 갈 수 있는 학습원에 입학했다. 학습원 시절부터 그의 반항적 기질은 주위를 놀라게 했다.

그 때문에 학습원을 졸업했을 때 얻은 관업(官業)은 귀족의 자제로선 상상도 못할 최하인 14등관이었다. 그의 근무처는 외무성 외사국(外事局)이었는데 학습원 졸업생의 특권으로 페테르부르크 대학에 다닐 수 있었다.

1845년 4월 『러시아어에 섞인 외국어 사전』이란 책을 만들었다. 그는 그 사전을 통해서 자기의 사상을 보급하기로 작정한 것이다. 그가 생각한 것은 사전의 항목을 빙자해서 정치 개혁의 필요를 설명하고 유럽의 선진(先進) 사상을 소개할 계획이었던 것이다.

그렇게 해서 외래어의 설명을 한답시고 로버트 노웬, 생시몽, 푸리에, 푸루동 등의 저작(著作)과 학설을 소개했다.

그 사전은 다음과 같은 방식으로 되어 있었다.

낙천주의는 '생활의 여러 사실에서 감득(感得)되는 무신론의 압도적인 정세에 대한 유신론의 허망한 방위적(防衛的) 기도(企圖).'

그리스도교는 '자유의 확립과 사유 재산의 폐지.'

국민성은 '일국민(一國民)을 타국민과 구별하는 전형적 특징의 집적(集積). 그러나 세계주의의 발달을 위해선 이러한 차별적 특징을 제거해야만 하고 그래야만이 진보가 있다.'

페트라셰프스키 사건의 각서

다음에 표도르 니콜라에비치 리보프(1823~1885)의 기록을 초록(抄錄)한다. 우리나라엔 아직 알려져 있지 않은 문헌이란 뜻에서 소개한다.

1848년의 혁명에 그 표현(表現)을 본 유럽의 새로운 추세는 러시아, 특히 페테르부르크의 청년들에게 커다란 영향을 끼쳤다. 지금까지 무기력했던 청년들이 돌연 잠에서 깨어난 듯 활기를 되찾았다. 많은 곤란이 있었음에도 불구하고 푸루동, 루이 브랑, 푸리에주의와 생시몽주의자들의 저서가 손에서 손으로 건너 회람되었다. 누구나 혁명을 이끈 새로운 지도 원리를 알고자 했던 것이다.

1848년 이전에 벌써 사회주의의 학설을 믿고 그 방면의 서적을 갖추고 있던 자가 생각하는 청년들의 중심이 된 것은 그리 놀랄 일이 아니다. 페트라셰프스키도 그 가운데의 한 사람이었는데 그는 그 주위에 모인 동지들과 함께 러시아 민중을 위한 희생이 될 운명에 있었다. 은화 3천 루블의 연수입이 있는 그는 상당수의 사람들을 자택에 모을 만한 생활의 여유가 있었다. 1848년부터 이 모임은 조직적인 것으로 되었다. 금요일마다 모일 것, 주로 사회주의 체계에 대한 비판적 검토를 할 것 등이 결정되었다. 논쟁이 벌어졌을 땐 질서를 유지하기 위해 최연장자가 종을 흔들어 일동의 정숙을 요구하기로 되어 있기도 했다(뒤에 예심에선 이 종을 혁명의 가공(可恐)한 무기라고 간주했다).

몇몇이 사회주의 체계의 해설을 담당했다. 다니레프스키는 푸리에주의, 스페시네프는 공산주의를 맡았다. 페트라셰프스키는 사회주의를 논하기 전에 경제학 원리를 확인해 두는 것이 좋을 것이란 제안을 했다. 그렇게 해야만 사회주의가 비판하고 있는 현대 사회의 경제적 관계를 명백하게 파악할 수 있을 것이란 생각에서였다.

경제학의 강의를 맡은 것은 야스톨젬프스키였다. 그는 "경제학적으로 말하면 정부도 하나의 상품"이라고 했다. 시민은 세금으로써 외교와 내정, 양면에 있어서의 안전을 산다. 즉 시민은 자기 재산의 일부를 희생해서 군대, 함대, 재판소, 행정 기관, 경찰 등을 산다. 만일 그 상품이 헐하고 질이 좋으면 그 정부를 유지하는 것은 경제적 원리에 어긋나지 않는 것으로 된다고도 했다.

그밖에 갖가지의 강연이 있었다. 토리는 '종교적 감정(感情)의 기원(起源)에 관해서', 리보프는 '학문(學問)과 산업(産業)과의 관련' 등의 제목으로 연설했다. 11월엔 침코프스키가 일동에게 행동을 촉구하는 연설을 했다.

"반동 체제는 사회 운동을 암살하려고 들 것이다. 약한 자들이여, 내 말에 두려움을 느낄 필요는 없다. 너희들에게 광장으로 나가라고 권하는 것도 아니다. 강한 자도 초조할 필요가 없다. 새로운 사상의 승리를 위해 각자의 서클에서 행동하라는 것이다."

그러나 이 연설에 대해서 모두 불만이었다. 특히 페트라셰프스 키는 "수백, 수천의 젊은 사람을 선동해서 광장으로 내모는 것은 쉬운 일이다. 그러나 그렇게 했을 때 이득을 보는 자는 누구냐. 그들은 사살되든가 교수형이 되든가 할 것이다. 그리고 그들이 추진하려고 노력하는 사업엔 아무런 이익도 없다. 도리어 마이너스만 된다."고 지적했다.

1849년 3월 고로빈스키란 청년(19세)이, 우리들은 오늘날의 러시아에선 불가능한 문제만을 논하고 있다. 보다 실제적인 문제를 취급하는 것이 좋지 않을까 하는 제안을 했다. 이에 대해 페트라셰프스키는 다음과 같이 말했다.

"그대로다. 지금 러시아가 당면한 문제엔 세 가지가 있다. 재판 제도, 농민 문제, 언론의 자유다. 그 가운데서 재판 제도가 가장 중요하다. 재판 제도가 공정하게 되면 농노제(農奴制)의 추악상이 백일하에 폭로되기도 할 것이니 농민 문제도 개선의 단서를 잡을 수가 있다⋯⋯."

이에 대해 고로빈스키는 "농민들은 이 이상 현상을 견디지 못할 상태에 있다."며 흥분했다.

"그럼 다시 프가쵸프의 폭동 사건을 일으키란 말인가." 한 것은 리보프.

"아니다. 농민들은 그들을 지도해 줄 독재자를 필요로 하고 있다." 고 고로빈스키가 외쳤다. 페트라셰프스키는 "그렇게 되면 또 전제적 (專制的)인 지배가 시작될 뿐이다. 나는 어떠한 독재도 반대한다. 누구이건 독재자가 나타나기만 하면 그놈이 아무리 나와 친한 놈이라도 당장 죽여 버릴 테다. 그게 우리들의 의무라고 생각한다"고 쾌연 (快然)하게 말했다.

그런데 이건 우리들이 나눈 최후의 대화였다. 이 대화가 우리들을 체포한 이유가 된 것이다. 밀고를 한 것은 안트네르리였다. 안트네르리를 그 모임에 데리고 온 것은 사람을 곧잘 신용하는 토리였다. 안트네르리는 은화 1천 루블의 보수를 받고 페트라셰프스키 집의 모임을 상세하게 당국에 보고하고 있었다. 페트라셰프스키의 집 이외의 곳에서도 가끔 집회가 있었다. 그 주요한 것은 다음과 같다. 푸리에의 명일(命日)에 있은 만찬회. 그 석상(席上)에서 몇 사람의 연설이 있었지만 온건한 것이었다. 도로프 댁에서의 집회.

이 밤의 시간의 반은 음악을 위한 것이었고, 반은 문학 작품의 낭독과 개인적인 회화를 위해 소비되었다.

이 석상에서 금지된 작품을 유포하기 위해 석판(石版) 인쇄 시설을 하자는 제안이 있었는데, 표도르 도스토옙스키는 이에 동의하지 않았다. 그런데 주목해야 할 일은 도스토옙스키의 죄상(罪狀) 가운데는 석판 인쇄기 설치를 계획했다는 사실이 포함되어 있다는 사실이다.

당국이 가장 중요시한 것은 5인 회원 사이에 있던 회화다. 어느때 몬베르리가 리보프에게 정부의 고관들이 세론(世論)을 겁내지 않고 비열한 행동을 예사로 하고 있는데, 이것은 페테르부르크엔 세론이란 게 도대체 없다는 것을 감안하면 무리도 아닌 이야기라고 말하고, 다음과 같은 제안을 했다.

"이러한 창피스런, 그리고 비열한 전제와 강제에 반대하고 모든 아름다운 것, 착한 것, 시민적 용기를 높이는 방향으로, 세론을 지도할 목적으로 비밀 결사를 만드는 건 나쁜 생각일까. 이 결사는 또한 진보적인 인간뿐만 아니라, 성실하고 현명한 인간을 도와 그들이 직장이나 사회에서 영향력이 큰 지위를 확보할 수 있도록 조력을 한다. 그렇게만 하면 수년 후 우리들의 힘은 상당한 것으로 되지 않겠는가."

리보프는 찬성했다.

"그러한 결사엔 또 하나의 이점이 있다. 언젠가 러시아에 정치혁명이 일어날 경우, 거기서 훈련을 받은 일꾼을 배출할 수도 있으니 말이다."

몬베르리는 이 생각을 페트라셰프스키에게 전했다.

어느 금요일 모임이 끝난 뒤 페트라셰프스키는 리보프를 남아 있으라고 하곤 비밀 결사의 문제를 꺼냈다. 그는 "결사를 만든다고 해도 일체의 정치적 색채를 빼 버리고 세론(世論)을 일정한 방향으로 이끌어 훌륭한 사람을 북돋워 주기 위해 무사(無私)한 태도로 봉사해야 한다"는 말을 했다. 리보프도 동의했다. 그리고 이때 스페시네프에게도 의논해 보기로 결정했다. 12월 7일 밤의 모임엔 페트라셰프스키가 데부를 데리고 왔다. 그러나 이 결사 문제는 스페시네프의 반대로 흐지부지되고 말았다.

1849년 4월 23일 밤중부터 새벽까지 페트라셰프스키 회원과 그들과 동성(同姓)인 자들이 체포되었다. 리보프만이 예외였던 것은 같은 연대(聯隊)에 있었던 동성(同姓)의 다른 사나이가 붙들리고, 그때 본인은 빠진 것이다. 거리에 별의별 소문이 나돌았다. 황제의 암살을 음모했다느니 성상(聖像) 앞에 방뇨를 했다느니 하는 어처구니 없는 애기들이었다.

예심 위원회의 위원으로 임명된 것은 교활한 가가린 공위(公爵 공작), 반미치광이 로스토프체프, 거만한 도르고르코프 공위, 그리고 두베리트였다.

가가린은 페트라셰프스키가 사건과는 관계가 없는 질문에 대한 답변을 거부했을 때 다음과 같이 외쳤다.

"대답 안 하면 네 놈의 몸뚱아리를 칼로 찔러 벽에다 붙여 놓을 테다."

그때 페트라셰프스키는 "그래 갖고 뭣을 얻을 작정이오. 얼만가의 피, 그것뿐일 거요."

가가린은 사건의 진상을 캐내려고는 하지 않고 피고들의 의도만을 문제로 했다. 그들의 주의 주장을 살펴 내어 여하간 국가에 해를 끼칠 놈들이란 결론을 얻으려고만 애썼다. 페트라셰프스키에 대해선 "어떠한 심리를 희망하는가"고 물었다.

이에 대해 페트라셰프스키는 다음과 같이 답했다.

"심리를 하는 덴 두 가지 방법이 있다. 그 하나는 이 나라의 법이 정한 대로인데, 그 본질은 한 사람 죄 없는 자를 벌하기 보다는 열 사람 죄 있는 자를 방면하는 편이 낫다는 에까테리나 여제(女帝)의 말에 표현되어 있다. 또 하나는 리셸레 추기경이 안출(案出)한 것인데 추기경은 다음과 같이 말했다.

'피고의 말 열 마디만 내게 내놓으라. 그것만으로 나는 피고에게 사형 선고를 내릴 수가 있다'고.

나는 물론 먼젓번의 심리를 바라지만 모든 징조로 봐서 이 심리는 제2의 방법으로 진행할 모양이다.

현재 두베리트는 내게 이런 말을 했다. 나는 네가 서류를 불태운 것을 알고 있다. 내 눈으로 재(灰)를 봤다고. 만일 리셸레 추기경이 다시 살아난다면 그는 두베리트 앞에 무릎을 꿇고 '나는 당신 앞에선 소학생이나 다름이 없다'고 할 것이다. 왜냐하면 추기경은 얼만가의 사실이 있어야만 무슨 짓인가를 할 수 있었는데, 두베리트는 어쩌다 남아 있는 담뱃재를 논거로 하려니까 하는 말이다."

피고들은 모두 자기의 사상을 분명히 말했는데도, 그리고 그 사상에 의해서 판결을 했는데도 무엇 때문에 고문(拷問)을 필요로 했을까. 그 이유는 이렇다. 스페시네프의 집에서 인쇄기와 비밀 결사의 맹약 초안(盟約草案) 같은 것이 발견된 것이다. 또 최근 선동적인 이야기를 쓴 그리고리에프의 집에선 프리메손의 명(銘) 비슷한 것을 새긴 칼이 발견되었다. 예심 위원회는 비밀 결사가 존재하는 것은 의심할 여지가 없다고 생각하고 가혹한 고문을 하게 된 것이다.

그들은 가혹한 고문 때문에 동공이 확산하고 뇌출혈을 일으키는가 하면, 광란 상태에 이르기도 했다.

스페시네프는 사흘 동안 식사를 주지 않는 고문을 받았고, 그리고리에프는 있지도 않는 비밀 결사가 있는 것처럼 착각을 일으켜 완전히 발광해 버렸다.

페트라셰프스키는 이들보다 강한 의지로써 참고 견딜 수가 있었다. 그는 자기가 놓여진 상황을 잘 이해할 수가 있었다. 어느 날 고문에서 의식을 잃은 그가 의식을 회복하자 옆에 있는 의사에게 라틴어로 말했다.

"나는 너무나 심한 고통에 지쳐 버렸다. 당신의 학문의 힘으로 건강과 이성을 내게 돌려주시오. 내겐 지금 그것이 필요하오."

의사는 다른 사람에게라도 말하듯 그의 머리에 손을 짚고, "그의 머리는 그다지 덥지 않소."라고 했다. 격노한 페트라셰프스키는 도어를 차는 등 난동을 부렸다.

드디어 광인복(狂人服)을 입고 얼마 동안 그는 침대에 붙들려 매어 있게 되었다.

페트라셰프스키 사건의 재판

1847년 11월 16일 군법 회의는 심리(審理)를 끝내고 다음과 같은 판결을 내렸다.

사형 15명

징역 6년 1명

징역 4년 4명

유형(流刑) 1명

미결(未決) 1명

발광자(發狂者) 1명

그러나 형법에 의한 사형은 당시 금지되어 있었고, 전시 형법(戰時刑法)을 적용한다고 해도 사형을 언도할 수 있는 것은 최고 형사 재판소에 국한되어 있었다. 그러니 군법 회의의 15명 사형 판결은 원래 법적으론 성립되지 못하는 것이었다. 도스토옙스키도 사형 판결을 받은 축에 끼어 있었다.

1847년 12월 22일 오전 8시.

얼어붙은 유리창이 달린 사륜마차에 실려 도스토옙스키는 어딘지도 모르는 곳으로 끌려갔다. 호송병(護送兵)이 마차의 문을 열었다.

"빨리 내려라."

마차에서 나와 보니 모두들 와 있었다. 눈에 덮인 연병장 일각에 사형대가 차려져 있고, 바로 그 옆에 텁수룩하게 수염이 길어 있는 페트라셰프스키가 서 있었다.

열병장(閱兵場) 중앙엔 보병 부대와 기병 부대가 장방형을 만들어 서 있었다. 이것은 수형자(受刑者)로 되어 있는 장교, 파림과 그리고리에프와 몬베르리가 근무하고 있는 부대였다.

네모난 대열의 한가운데 검은 나사(羅紗)를 둘러 씌운 사형대가 있었고 토루(土壘) 근처엔 호송병들이 데리고 온 수인(囚人)들을 정렬시키고 있었다.

수형자들은 몇 달 동안을 고독한 독방 속에서 지내 왔기 때문에 서로 반기며 껴안기도 하며 환성을 올리기도 했다. 이런 행동은 엄숙한 군기를 문란하게 하는 것이었다. 시종무관(侍從武官)인 스마로코프가 말을 타고 달려와서 "모두들 정렬시켜라"고 호통을 쳤다.

요새 소속의 소령이 그들을 연주(連珠) 식으로 묶었다. 그 앞에 법의(法衣)를 입은 승려가 나타났다. 그는 행렬의 선두에 서서 그들을 사형대 앞으로 인도해 갔다.

"받들어 총!" 하는 명령과 함께 요란스럽게 북소리가 울렸다. 그 소리와 함께 법무관이 가설단(假說壇) 위에 서서 판결문을 읽었다.

"법무 장교단은 군사 재판 위원회의 심리(審理)에 좇아 국가 질서의 전복을 기도한 전원의 유죄(有罪)를 인정하고 총살형에 처할 것을 결정했다."

페트라셰프스키에 이어 몬베르리와 그리고리에프가 사형대에 묶여 눈가림을 당했다.

"몬베르리, 다리를 되도록 높이 올려라. 그렇지 않으면 감기에 걸린 채 천국으로 가게 된다"고 페트라셰프스키가 말했다.

한편 교수대 앞에 서 있는 자들은 시종 침착한 태도를 취하고 있었다. 침코프스키만은 참회를 하기 위해 사제 앞으로 걸어갔다. 도스토엡스키는 약간 흥분한 모양으로 빅토르 위고의 〈사형인(死刑囚) 최후의 날〉을 상기했다며 스페시네프의 곁으로 가서 프랑스어로 속삭였다.

"Nous serons avec le christ……."

(우리들은 그리스도와 더불어 있을 것이다)

스페시네프는 냉소를 띠고 답했다.

"Un peu de poussière!……."

(한줌의 먼지일 뿐이지)

성명과 죄상(罪狀)을 읽는 소리는 계속되고 있었다.

"퇴역 공병(工兵) 중위 표도르 도스토엡스키(27세)는 범죄적 음모

에 가담하여 희랍 정교회 및 최고 권력에 대한 불손한 표현에 가득
찬 사신(私信)을 유포하고, 자가 인쇄(自家印刷)에 의해 반정부 문서
를 유포하려 한 죄목에 비춰 총살형에 처한다."

이런 절차가 다음다음으로 계속된 후 사제가 "죽음은 죄의 보상"
이란 최후의 설교를 하고 입을 맞추라고 커다란 십자가를 수형자들
앞에 내놓았다.

이때의 심정을 도스토옙스키는 20년 후, 어느 정치범의 얘기에
가탁(假託)해서 다음과 같이 쓰고 있다.

"……가까운 데 교회가 있었습니다. 금색 지붕인 가람(伽藍)의 꼭
대기가 밝은 양광(陽光)을 받고 눈부시게 빛나고 있었습니다. 그는
그 지붕과 그 지붕이 반사하는 빛을 집요하게 바라보고 있었습니다.
그 빛에서 눈을 뗄 수가 없었던 거죠. 그 빛이 자기의 새로운 본체(本
體)이고 3분 만 지나면 자기도 그 빛에 융합될 것이란 생각이 들었습
니다……. 그러나 간단없이 떠오르는 상념, '만일 내가 죽지 않는다
면 어떻게 될까. 만일 생명을 보전할 수 있게만 된다면 나는 무한한
시간을 느낄 수 있을 것인데', 이 생각처럼 무겁게 그를 억누르는 생
각은 없었다는 거죠(『백치』 제1편 제5장)."

돌연 사형대에서 홍소(哄笑) 소리가 터져 나왔다. 페트라셰프스
키가 경련을 일으킨 것처럼 몸을 떨면서 도전적인 태도로 사형복의

소매를 쳐들며 외쳤다.

"제군(諸君), 우리들이 이 헐렁헐렁한 사형복을 입고 있는 꼬락서니가 우습지 않습니까."

이 정치 선전가는 사형대 위에서도 그의 신념을 굽히지 않았다. 그의 홍소(哄笑)는 최후로 정부 권력에 대한 자기의 모멸을 표시하는 동시 동지들의 용기를 북돋울 요량이었던 것이다. 그들은 세 사람씩 나눠 서게 되었다. 그리고 세 사람씩 불려 회색의 기둥에 묶였다. 이 사정을 전한 도스토옙스키의 편지가 있다.

형님!

세 사람씩 불려 나가는데 내 차례는 2회째가 되어 있었습니다. 그러니 내 명(命)은 1분밖엔 남지 않았던 거죠.

형님!

내가 생각한 것은 전부 형님에 관한 것뿐이었습니다. 그래도 옆에 있는 도로프와 형 레시체에프와 서로 안고 이별의 인사를 할 시간의 여유는 있었습니다.

3인의 수형자는 기둥에 묶여 섰다. 페트라셰프스키의 얼굴은 침착했다. 그 눈은 크게 열려 지금 일어날 사태를 조용히 지켜보는 눈빛이었다. 몬베르리의 얼굴은 미동도 하지 않고 백지보다도 창백했다. 그리고리에프의 눈은 광인(狂人)의 눈처럼 되어 이미 생기를 잃고 있었다.

3소대의 병사가 기둥 전방 10미터 지점으로 전진해 왔다. 각 수형자 앞에 근위병 16명으로 된 사수들이 정렬했다. 지휘관의 호령이 있었다.

"탄환 장전!"

탄환을 장전하는 소리가 잠시 요란했다.

"모자를 눈 위에까지 내리도록 해!"

페트라셰프스키의 조용한 눈도 몬베르리의 창백한 얼굴도 그리고리에프의 광적인 표정도 백두건(白頭巾) 아래로 숨어 버렸다. 그러나 페트라셰프스키는 격렬하게 머리를 흔들어 흰 모자를 얼굴에서 떼어 버렸다. 그리고 외쳤다.

"이 눈으로 나는 죽음을 보고 싶다."

지휘관의 호령이 있었다.

"조준(照準)!"

소대의 총신(銃身)이 일제히 수형자를 향해 겨누어졌다. 그러나 "쏴라"는 호령은 이어지지 않았다.

이때 광장으로 말을 타고 달려오는 시종무관이 있었다. 한 통의 봉서(封書)를 스마로코프 장군에게 건넸다.

법무관이 다시 등단하더니 새로운 판결문을 읽었다. 사형을 무기, 또는 유기(有期)의 징역과 유형(流刑)으로 바꾼다는 내용이었다. 도스토엡스키에 대한 새로운 판결은 4년간 요새 도형(要塞徒刑)에 처하고 그 후론 병졸로서 병역을 치르도록 한다는 것이다.

형장에서 무기 도형의 선고를 받고 당장 시베리아로 떠나야 하는 페트라셰프스키가 무거운 족가(足枷)를 달고 동지들과 이별의 인사를 나누었다.

"자, 모두들 비관하지 말라. 이 족가는 서구의 영지(英知)가 만들어 준 존귀한 액세서리나 다름이 없다. 이 영지는 엄숙하게 인류애를 심어 준 것이 아닌가."

그는 일동과 포옹을 끝내자 깊게 머리를 숙여 인사를 하고 천천히 멀어져 갔다. 그를 제외한 사람들은 다시 요새 감옥으로 되돌아갔다. 이 날 감옥에서 도스토옙스키는 형에게 다음과 같이 편지를 썼다.

형님!

나는 낙담하지 않습니다. 어딜 가도 생활은 생활입니다. 생활은 우리의 내부에 있는 것이지 바깥에 있는 것이 아닙니다. 어떠한 불행 속에 있어도 의기 소침하지 않고 타락하지 않는다는 것. 그것이야말로 인생이며 인생의 목적이 아니겠습니까. 이 생각이 나의 혈육이 되었습니다.

여하간 내겐 사랑할 수도 고민할 수도, 기억할 수도 있는 피와 살이 남아 있습니다. 지금처럼 풍부한 정신세계가 내 내부에 비등하고 있은 적은 아직 한 번도 없습니다.

이 대목을 인용하고 그로스만은 다음과 같이 말한다.

"금방 사형의 고통을 체험하고 수 시간 후엔 도형(徒刑) 길을 떠나야 할 이 감수성이 강한 사나이의 작가혼(作家魂)의 강렬함과 용감함은 실로 비교를 절(絶)한다."

그의 그 편지엔 다음과 같은 절규도 있다.

과거를 돌이켜 보건대 얼마나 많은 시간을 낭비하고 과오와 태타(怠惰)와 무능한 생활을 했는지 참으로 후회막급입니다. 얼마나 시간을 소홀히 했는가, 마음에도 없는 짓을 해왔는가를 생각하면 창자가 잘리는 느낌입니다.

생활은 하늘이 준 선물입니다. 생활 자체가 행복이어야 하는 겁니다. 일순간 일순간을 영원의 행복으로 할 수도 있었던 것입니다.

형님!

맹세합니다. 나는 희망을 잃지 않고 정신과 육체를 청정(淸淨)하게 지켜 나갈 것입니다.

이것을 두고 그로스만은 또 말한다.

"간수 입회하에 황급히 쓴 이 단편은 맥락이 분명치 않은 데가 있기는 하지만 세계 예술의 가장 훌륭한 천계(天啓)와 통한다. 그것은 '고뇌를 넘어 환희'를 엮은 베토벤의 영원의 유언을 닮고 있다."

12월 24일 밤, 그의 형 미하일과 알렉산드로 미류코프는 사령부 건물 안으로 들어가 도스토옙스키와 면회할 수가 있었다. 수인(囚人)의 행장(行裝)을 한 도스토옙스키와 도로프가 헌병에 이끌려 나타났다.

면회 시간은 30분이었다. 형 미하일의 눈엔 눈물이 넘치고 입술이 떨리고 있었는데 도리어 도스토옙스키는 냉정을 잃지 않고 그의 형을 위로하고 있었다고 후일 미류코프는 회상하고 있다. 그는 형에게 다음과 같은 말을 했던 것이다.

"형님, 울지 말아요. 당신도 알겠죠? 나는 관 속으로 들어가는 것도 아니고 죽을 곳으로 가는 것도 아니지 않습니까. 그리고 도형지(徒刑地)라고 하지만 맹수가 있는 것도 아니고, 아마 나보다 훨씬 훌륭한 사람들이 있을지도 모를 일 아닙니까. 도형을 끝내면 또 쓰기 시작하겠습니다. 많은 일을 이미 체험했고 그곳에 가서도 좋은 체험이 있겠죠. 얼마라도 쓸 수 있을 겁니다."

그리고 그날밤 새벽 도스토옙스키는 10파운드쯤 무게의 철제 족가를 달고 무개(無蓋)의 썰매에 실려 시베리아를 향해 출발한 것이다.

페트라셰프스키 사건의
공술서(供述書)

『도스토옙스키의 재판 기록』을 편집한 베리치코프는 다음의 공술서(供述書)를 1849년 5월 6일 페트로파브로프스크 요새 감옥에서 집필된 것으로 추정하고 있다. 나는 이 기록을 읽은 뒤 몇 시간을 가벼운 흥분 상태에 있었다. 정직하게 말해서 남의 기록을 읽은 것 같은 기분이 아니었다. 나는 내가 받은 고통을 역력히 회상하게 되었다. 112년을 격하고 문호(文豪)와 똑같은 경험을 나눌 수 있었다는 것이 영광일까, 비애일까 하는 마음마저 들어 착잡하기 짝이 없었다.

좀 더 과장해서 말하면 도스토옙스키의 문학은 페트로파브로프스크 요새에서 쓴 공술서의 확대이고 그 발전이 아닌가 하는 의견을 갖게도 되었다. 이렇게 말하는 것은 나의 경험이다. 나는 어떤 작품을 쓰는 경우에 있어서도 나의 억울함을 어떻게 호소할 수 있을까, 나의 무죄를 어떻게 증명할 수 있을까 하는 마음을 지워 버릴 수가 없었다. 죄 없이 재판을 받고 징역을 산다는 것은 법률에 대해서도, 나 자신을 위해서도, 사회에 대해서도, 죄 자체에 대해서도 치욕이란 관념에서 벗어날 수가 없는 것이다.

도스토옙스키의 공술서를 읽으면 그 사정과 그 심정이 손에 잡힐 듯 선명하게 부각된다. 아아, 그 공술서를 써야 한다는 그 상황! 나는 서대문 형무소에서 얼어붙은 잉크를 침으로 녹이면서 추위에 굳은 손가락에 펜을 끼고 그림을 그리듯 한자 한자 공술서를 썼다. 러시아에서도 5월이면 따뜻한 날씨일 것이어서 도스토옙스키의 잉크는 얼어붙지 않았고 그의 손은 추위에 굳지 않았을 것이지만, 그 공술의 한 단어, 한 단어를 읽을 적의 그의 심정은 북극의 기상을 닮아 있었던 것이 아닐까.

하여간 나는 이 기록을 도스토옙스키를 사랑하는 사람으로선 필독(必讀)해야 할 것으로 믿고 다음에 수록할 작정이다. 도스토옙스키가 그 재판을 계기로 반동화(反動化)했다는 것이 거의 정설처럼 되어 있지만 우리는 그의 공술서 신문(訊問)에 대한 응답을 통해 그가 얼마나 대담하게 체제를 비판하고 친구를 감싸며 야무진 법정 투쟁을 했는가를 알 수가 있다. 호락호락 정설을 믿어선 안 되는 것이다. 다음이 그 공술서이다.

나는 페트라셰프스키에 관해서, 또 그의 집에 금요일마다 드나든 사람들에 관해서 모든 것을 쓰라는 요구를 받고 있다. 최초의 신문(訊問)을 곁들여 생각한 결과 나는 다음의 사항에 관해 명확한 답을 하라는 것으로 결론짓는다.

1. 일반적 인간으로서 또는 특히 정치적 인간으로서 페트라셰프
   스키가 어떤 인간이냐는 점
2. 내가 고발한 그 집의 야회(夜會)에서 어떤 일이 있었던가, 그 야
   회에 관한 나의 견해
3. 페트라셰프스키 회(會)엔 무슨 비밀 목적이 있었던가, 페트라
   셰프스키는 유해(有害)한 인간인가, 또 사회에 대해서 그는 어
   느 정도로 유해한가.

금요일마다 나는 그의 집을 찾고 그도 종종 내 집을 찾는 일이 있
곤 했지만, 나와 그는 극히 친한 사이라곤 할 수 없다. 내가 그의 집
에 자주 드나든 것은 거기에 가면 서로 잘 알기는 하면서도 만날 기
회가 없는 그런 친구를 거기서 만날 수 있었기 때문이다. 특히 그를
만나기 위한 것은 아니다. 그러나 나는 페트라셰프스키를 항상 성실
하고 고심(高深)한 인간으로서 존경해 왔다.

그가 특이한 사람이란 것은 그를 알고 있는 모두가 말하고 있는
그대로다. 페트라셰프스키는 분별보다 지성이 뛰어나 있다는 말을
나는 종종 들었다. 그런데 그의 기벽(奇癖)을 설명하는 것은 그다지
쉬운 일이 아니다.

그는 항상 바쁘게 돌아다니고 있었다. 대단한 독서가여서, 특히
푸리에의 이론 체계에 관해선 세부에 이르기까지 통달하고 있었다.

이상이 그에 관해서 내가 아는 전부라고 할 수가 있다. 그의 성격

을 안다고 하기엔 나는 너무나 부족한 자료를 가지고 있는 셈이다. 되풀이하거니와 나와 그는 친밀한 사이가 아니다.

정치적 인간으로 보았을 때 나는 그가 일정한 정치적 견해를 가지고 있다고 판단할 순 없다. 내가 그에게 인정한 것은 하나의 이론 체계에 대한 일관성이다. 그것도 자기의 이론 체계가 아니고 푸리에의 그것이다. 그러나 그는 푸리에의 이론 체계를 그냥 우리나라의 사회생활에 적용할 수 있으리란 생각을 가지고 있었다고 보진 않는다. 이 점만은 단언할 수가 있다.

그의 집에 금요일마다 모이는 사람들은 거의 전부가 그의 친구였다. 가끔 모르는 사람이 나타나긴 했지만 그건 드문 예에 속한다. 거기선 갖가지 의견이 나오기도 했는데 나는 한 번도 의견의 일치가 있었던 적은 본 적이 없다. 페트라셰프스키의 모임엔 어떠한 의견의 일치도 하나의 경향도 항차 공통 목적 같은 것도 없었다. 어느 문제를 두고 세 사람 이상이 같은 의견을 갖는 예를 본 적이 없다. 그래서 항상 토론이 치열했고 견해의 대립이 있었다. 나도 이러한 토론에 종종 참가했다.

그러나 무슨 까닭으로 그러한 토론이 생기고, 그 토론에 내가 참가했는가를 말하기 전에, 나의 죄상으로 되어 있는 사실에 대해서 몇 마디 하고자 한다. 나의 죄상은 페트라셰프스키의 집에서 토론에 참가하여 자유주의적인 언사를 농(弄)하고 문학 논문 〈베린스키와 고골리의 왕복 서한〉을 읽었다는 것으로 되어 있다. 솔직하게 말하면 나는 이 세상에서 가장 어려운 문제는 자유주의, 또는 리버럴리스트란 말을 정의하는 노릇이라고 생각한다. 이 말이 무엇을 뜻하는 것이냐. 법에 반대하는 말을 하는 사람을 말하는 것일까. '머리가 아프다'고 한 소리를 위법이라고 하는 사람들도 있고, 못할 소리가 없게 지껄이는 사람들도 보아 왔다. 그런데 도대체 누가 내 마음속을 들여다볼 수 있었는가. 내가 페트라셰프스키의 집에서 얘길 한 적은 꼭 세 번 있었다.

두 번은 문학에 관한 얘기였고 한 번은 개인의 에고이즘에 관한 얘기였다. 내 말 가운데 정치적인 내용이 있었는지, 자유주의적인 것이 있었는지 지금 기억할 순 없다. 그러나 내게 대한 비난이 어쩌다 귀에 담은 조각조각의 말을 종이쪽지에 적어 놓은 밀고에 바탕을 둔 것이라면 참으로 어처구니가 없는 일이다. 전후의 관계를 생각지도 않고, 어떠한 의도로 누구를 상대로 말한 것인지도 개의치도 않고, 남의 말을 훔쳐 듣고 조각조각의 말을 임의대로 엮어 그것을 토대로 남을 비난하려는 노릇처럼 위험한 짓은 없다. 그러나 나는 나자신을 알고 있었기 때문에 그 따위 비난 같은 것은 겁내지 않는다.

가령 보다 나은 것을 바라는 마음이 리버럴리즘이고, 자유주의라고 한다면 그런 뜻으로서 나는 자유주의자다. 조국에의 사랑을 지니고 아직 한 번도 조국에 대해 죄지은 적이 없다는 자각을 마음속에서 발견한 까닭에, 내겐 시민으로서의 권리가 있고 조국에 대해 선(善)을 요구할 권리가 있다고 느끼는 사람이면 누구나 자유주의자라고 부를 수 있다는 똑같은 의미로 나는 자유주의자다.

내가 미움과 분노를 자아내어 폭력적-혁명적 변화를 바라고 있었다는 증거를 제시할 수 있다면 제시해 봐라. 그러나 나는 그런 죄증(罪證) 따위를 겁내지 않는다. 왜냐하면 이 세상의 어떤 밀고도 내게서 무엇 하나 빼앗을 수가 없고 보탤 수도 없기 때문이다. 어떠한 밀고도 있는 그대로의 나를 다른 나로 바꿀 순 없다.

다른 사람이면 침묵하고 있는 것을 의무처럼 생각하는 화제 그것이 반정부적인 말은 삼가야 한다는 그런 마음먹기로서가 아니라, 큰소리로 말하지 않는 게 무난하지 않을까. 그러니 침묵하는 게 상책이라고 생각하고 있는 그런 화제에 관해 내가 말했다고 해서 그것이 나의 자유주의를 증명한단 말인가. 나는 이러한 사고방식이야말로 정부를 모욕하는 것이라고 생각하고 분함을 금할 수가 없다. 왜 바르게 살고 바르게 행동하려는 사람이 자기의 마음을 솔직하게 발표하는 것을 겁내야 하며, 그 때문에 자기의 입장을 걱정해야 하는가. 법이 개인을 보호하지 않기 때문에, 한마디 오해를 받는 말로써 패가 망신할 수도 있기 때문에 이런 결과가 있게 된 것이 아닌가.

나는 모든 사람이 정부에 대해서 솔직할 수 있으면 얼마나 좋을까 하는 생각을 가지고 있다. 언제나 나는 슬픈 마음으로 지켜보는 것이지만 우리들은 왠지 본능적으로 무엇인가를 겁내고 있다. 공공의 장소에 모이기만 하면 서로를 불신하는 눈초리로 보고 괜히 주변을 살피곤 한다. 어쩌다 정치 얘기를 꺼낼 때면 공화제 같은 건 그 인간의 사상으로선 프랑스보다도 먼 곳에 있는 화제인데도 불구하고 반드시 소리를 낮추어 비밀스럽게 말한다. 그런데 이러한 필요 이상의 침묵과 공포는 우리들의 생활을 어둡게 칠한다. 그리고 이러한 태도가 정부를 신경적으로 만들고 거꾸로 민중을 불안하게 하는 작용으로 상승한다.

한자락의 바람에 흔들리는 나약하기 짝이 없는 무의식의 신념보다는 의식적인 신념이 훌륭하고 튼튼하다는 것을 나는 믿어 왔다. 그런데 침묵하고 있어선 의식이 형성될 까닭도 없고 생명을 가질 수도 없다.

부득이 사람과의 교류를 피해 소그룹으로 세분화되든지 고독 속에서 무감동한 존재로 경화(硬化)하든지 할 수밖에 없다. 이러한 상태는 누구의 죄인가. 우리들 자신의 죄다.

나는 항상 이렇게 생각해 왔다.

나 자신은 열변가(熱辯家)가 아니다. 나는 극히 적은 수가 모인 자리에서도 오래 얘기하길 좋아하지 않는다. 그리고 나의 친구는 극히 적다. 내 시간의 반은 생계를 유지하기 위한 일 때문에 쓰인다. 다음의 반은 병든 지 3년이나 되는 우울증의 발작으로 채워진다. 독서할 시간, 세상 일 알기 위한 시간은 얼마 되지 않는다.

그러니 내가 세상 일반의 관례라고 할 수 있는 침묵과 도회(蹈晦)의 방식을 어기고 무언가를 썼던가, 말했던가 했다면 그것은 나 자신을 지킬 목적으로서가 아니라 나의 신념을 토로할 목적이었을 것이 분명하다.

　그런데 도대체 나는 무슨 까닭으로 무엇에 대해 비난을 받고 있는 것일까, 정치에 관해서 서구에 관해서 검열에 관해서 내가 한 말이 못마땅하다는 얘길까. 그런데 오늘날 그러한 문제를 두고 말하지 않고 생각하지 않는 사람이 있는 것일까. 만일 내게 나 개인적인 의견을 말할 권리가 없고, 어떤 그 자체가 권위가 되어 있는 듯한 의견에 반대하는 권리를 가지고 있지 못하다고 하면, 도대체 나는 무엇 때문에 배우고 학문에 의한 지식욕을 소중히 하고 있었단 말인가.

　중반에 이르면 그의 공술서는 공술서라고 하기보다 항의서의 빛깔을 띠기 시작한다.

　그는 유럽, 특히 프랑스의 정정(正情)을 들먹이며 그러한 나라의 정치적 사건을 논하고 현대적인 교양을 쌓으려고 노력하는 것이 왜 나쁘냐고 반문한다.

　서구에 있어서의 혁명과 서구에 있어서의 위기가 역사적 필연성을 해명한다고 볼 수 있을 때, 그런 일에 관심을 갖고 토론하는 것이 무슨 까닭으로 비난을 받아야 하는 일인지 알 수 없다고 흥분하기도 한다.

　그러나 그는 서구의 공화사상(共和思想)을 그대로 신봉한 적은 없다고 밝히고, 러시아에 알맞는 개혁을 모색해 보는 이외의 언동은 한 적이 없다고 단언하며 공술서는 다음과 같이 계속되고 있다.

나는 우리나라의 검열(檢閱)이 지금에 와서 무법(無法)할 정도로 가혹하다고 말하기도 했고 한탄도 했다. 그 까닭은 이러한 검열 때문에 엉뚱한 오해가 생겨 그것이 문학에 있어서 아주 곤란한 무질서의 원인이 되어 있다고 느꼈기 때문이다.

현대에 있어서 작가의 사명은 부당한 혐의로 인해 손상을 받고 있다. 검열자는 작가가 무엇을 쓰기도 전에 당연한 정부의 적처럼 작가를 취급하고 노골적인 편견으로써 원고를 분석하려고 든다. 이런 일이 나는 슬펐다. 내용에 아무런 나쁜 점도 없는데 작품의 결말이 비극적이란 바로 그 점만으로 어떤 작품의 발표를 금지했다는 소식을 듣는 것은 내게 있어선 너무나 슬펐다. 내가 이미 쓴 작품을 검토해 보라. 그것이 검열에 제출되기 전의 원고를 보라. 도덕과 질서에 반(反)한 말이 단 한 단어라도 있었으면 그걸 지적해 주길 바란다. 그런데 나는 너무나 어두운 색채로써 정경을 묘사했다는 이유로 작품을 금지 처분당한 쓰라린 경험을 가지고 있다.

발표가 금지된 작품의 저자가 얼마나 암담한 상황에 놓이게 되는가는 아마 상상도 못할 것이다. 그 작가는 실업(失業)보다도 더 나쁜 상태에 석 달 동안이나 놓이게 된다. 그러나 먹고 살아야 하니까 궁핍과 슬픔과 절망 속에서 밝고 아름다운 장밋빛 빛깔로 새로운 문학 작품을 쓸 시간을 억지로 만들어 내야만 한다. 이런 소릴 한다고 해서 내가 위험 사상의 소유자인가.

문학은 아무리 얕잡아도 국가에 있어서 가장 중요한 일 가운데의 하나이다. 그런데 이러한 긴장된 정황 속에선 문학이 존속하기란 어렵다. 뿐만 아니라 모든 예술이 말살될 지경에 있다. 현재와 같은 검열 하에선 그리보에프도, 폰 뷔진도, 푸시킨 같은 작가도 존재할 수 없게 된다.

문학이 조소하는 건 악덕(惡德)이다. 특히 선의 가면을 쓴 악이다. 그런데 현재 조소(嘲笑)가 가능한가. 검열관은 기를 쓰고 작가가 특정한 인물, 또는 질서를 빈정대고 있는 것이 아닌가 하고 설쳐댄다. 그들은 무해한 문장 속에서까지 어떤 악의를 찾아내려고 한다. 그리고는 있지도 않은 위험 사상을 상상으로 만들어 내선 한 작가의 고심한 결과인 작품을 그의 환각과 더불어 매장해 버린다. 악덕과 인생의 어두운 면을 은폐함으로써 악덕과 인생의 어두운 면의 존재를 독자의 눈으로부터 감출 수 있다고 생각하는 모양이다.

작가란 어두운 면까지를 제시하고 자신이 독자에게 대해 불성실하지 않도록 조심할 뿐이다.

밝은 빛깔만으로는 그림이 되질 않는다. 어두운 면 없인 밝은 면이 나타날 까닭이 없다. 빛과 그늘이 혼재되어 있지 않은 그림이 있겠는가. 덕과 선만을 그리라는 사람이 있다. 그러나 악덕이 없으면 선은 없다. 선악(善惡)은 동거하고 있는 게 보통이다. 나는 악덕과 인생의 어두운 면만을 묘출하는 것을 지지하는 것은 아니다. 예술의 가능을 얘기하고 있을 뿐이다.

나는 문학과 검열 사이에 오해가 있다고 생각하고 그런 오해는 하루 바삐 해소되어야 한다는 얘길 친구들 사이에서 했다. 이것이 위험한 사상의 소유자란 증거가 될 수 있는가.

나는 페트라셰프스키의 모임에서 〈베린스키와 고골리의 왕복 서한〉을 읽었다고 해서 비난을 받고 있다. 그 사실이 내가 저지른 죄상 가운데 끼어 있다.

나는 그 편지를 읽었다. 그러나 어디까지나 문학적 기념비로서 읽은 것이지 청중을 유혹할 목적으로 읽은 것은 아니다. 문학에 대한 깊은 조예(造詣)로써 쓰여진 논문으로 해서 많은 사람들의 존경을 받고 있는, 그리고 이미 작고한 걸출한 인물에 대한 존경심으로 나는 일체의 평론을 섞지 않고 그 왕복 서한의 전문을 읽은 것이다. 페트라셰프스키의 집에 모이는 사람들 사이엔 사상의 경향에 있어서 일치점이 전연 없었다는 것은 이미 말한 그대로이다.

그 모임에 무슨 비밀의 목적이 있지 않았느냐의 질문에 대해선 그 의론백출(議論百出)의 상태, 갖가지의 개념, 성격, 개성의 혼돈한 병재(並在)를 설명함으로써 해답이 나오지 않을까 한다. 나는 그 혼돈 상태 속에 무슨 비밀 목적이 있었다고는 도저히 생각할 수 없다. 그리고 이것은 결코 오해가 아니란 자신도 있다.

드디어 최후의 질문에 답할 차례가 되었다. 페트라셰프스키 자신이 유해한 인물인가, 유해했다면 사회에 대해서 어느 정도로 유해했는가의 질문이다.

첫째 페트라셰프스키를 유해한 인물이라고 할 땐 그가 푸리에주의자이기 때문에 유해하다고 하는 뜻이 포함되어 있다고 나는 해석한다.

페트라셰프스키가 푸리에(Fourier, Francois Charles: 불란서의 대표적 공상사회주의자)의 이론 체계를 존중하고 있다는 사실은 나도 잘 알고 있다. 푸리에주의자로서 그는 사람들의 공명(共鳴)을 바라지 않았을 까닭은 없다.

그러나 그가 자기 사상을 보급하기 위해 추종자를 만드는 등 노력하지 않았느냐고 물으면 나는 그런 일은 전연 모른다고 할밖엔 없다. 그는 학교의 교사를 모임에 끌어넣어 그들을 통해서 푸리에주의를 보급하려고 하지 않았느냐는 질문을 받았지만 이것 역시 모른다고 할밖엔 없다. 그의 지인 가운데 토리라고 하는 교사가 있었다고 최근에 들었지만 토리에 관해선 전연 아는 바가 없다.

또 야스톨젠스키란 교사가 있었지만 그가 교사라는 것을 안 것은 그로부터 정치 경제에 관한 얘기를 들었을 때였다. 이밖엔 페트라셰프스키의 지인 가운데 교사가 있었다는 소린 듣지 못했다. 내가 판단하건대 야스톨젠스키는 최신학파의 순수한 경제학자이며 엄격한 경제학 교수들이 인정하고 있는 정도로 사회주의를 인정하고 있지 않나 한다. 사회주의는 나름대로의 비판적 연구와 통계 부문에 의해 많은 학문적 이익을 마련했기 때문이다. 야스톨젠스키는 푸리에주의자가 아니었고, 따라서 페트라셰프스키에게 새삼스럽게 배울 아무것도 없었다. 그러니 푸리에주의를 그가 보급했느냐 하는 문제는 추측을 통해서 밖엔 설명할 수가 없다. 그러나 추측으로써 말할 수가 없는 것이다.

나는 신문관(訊問官)으로부터 이때까지진 그 존재조차 몰랐던 원고를 제시받았다. 그 일절엔 푸리에주의의 승리를 열렬하게 희망한다는 뜻이 적혀 있었다. 만일 원고 전체가 전부 그런 내용이고 그것을 페트라셰프스키가 쓴 것이라면 당연히 그는 그 사상의 보급을 희망하고 있었던 것으로 된다. 그러나 그가 실제적으로 무슨 수단을 강구하고 있었던가 하는 문제에 관해선 의연 나는 모른다고 할 수밖에 없다.

나는 그의 비밀을 모른다. 나와 페트라셰프스키가 친밀한 사이라는 것을 증언하는 사람은 아마 한 사람도 없을 것이다. 내가 그를 금요일마다 방문한 것은 지인의 하나로서였지 그 이상의 아무것도 아니다. 나는 그의 계획도 모르고 그 원고를 본 것도 처음이고 그 내용도 아까 들먹인 그 일절 이외엔 전연 아는 바가 없다. 그러니 그가 무엇을 하고 있었는가, 무슨 수단을 강구하고 있었는가에 관해선 내겐 전연 할 말이 없다.

그러나 내 자신의 판단을 말해 보겠다. 이 판단은 내 확신에 바탕을 둔 것이며, 깊은 생각 끝에 이루어진 것이다. 결국 이러한 판단 때문에 페트라셰프스키의 죄상에 관한 최초의 심문엔 확실한 대답을 할 수가 없었다.

책이라든가 원고 또는 단편적으로 기록된 회화(會話)라든가 하는 증거물은 페트라셰프스키를 재판하는 사람의 눈엔 얼마나 중요한 것인질 나는 안다. 그러나 나는 페트라셰프스키에 관해 질문을 받은 이상 이 사건 전체에 대한 나의 견해를 말하지 않을 수 없었다.

이렇게 전제하고 도스토옙스키의 공술서는 감동적인 전개를 보인다. 나는 그 내용을 통해 아직 27세 밖에 안 되는 청년, 도스토옙스키가 서구적 사회사상에 대한 확고한 견식을 벌써 그때 가지고 있다는 사실에 놀라는 동시, 그다지 친밀하지 않은 사이였음에도 불구하고 동지를 구하고자 전력을 다한 그의 성실성에 감동하지 않을 수 없었다.

그의 위대성의 싹은 처녀작 『가난한 사람들』 속에선 예술적인 색채로써, 이 '공술서' 속에선 사상적인 색채로써 그 소질을 이미 보이고 있는 것이다.

공술서의 뒷부분은 독자들이 한꺼번에 읽을 수 있게 하기 위해 다음 호에 인용할 요량으로 하고, 베린스키에 관한 그의 감회를 적은 공술서의 부분을 다음에 요약해 두고 싶다.

나와 베린스키는 한때 아주 친한 사이였다. 그는 인간으로서 더할 나위 없이 훌륭했다. 그러나 그를 무덤으로 끌고간 병이 그의 내부의 인간까지를 왜곡해 버렸다. 병은 그의 마음을 황폐화하고 냉혹하게 하고 마음에 분노를 쏟아 넣었다. 긴장된 채 혼란을 일으킨 그의 상상력은 모든 것을 거대한 규모로 과장하고 그에게만이 보이는 사물을 그에게 보이게 했다. 건강할 땐 흔적조차 없었던 결점과 단점이 갑자기 나타났다.

극도로 신경질이 되기도 하고 터무니없는 자존심을 부리기도 했다. 그가 동인으로 되어 있던 잡지의 편집인들은 그에게 중요한 문제를 다룬 논문을 쓰지 못하도록 제동을 걸기조차 했다. 이러한 상태에서 그는 고골리에게 편지를 쓴 것이다. 나와 베린스키와의 결렬(決裂)은 이미 많은 사람들에게 알려져 있다. 불화의 원인은 문학의 방법에 대한 의견의 대립이었다. 나는 그가 문학의 본질과는 어긋나는 사명을 주장하는 점을 공격했다.

그는 문학을 신문 기사적인 사실과 스캔들적인 사실의 묘사로 끌어 내리려고 했다. 나는 분노만으로 사람을 설득하지 못한다는 것과, 길 가는 사람을 붙들어 세워 아무리 설법을 해 보았자 모멸만을 살 뿐, 보람이 없을 것이라고 논박(論駁)했다. 베린스키는 성을 냈다. 때문에 우리는 그가 죽기 1년 전엔 서로 얼굴을 대하는 일도 없었다. 그러나 고골리와의 왕복 서한은 내 눈으로 보면 기막힌 문학적 기념비였다.

다음에 이어진 그의 공술서를 보면 그의 사고가 고문(拷問)과 감방 생활에도 불구하고 탄력과 밀도를 잃지 않았다는 사실을 알 수가 있다. 천재란 어떠한 환경 속에서도 의연할 수 있는 재질과 능력이기도 한 것이란 증거를 보는 느낌이다.

페트라셰프스키는 푸리에를 믿고 있다. 푸리에주의는 평화적인 이론의 체계다. 그것은 그 우아함으로써 사람의 마음을 매료하고 인류애로써 사람을 자극한다.

그리고 그 인류애는 푸리에가 자기의 이론 체계를 엮어 내어 그 정연한 조화로써 사람들의 지성을 감탄시켰을 때 그의 마음에 정열의 불길로 화한 것이다. 그것은 노여움에 찬 공격에 의해서가 아니고, 인류에게 대한 애정으로 사람들의 마음을 사로잡는다. 이 이론 체계엔 증오란 없다. 푸리에주의는 정치적 개혁을 의도하지 않는다. 그들이 원하는 것은 경제적인 개혁이다. 그리고 그 개혁에의 의도는 정부에 대해서도, 사유 재산에 대해서도 위험한 건 아니다.

프랑스 의회에서의 최근의 의회에서 푸리에주의자인 대표적인 빅토르 콘시데랑은 푸리에주의가 족벌, 문벌에 대해 추호도 위험스런 점이 없다는 것을 당당하게 주장했다. 결국 푸리에주의는 탁상(卓上)의 이론 체계에 불과한 것이지 결코 대중적인 것이 될 수는 없는 것이다.

저 2월 혁명의 변혁기에 있어서도 푸리에주의자는 한 번도 가두에 나온 적이 없고 이미 20년 동안 파란스텔(공동생활촌)의 미래를 꿈꾸며 시간을 소비해 왔던 그들의 잡지 《파랑쥬》의 편집부 내에 머물고 있었다. 그러나 이 이론 체계는 모두 위험하다는 뜻으로선 위험하다.

그리고 이 이론 체계는 그것이 얼마나 세련되어 있건 실현 불가능한 유토피아 사상에 불과하다. 이 유토피아 사상에 무슨 해독이 있다면 그것은 공포의 대상이라기보다 희극적인 것이다. 서구에 있어선 푸리에의 이론 체계처럼 놀림감이 되고 조소의 대상이 된 사회 사상은 달리 없다. 아득한 옛날 그 사상은 이미 생명을 잃고 있는데 그 지도자들은 살아 있는 시체 이외의 아무것도 아니란 사실을 모르고 있기 때문이다.

서구, 특히 프랑스에선 지금 이 순간 모든 이론 체계가 위험한 것으로 되어 있다. 굶주린 프롤레타리아가 절망적으로 설치며 어떤 사상도 그것을 수단으로 해서 반란의 깃발을 만들려고 하고 있는 정세이다. 그 땅은 지금 극한의 순간에 있다. 굶주림이 사람들을 가두로 내모는 것이다. 그런데도 푸리에주의는 말쑥이 무시를 당하고 있는 형편이며, 우열(愚劣)하기 짝이 없는 가베의 유토피아 사상조차 푸리에주의 이상의 공감을 얻고 있는 정도이다.

우리 러시아, 특히 페테르부르크의 사정을 말하면 거리를 20보만 걸어도 푸리에주의가 우리들의 토양 속에 존재할 수 있는 것은 아직 페이지를 끊지 않은 책 속에나, 세상 모르는 몽상 속에나, 24편으로 된 서사시 같은 시(詩) 속에나 끼어 있을 정도라는 것을 쉽게 알 수가 있다. 푸리에주의가 심각한 해독을 초래할 까닭이 없다. 첫째 그것의 보급 자체가 유토피아에 속하는 일이 된다. 왜냐하면 믿기 어려울 만큼 그 사상이 유장(悠長)한 까닭이다. 푸리에주의는 완전한 하나의 학문이어서 그것을 이해하려면 철저한 연구가 필요하고 그렇게 하자면 열 권 이상의 책을 독파해야 한다.

이러한 이론 체계가 언제 일반적인 것으로 될 수 있을까. 교사들을 통해서 교단에서 보급할 수 있단 말인가? 그것은 푸리에의 학설 규모로 봐서 우선 물리적으로 불가능한 일이다. 되풀이하거니와 내 생각으론 푸리에의 이론 체계가 무언가에 해독이 될 까닭도 없고, 설령 해독이 된다고 하면 그런 사상을 가진 자기 자신에게 대해서뿐일 것으로 안다. 이건 또한 양식을 가지고 있는 사람들의 공통적인 견해이기도 하다.

내가 그것을 최고의 희극이라고 하는 것은 그 사상이 아무런 보람도 없는 것이기 때문이다. 뿐만 아니라 푸리에주의를 비롯한 서구의 이론 체계는 우리나라의 토양엔 맞지를 않고 우리 민족의 성격에도 어울리지 않는다. 서구의 사상이란 결국 그러한 정도의 것이며 프롤레타리아의 문제와 어느 정도의 대응 관계를 가지고 있을 뿐이다. 프롤레타리아가 존재하지 않는 현대의 우리나라로선 푸리에주의의 필연성이나 그 영향력은 말할 나위조차 없이 미소한 것이며 희극적인 의미 이상의 것은 아니다.

그런데 페트라셰프스키는 내가 짐작한 대로는 현명한 사람이다. 그런 현명한 사람이 이와 같은 사정을 모를 까닭이 없으니 나는 페트라셰프스키를 서재 안에서만 푸리에를 존경한 사람이라고 생각한다. 페트라셰프스키가 이 정도 이상으로 푸리에주의자였다고는 나는 결코 생각할 수가 없다. 만일 그렇지 않았더라도 나는 그를 불행하긴 하지만 죄 없는 사람이라고 생각한다.

프랑스에선 근 1년간에 거의 전부의 이론 체계가 차례로 붕괴했다. 간단한 실험적 사건에 부딪치자마자 제풀에 넘어져 버린 것이다. 이것은 또한 무릇 이론 체계라는 것이 지니고 있는 본연적인 취약성을 나타낸 것이기도 하다.

이와 같은 사정을 종합해서 생각하면 페트라셰프스키가 어떠한 조소라도 감수하면서까지 설혹 그가 푸리에주의를 선전 보급하기에 애썼다고 해도(그럴 리는 만무하지만) 그가 유해한 인간이라거나 유해한 짓을 했다거나 하는 말을 나는 할 수가 없다. 첫째 푸리에주의를 선전한 페트라셰프스키가 어째서 나쁘단 말인가. 그것이 어떻게 위험하단 말인가.

이런 판단은 나의 이해를 넘는다. 페트라셰프스키가 정녕 푸리에주의의 선전을 했다고 해도 비록 그것은 희극적인 일은 될망정 유해한 짓, 위험한 행동이 되진 않는다. 나는 그의 해독을 결단코 믿지 않는다. 믿을 수가 없다.

이상이 내게 주어진 질문에 대한 나의 양심적인 대답의 전부이다. 그러나 마지막으로 내 마음에 하나의 판단이 생겨났기 때문에 덧붙이지 않을 수 없다.

나는 오래 전부터 페트라셰프스키가 모종의 자존심에 사로잡혀 있다는 확신을 갖고 있다. 그 자존심 때문에 그는 금요일마다 자택에 사람을 모았고, 그 자존심 때문에 그 모임을 지속해 왔다. 그리고 자존심으로 해서 그는 많은 양의 장서를 가지고 있었고, 진귀본(珍貴本)을 가지고 있다는 사실을 친구들이 알아 주는 것을 흡족하게 생각하고 있었다. 그러나 이 모든 것은 나의 관찰과 추측의 범위를 넘어서는 것은 아니다. 되풀이하거니와 페트라셰프스키에 관해서 내가 알고 있는 바는 충분한 것도, 완전한 것도 아니다. 내 전문에 바탕을 둔 추측일 뿐이다.

이상이 나의 답변이다. 나는 진실을 전했다.

마지막에 도스토옙스키의 서명이 있고 공술서도 그로써 끝나 있다. 도스토옙스키가 이런 공술서를 쓰고 있을 동안의 페트라셰프스키 본인의 동정을 살펴보는 것도 흥미 있는 일이다. 그는 예심 위원회의 허가를 얻어 푸리에주의의 기본 원칙을 설명하는 문서를 쓰고 그 말미에 다음과 같이 부기(附記)했다.

"나의 진실에 대한 확신은 조금의 동요도 없다. 나를 유죄로 할 순 있어도 나를 죄인으로 만들 순 없다. 악당들의 올가미는 교활하다. 그러나 신은 힘 속에 있는 것이 아니고 진실 속에 있다. 냉정하게 나는 기다린다. 십자가에서 죽음에 임한 예수의 말이 내 귓전에 울려 퍼지고 있다. 죽음 앞의 평안이 내 마음에 찾아든다."

그런 가운데서도 페트라셰프스키는 옥중에 있는 친구들의 건강을 걱정하고 당국에 독서와 산책을 허락하도록 요청도 하고 특히 도스토옙스키, 몬베르저, 하누이코프 세 사람이 기질적으로 보아 정신 착란을 일으킬 염려가 있다며 각별한 주의를 해 달라는 부탁도 했다.

"도스토옙스키 같은 재능은 사회의 보물인데 만일 그가 정신 착란이라도 일으키면 어떻게 할 것인가"하고 걱정한 대목도 기록에 남아 있다.

그러나 그 자신 고독한 독방 생활과 갖가지 고문으로 인한 영향으로 정신 상태는 극도로 악화되어 있었다. 그는 옥중에서 받은 고문에 항의하는 의견서를 쓰기도 했는데 그 가운덴 다음과 같은 기록이 있다. 작열한 철로써 발을 지지기도 하고 식물에 황산동(黃酸銅)을 넣어 내장을 약화시키고, 바깥에서 벽을 두드려 수면을 방해하고 식물에 염분을 빼 버렸기 때문에 자기의 오줌으로 염분을 보급했다는 사실 등이다.

사형에서 무기형으로 된 페트라셰프스키는 그만이 별개로 형장에서 바로 시베리아로 떠나게 되었는데, 그때 다음과 같은 장면이 있었다. 이건 엥걸리손의 기록이다.

"페트라셰프스키는 수인복(囚人服)을 입고 웃으며 말했다. '놈들, 기막힌 옷을 입혀 주는군. 이런 걸 입고 있으면 내가 나에게 싫증이 나겠어.' 그 옆에 서 있었던 부사령관 그레치 장군이 페트라셰프스키의 얼굴에 침을 뱉으며 '뭐라고 하는 거여, 이 짐승 같은 놈' 하고 소릴 질렀다. 그러자 페트라셰프스키는 '짐승 같은 놈은 내가 아니고 너 같은 놈이다. 네가 거꾸러져 죽는 꼴을 한 번 보고 싶구나' 하고 수갑을 찬 채 호통을 쳤다. 그는 썰매를 탔다. 썰매가 움직이기 시작하자 군중 사이에서 어떤 사나이가 나타나더니 자기의 모피 모자와 외투를 벗어 페트라셰프스키에게 던져 주었다……."

페트라셰프스키는 넬친스크 관구(管區)의 실카 채금장과 알렉산드로프 공장에서 노역(勞役)에 복무하다가 1856년엔 일단 일크츠크 유형촌(流刑村)에 옮겨졌다. 그런데 그는 유형 후에도 전제정치의 타도와 농노제 폐지에 대한 신념을 조금도 굴하지 않고 다른 정치범, 데카브리스트들과 친교를 맺으며 유형수의 생활 개선과 페트라셰프스키 사건의 재심을 요구하는 투쟁을 계속했다.

지방의 신문에 전제정치의 제악(諸惡)을 폭로하는 문장을 발표하기도 했다. 그 때문에 1860년엔 벽지(僻地) 미누신스크 관구(管區)의 슈센스코에 촌으로 옮겨졌다가 다시 오지인 에니스 현(縣) 베리스코에 촌으로 옮겼다. 가혹한 기상 조건인 이 벽지에서 그의 건강은 급격하게 쇠퇴했다. 1886년 12월 8일, 심장병의 발작으로 그는 급사했다. 향년 45세였다.

나는 페트라셰프스키 사건에 관한 입수할 수 있는 대로의 문헌을 읽고 솔제니친이 쓴 『이반 데니 소비치의 하루』를 상기했다. 솔제니친은 페트라셰프스키 사건이 있은 지 1백 30년 후인 지금 살아 있는 작가이다.

쓰아리의 제정과 오늘날 소련의 독재가 그 근본에 있어서 어떻게 달라져 있는 것인가. 백 년 넘어 그런 고통이 지속되고 페트라셰프스키 같은 유위(有爲)한 만년이 무수히 억울하게 죽었는데도 소련엔 라게리란 수용소 군도가 성업 중이라니 역사와 교훈과는 도시 무관한 것이 아닌가 하는 생각이 든다.

그리고 도스토옙스키의 공술서가 조금도 낡지 않고 현대의 소리로서 그냥 통할 수 있는 공간과 시간 속에 살며, 그 까닭을 도스토옙스키의 천재에 돌릴 것인가, 우리의 비운(悲運)으로 돌릴 것인가 하고 망설이고 있는 것이다.

『악령(惡靈)』에 들어서기 전에

누구에게나 '한 권의 책'이 있을 것으로 안다. 다시 말하면 결정적인 의미로서 자기의 인생에 영향을 끼친 '한 권의 책'이란 말이다. 내게 있어서 그 '한 권의 책'은 도스토옙스키의 『악령(惡靈)』이었다. 나는 아직도 그 주박(呪縛)에서 풀려 나오지 못하고 있다. 이건 내 미숙함을 말하는 것이기도 하려니와, 이 작품이 제시한 문제의 심각함도 동시에 뜻하고 있는 것이다. 처음 내가 이 작품을 읽은 것은 20세 되던 해의 여름이다. 동경 고마고미(駒込)의 하숙방에서 방장을 책상 둘레에 치고 밤을 세워 읽었다.

네 권으로 분책(分册)이 된 이와나미 문고판 역자는 요네가와(米川正夫; 이 분에 관한 얘긴 언젠가 다시 할 참이다).

당시 나는 책을 읽기만 하면 나름대로의 감상을 독서록이란 노트에 기입하는 것을 버릇으로 하고 있었다. 방향도 목적도 없는 청춘이 기껏 자기에게 충실해 보고자 한 유일한 작업, 유일한 보람이었다. 흥이 일면 책 한 권을 읽고 노트 전부를 메워 버리는 독후감을 쓰기도 했다.

그런데 『악령』을 읽고는 단 한 줄의 감상을 적지 못했다. 그것을 읽었다는 기념이라도 하려고 역자 요네가와의 해설을 두세 번 읽고 독후감을 간추리려고 했지만 되질 않았다.

짙은 안갯속에 무서운 수렁을 겨우 건넜다는 피로에 겹쳐 강렬한 감동이 뭉게구름처럼 가슴속에 일었으나, 애써 문장으로 만들려고 하니까 단서조차 잡히질 않는 것이다. 다시 한 번 읽어 볼까 했지만 왠지 두려운 생각이 들었다. 겨우 지나온 그 무서운 수렁을 다시 건너려니 용기가 나질 않았다. 요네가와 선생에게 그 까닭을 물어 볼까도 싶었지만, 이런 문제는 내 스스로 해결해야 한다는 객기(客氣)를 무시하지 못하는 자부가 있었다.

한 줄의 감상도 문장으로 적지는 못했으나 그것을 읽었다는 사실이 내 마음의 농도와 눈빛에 변화를 가져온 것은 이내 느낄 수가 있었다. 단색으로 펼쳐진 현상의 저편에 누적된 원인의 부피를 어렴풋이나마 상정(想定)하게 되었고, 사회와 인생은 얕은 견식으로써 재단하기엔 너무나 엄청난 심연(深淵)이란 느낌이 가슴의 밑바닥에 자리잡게 된 것이다. 그러니 자연 내 행동에 변화가 있을 수밖에 없다.

예를 들면 다음과 같은 일이 있었다. 하숙 가까운 곳에 있는 술집에서 알게 된 몇몇 사람들로부터 '게오르그 짐멜'을 읽는 모임을 갖자는 제안을 받았다. 모두가 대학생들이었고 그 중심인물은 T라고 하는 모 대학의 강사였다.

짐멜의『생의 철학』,『철학의 근본 문제』,『쇼펜하우어와 니체』등의 저서가 연이어 번역되어 사회학자 짐멜의 또 다른 면이 일부 사람들의 관심을 끌기 시작한 때이라서, 술 좌석에 가끔 짐멜이 화제에 올랐고 내 자신 수박 겉핥는 식의 얘기를 더러 했기 때문에 제의된 것이었다. 짐멜은 아주 무난한 학자였고 내게 그런 제의를 한 사람들도 무난한 사람들이었다. 그러나 나는 그 제의를 거절했다. 내세운 이유는 내가 독일어를 잘 모를 뿐 아니라, 짐멜의 사회학이나 철학에 그렇게 많은 시간을 할애할 수 없다는 것이었지만 진짜 이유는 『악령』을 읽은 때문에 생기게 된 결사(結社)와 집회에 대한 공포였다.

이 일은 지금 생각해도 내게 마이너스가 된 사건이 아닐까 하지만 그처럼『악령』이 준 영향이 컸다는 얘기가 된다.

그 무렵 또 하나의 사건이 있었다. 박준근(朴俊根)이라고 하는 중학의 동기 동창생이 '동방청년회(東方靑年會)'에 가입하라는 권유를 해온 것이다. 동방청년회는 일본 우익계의 거물 나까노(中野正剛)가 영도하는 국수적인 청년 단체였다. 박준근이 순진하고 독실한 사람이 아니었더라면 나는 언하(言下)에 그를 통박(痛駁)했을 것이지만, 그 사람의 됨됨을 잘 알고 있는 터이라서 끝까지 얘기를 들어 보기로 했다.

박 군의 말에 의하면 나까노는 일본 국수주의자이긴 하지만, 조선 반도를 자치령으로 해야 한다는 주장을 가지고 있으니, 그의 노선을 도와 그가 일본 정치의 주류가 되기만 하면 조선의 자치령은 문제없이 실현될 것이라며, 동방청년회에 가입한다는 것은 독립 운동의 준비 단계를 밟는 셈이 된다고 했다. 그리고 일본과 싸워 이겨 독립한다는 것은 망상일 밖에 없으니 일단 자치령이 된 후에 완전 독립의 방책을 모색하는 것이 순리가 아니겠느냐고 덧붙이기도 했다.

나는 그때, 순리를 들먹이면서 역리(逆理)를 주장하고, 그것으로써 나를 설득하려고 하는 박 군의 말투와 태도를 통해『악령』의 세계가 시간과 장소를 달리 하고 지금 눈앞에 전개되어 있는 것이라고 느꼈다. 좀 더 정확하게 말하면 박 군의 얘기를 통해『악령』이란 작품을 조명하는 하나의 각도를 얻은 느낌이었다.

중야정강(中野正剛)=일본 국수주의(日本 國粹主義)=조선 자치령(朝鮮 自治領)……=조선 독립

보통의 상식으로 이런 등식이 어떻게 가능하단 말인가.

그런데 박준근(朴俊根)이 순진하고 독실하고 수재란 말을 듣기까지 한 두뇌를 가진 이 청년의 의식 속에선 한강의 남안(南岸)과 북안(北岸)을 이은 철교처럼 구체적으로 선명한 등식을 이루고 있었던 것이다. 나는 그 순간『악령』의 리얼리티를 소스라치게 놀랄 정도로 느꼈다.

그러한 친구를 상대로 볼모의 토론을 벌일 필요를 느끼지 않았다.

"나는 결사나 조직에 들 생각이 없다"는 말로 그의 제의를 거절하고 말았다.

박준근은 그 이듬해 동조(東條)의 압력으로 할복자살한 나까노를

따라 자살하고 말았다. 그 많은 일본 청년들이 나까노 밑에 있었는데도 이 한국의 청년만이 유일한 순사자(殉死者)였다는 것은 특이한 사건이라고 할 수 있었으나 누구도 문제로 삼지 않았다.

『악령』의 리얼리티를 또 한 번 느낀 것은 중국 소주(蘇州)의 일본 군대 병사(兵舍)에서다. 안영달(安永達)이란 공산주의자가 당시 학병으로서 나와 같은 반에 있었다. 나이는 나보다 7~8세 위였지만 면학의 탓으로 같은 운명에 묶이게 된 것이다. 그는 같은 부대에 있었던 40여 명 동포 학병들의 신망을 얻고 있었다. 연장자인 데다 학생 시절부터 사상운동을 해왔다는 그 경력의 탓이었다.

안영달은 자기에게 대한 학병들의 신망을 이용해서 군부 내에 공산주의 서클을 만들려고 했다. 그 무렵 나는 경리실의 소모품 창고를 맡아 있었는데, 그 창고가 비밀 집회의 장소로서 적당하다고 생각했던 모양으로 안영달이 내게 그 창고의 사용을 교섭해 왔다. 일본의 패망은 목전에 박두했다는 것, 조국은 독립의 기운을 맞이했다는 것, 독립의 방향은 공산당의 노선에 따라야 한다는 것, 그러니 우리 지식 청년들은 그 준비를 해두어야 한다는 것. 안영달의 말엔 조리가 있고 기백이 있고 한국의 청년이면 누구나 순응하지 않을 수 없는 명분과 설득력이 있었다.

그러나 나는 그의 논리의 정당성, 정열의 순수성을 따지기에 앞서 『악령』 가운데의 등장 인물 표도르 벨호벤스키를 상기했다. 그리고 그 표도르의 리얼리티를 안영달에게 느꼈다(이 자는 표도르 벨호벤스키다. 안영달의 사상이 보다 확실하고 정당할지 모르나 안영달과 표도르는 같은 유형의 사람이다). 이런 생각을 하게 되자 거듭 내 대답을 재촉하는 안영달에게 나는 "거절하겠소" 하는 말을 단호하게 던질 수가 있었다. 그 뒤의 일이 어떻게 되었는가는 소설 『관부연락선(關釜連絡船)』에 쓴 적이 있기 때문에 생략하지만, 만일 도스토옙스키의 『악령』을 읽고 있지 않았더라면 그처럼 단호하게 안영달의 제안을 물리치지 못했을 것이 아닌가 한다.

안영달은 아는 사람은 알고 있는 바와 같이 귀국하자 공산당에 투신, 중앙위원까지 되었다. 그 뒤 남로당의 총책 김삼룡(金三龍)의 비서 노릇을 하는 가운데 그를 붙들어 대한민국의 경찰에 바쳤다. 그리고도 괴뢰군의 남침이 있자 경기도 인민위원장을 한동안 하다가 드디어 김삼룡 사건이 폭로되어 낙동강 전선에까지 끌려가서 총살되었다. 일본의 작가 마쓰모도(松本淸張)는 그의 소설 『복의 시인』에서 안영달을 노동자 출신이라고 하고 있지만, 그의 신분은 해방 당시는 일본 학병이었고 바로 그 전엔 동경 조지(上智) 대학의 학생이었다.

내가 이런 얘길 하는 것은 『악령』에 대한 나의 어프로치를 이렇게 밖엔 할 수 없다는 뜻도 있고, 이 작품이 일견 황당한 것 같지만 기실 강한 리얼리티를 가지고 있다는 사실을 강조하기 때문이기도 하다. 해방 직후 우리 주변에 얼마나 많은 표도르 벨호벤스키가 있었던

가. 스타브로긴도 킬리로프도 샤토프도 결코 작가가 꾸미기만 해 놓은 소설 상의 현상만은 아니다.

20세의 그때 이 작품을 처음으로 읽고 놀라기만 하곤 한 줄의 감상도 쓸 수 없었다는 것은 산술(算術)의 지식밖에 없는 사람에게 고등 수학의 문제를 안겨 놓은 격이었기 때문이다. 그리고 아직도 이 작품의 마력에서 풀려나지 못하고 있는 것은 문제의 절실성을 깨달을 정도는 되었는데, 그 문제를 처리할 수 있는 고등 수학적 역량이 부족한 탓이라고 풀이한다. 『죄와 벌』이 제시한 문제는 그것이 아무리 중요하고 심각하다고 해도 결국 산술적인 문제이다.

이에 비해 『악령』에 제시된 문제는 분명히 고등 수학적인 문제다. 고등 수학적인 문제라고 해서 인생에 우원(迂遠)한 문제란 뜻은 아니다. 광학(光學) 또는 전자학의 문제는 상식만으로 접근할 수가 없지만, 빛과 전자는 우리의 관심-무관심을 넘어 우리의 생명과 직접 유관한 것이다. 『죄와 벌』을 산술이라고 하고 『악령』을 고등 수학이라고 하는 덴 다음과 같은 이유가 있다. 라스콜리니코프는 일상적 관찰의 조작으로서 사회학적으로 석출(析出)될 수 있는 문제이며 인물이다.

우리는 자연스럽게 그의 공범이 될 수가 있고 그와 함께 고민할 수가 있고, 그와 더불어 신음할 수가 있고, 간단하게 그를 혐오할 수가 있다. 우리와 같은 일상적 레벨, 즉 산술적 차원에 서있기 때문이다. 그러나 스타브로긴은 그처럼 단순하지가 않다. 일상적인 체험이

나 조작으로써 스타브로긴은 석출되지 않는다. 스타브로긴을 석출하기 위해선 문화라는 것의 본질을 따져야 한다. 그는 니힐리즘과도 다르다. 니힐리즘은 문화의 흐름이 어느 개성의 호수(湖水)에 약간 지친 빛깔로 괴어 있는 형태를 말하는 것이다.

그런데 문화도 육체의 생명력과 마찬가지로 생리가 병리(病理)에 압도되어 그 에너지를 암화(癌化)에 집중시키는 국면을 갖는다. 문화가 어떤 개성을 통해 암의 형태로 화한 하나의 유형이 곧 스타브로긴이다. 자연이 인간의 호악(好惡)엔 아랑곳없이 작용을 멈추지 않는 것처럼 병리도 문화의 본질에 참여하고 있는 것이다. 자각 증상을 가진 암 환자의 육체적 발작을 정신적인 국면으로 번역해 보면 스타브로긴의 기교한 행동을 납득할 수 있는 계기가 생긴다.

이렇게 고도한 조작을 필요로 해야 하는 그만큼 문제로서의 스타브로긴은 고등 수학적 차원에 있다고 하는 것이다. 하나 일단 이러한 문제에 사로잡혀 버린 이상 아무 일 없었던 것처럼 되돌아 설 순 없다.

그런데 대체 세계의 어떤 철학자가, 어떤 작가가, 어떤 종교가 이처럼 엄청난 인간의 심연(深淵)을 열어 보였단 말인가. 파스칼은 예견과 공포를 가졌을 뿐 박진하는 묘사력이 없었다. 니체도 마찬가지다.

그런데 도스토엡스키는 이 고등수학적인 대문제를 일상의 평면에까지 끌어내려 산술적 의식으로서도 견문(見聞)할 수 있게끔 혼신의 정력을 기울이고 있는 것이다.

"그 전의 작품으로도 베토벤은 충분히 천재였다. 심포니 제9로써 그는 신이 되었다."

이 필법에 좇아 나는 다음과 같이 말하고 싶은 유혹을 억제할 수가 없다.

"『죄와 벌』, 『백치』로써 도스토옙스키는 충분히 천재였다. 그런데 『악령』에 이르러 신이 되었다."

전지전능하다는 뜻의 신은 물론 아니다. 신이 아니고선 보여 줄 수 없는 인간의 그 벅찬 고난의 드라마를 제시하고 있다는 뜻이다. 어느 누가 인간에 있어서의 혁명의 의미를, 혁명에 있어서의 인간의 의미를 이처럼 심각하게 해명해 주었던가 말이다. 그런 뜻으로 『악령』은 20세기의 후기에 있어서도 가장 현대적인 문제를 다루고 있는 것이다.

『악령(惡靈)』의 스타브로긴

네차에프 사건이란 것이 있었다. 모스크바의 농과 대학생 네차에프가 혁명을 목적으로 하는 비밀 결사를 만들었는데 그 가운데 하나가 탈퇴할 뜻을 비치자 밀고를 두려워한 나머지 살해해 버린 것이다.

혁명을 목적으로 한 비밀 결사의 존재가 대단한 것은 아니었다. 당시의 러시아에선 그러한 조직이 지하적으로 유행되어 있었고 그러기 때문에 쓰아의 비밀경찰이 설쳐대는 바람에 사회는 불온한 공기에 싸여 있었다.

그러니 네차에프 사건이 문제로 된 것은 비밀 결사라는 의미에 있었던 것이 아니고 사형(私刑)으로 인한 살인이란 사실이었다. 도스토옙스키도 이 사건으로 인해 충격을 받았다. 그는 네차에프 사건을 계기로 해서 러시아의 비밀 결사, 특히 무신론을 바탕으로 한 사회주의 혁명 운동을 내면적으로 탐구해 볼 작정을 세웠다. 그 결과 도스토옙스키는 1870년 말 드레스덴에서 『악령』을 기고하여 1871년부터 1872년에 걸쳐 《러시아 보도(報道)》지(誌)에 연재했다. 말하자면

2년간에 걸친 노작(勞作)인 것이다.

상식적으로 말해 본다면 이와 같은 경우 중심인물은 네차에프를 모델로 한 표도르 벨호벤스키가 되어야 한다. 그런데 사실은 그렇지가 않다. 표도르를 중심 인물로 함으로써 네차에프 사건을 사실적으로 묘사할 수가 있고 편리할 수도 있을 것이었다. 그리고 그렇게 했더라면 작품의 난해성은 훨씬 덜했을지도 모른다.

그런데 도스토옙스키는 표도르를 중심 인물로 하지 않고 스타브로긴이란 괴물을 중심으로 했다. 그렇게 하는 바람에 작품은 난해한 것으로 되었다. 작가는 난해한 인생과 사회를 난해한 대로 그리려고 한 것이다.

난해한 인생을 쉽게 그리는 데서 문학은 그 장점과 단점을 나타내는 것인데 도스토옙스키는 이와 같은 안이한 수법을 쓰질 않았다. 인생의 난해성을 그대로 제시해야 한다고 생각했음이 분명하다.

도스토옙스키는 하나의 네차에프, 즉 표도르 벨호벤스키가 나타나기 위해선 반드시 그런 존재를 있게 하기 위한 사정이 배경에 깔려 있는 것이라고 상정(想定)했다. 병균은 그것을 발생케 하는 온상 없인 나타날 수도 배양될 수도 없다. 그래서 그 온상적인 인물을 찾아가는 궁극에 스타브로긴을 만나게 되는 것이다.

스타브로긴은 사회의 상층에 속하는 신분을 가지고 있다. 경제적인 여유도 있다. 게다가 미남이며 강한 체력의 소유자이기도 하고 명석한 두뇌와 비범한 판단력을 가지고 있기도 하다. 한 마디로 말해 그는 세속적으로 행복한 생활을 향유할 수 있는 충분한 소지를 가지고 있고 뜻만 있으면 대인물로 성장할 수도 있는 조건을 갖추고도 있다.

이러한 인물이 허무에 사로잡혀 버린다. 허무 사상이 아니라, 허무, 바로 그것에 휩쓸린 것이다. 이 허무 속에선 어떠한 범죄도 가능하다. 선악의 기준이 없어진다. 가치의 전도(顚倒)가 문제되는 것이 아니라 가치란 것이 원래 있을 수가 없다. 악을 행하지 않는 것은 그것이 악이니까 행하지 않는 것이 아니라 그럴 기력과 흥미가 없는 때문일 뿐이다.

이런 인물이 생생한 인간미를 가졌을 리가 없다. 그는 처음에 다음과 같은 용모로 등장한다.

"머리칼은 새까맣고 엷은 빛깔의 눈은 너무나 침착하게 맑았고 안색은 지나치게 희고 부드러웠고 양 뺨의 홍조가 선명했다. 이빨은 진주, 입술은 산호 한마디로 말하면 그림으로 그린 것 같은 미남자라고 해야 할 것인데 동시에 왠지 상스럽고 메스꺼운 데가 있었다. 사람들은 그의 얼굴이 가면을 닮았다고 했다."

이 대목을 월린스키는 다음과 같이 평언(評言)하고 있다.

"이것이야말로 순수한 예술적 필치로서의 흔적이란 전연 없는 놀랄 만한 묘사이다. 왜 그러냐 하면 어떤 개성을 가진 인물을 생생하게 느끼게 하는 계음(階音)·색조(色調)·음영(陰影) 같은 것은 전연 없고 외면적인 용모와 색채에만 묘사의 중점이 주어져 있기 때문이다."

그리고 이것은 모든 구비된 능력을 외부적으로만 발휘하고 어느 기간 그 내면적인 움직임을 전연 알지 못하게 한 하나의 인물을 독자 앞에 제시하고자 한 작자의 의도에 의한 것이라고 풀이하고 있다.

나는 이 월린스키의 해석을 고등 수학적 문제에 대한 고등 수학적 답안이 될 수 있다고는 생각하지만 그로써 스타브로긴이란 인물이 감당하고 있는 의미를 납득시킬 수는 없다고 생각한다.

그래서 나는 다음과 같은 가설을 세워 본다. 작자 도스토옙스키는 네차에프 사건과 같은 현상이 일어날 수 있게 한 사회적, 시대적 상황을 설명하려고 하다가 그 방법으로서 스타브로긴을 상정하게 된 것이라고. 그러니 스타브로긴은 상징적인 인물이 되어야 했고 도식적인 표현을 필요로 했다. 바꾸어 말하면 도스토옙스키는 당시의 러시아적 정신 풍경을 스타브로긴이란 인물을 등장시킴으로써 성형화(成形化)하려고 했다. 이러한 수법은 뒤에 『카라마조프가의 형제들』로 발전한다.

좋은 소질과 조건을 갖추고 있으면서도 원래 데모니슈한 인성이

병든 문명의 독을 마시고 권태와 허무에 빠져들어 못할 짓이란 없게 되어 버린 하나의 상황이 곧 스타브로긴인 것이다. 이것은 또한 일종의 늪에 비유할 수도 있다.

늪은 장기(瘴氣)를 만들어 내기도 하지만, 가끔 청신한 생명의 기(氣)를 나타내지 않는 바도 아니다. 이러한 비유가 성립될 수 있는 것은 스타브로긴의 모태로 해서 세 가지의 사상이 각각 타(他)를 배제하면서 자라났기 때문이다.

스타브로긴 자신은 이집트, 아이슬란드의 탐험에 참가하기로 하고 독일 어느 대학에서 청강하는 등 지적 수련을 쌓는 한 시기를 가지기도 하고 때론 음주와 호색(好色)의 수렁에 빠져들기도 하는 난맥(亂脈)한 생활을 해온 자인데 그러한 과정에서 그와 접촉을 가진 사람들은 각각 다른 영향을 받게 되는 것이다. 그 일례가 샤토프이다. 샤토프는 다음과 같은 사상의 소유자이다.

"어떤 국민도 과학과 이지(理智)를 기초로 나라를 건설한 경우는 없다. 있어도 그건 일시적인 우연에 불과하다. 백성은 성당에서 이른바 생명의 흐름에 의해 성장한다. 이것은 신(神)을 구하는 마음이다. 민족 운동의 전 목적은 어떤 나라, 어떤 시대에 있어서도 신의 탐구에 있었다. 그 신을 자기의 신으로 해야 한다. 유일하게 정당한 신으로서 신앙해야 한다. 신은 한 민족의 발생부터 종멸(終滅)에 이르기까지의 전부를 포함하는 종합적 인격이다. 모든 민족, 다수의 민족

사이에 공통적인 신이 있은 예는 없었다. 민족은 각기 자기들 독특한 신을 가지고 있다. 신들이 공통적으로 된다는 것은 국민성이 소멸된다는 얘기다. 그렇게 되면 신에 대한 신앙도 국민과 더불어 사멸한다. 어느 국민이 강성할수록 그 신은 특수하다……."

샤토프는 이 사상의 원류를 스타브로긴으로부터 받았다. 그러나 스타브로긴은 한때 샤토프에게 "진리가 그리스도 이외에 있다는 것을 수학적으로 증명하는 자가 있더라도 나는 진리와 더불어 있기보다는 그리스도와 더불어 있을 것을 원할 것"이라고까지 한 적이 있다. 샤토프는 스타브로긴으로부터 받은 그 사상을 철저화시켜서 엉뚱한 방향으로 독주(獨走)해 버렸다.

정확하게 말하면 스타브로긴은 그리스도를 중핵(中核)으로 한 신을 말한 것이었는데 샤토프는 각 민족은 각각 독자적인 신을 가졌다는 방향으로 비약했다. 한데 그 이론에 타당성이 없는 바도 아니다. 잉카 제국엔 잉카의 신이 있었고, 이집트엔 이집트의 신이 있었다. 고래(古來)로 각 민족은 각기의 신을 가지고 있었고 국난(國難)이 있으면 모두들 자기들의 신에게 빌었다.

다음과 같은 스타브로긴과 샤토프의 대화는 특히 주목할 만하다.

"자넨 신을 국민의 속성으로 만들어 버렸지 않았나……." 하고 스타브로긴이 말했다. 그러자 샤토프는 그의 말을 막았다.

"전연 정반대다. 국민을 신으로 높인 거야."

"한데 자네 자신은 신을 믿고 있나?"

"나는 러시아를 믿는다. 나는 러시아의 정교(正敎)를 믿는다. 나는 그리스도의 육체를 믿는다……. 나는 구세주의 재림이 러시아에서 이루어질 것으로 믿는다. 나는 믿는다……. 믿구 말구" 하고 샤토프는 흥분했다.

"신을 믿느냐, 안 믿느냐! 나는 그걸 묻고 있는 거요."

스타브로긴의 추구는 맹렬했다. 샤토프는 가까스로 대답했다.

"나는…… 나는 꼭 신을 믿을 거요."

이 대화에서 보건대 샤토프는 신에게 대한 신앙은 없으면서 러시아 정교를 신앙하고 있다는 사실, 즉 러시아를 위대하게 하기 위해선 러시아 독특한 종교인 희랍 정교를 믿어야 한다는 신념을 말하고 있을 뿐이다. 신 없는 민족의 신이란 어처구니없는 배리(背理)가 여기에 나타난다.

신 없이 민족의 신화를 기도(企圖)한 것은 히틀러의 나치즘이다. 그것은 곧 니힐리즘이다. 수백만의 인명을 예사로 학살하는 사상의 모체인 것이다.

평자(評者)들은 『악령』의 작중 인물 가운데선 샤토프의 사상을 도스토옙스키의 사상과 가장 가까운 것이라고 하고 있지만 비슷한 슬라브주의라고 해도 도스토옙스키와 샤토프는 근본적으로 다르다. 스타브로긴은 샤토프에게 신을 가르친 그 입으로써 킬리로프에게 "신은 이미 죽고 없으니 인간이 곧 신이 되어야 한다"는 사상을 가르쳤다.

킬리로프의 사상은 다음의 대화에 명백하게 나타난다. 킬리로프는 스타브로긴에 대해 이렇게 시작했다.

"나는 요 며칠 전 누런 나뭇잎을 보았어요. 푸른 덴 없고 언저리는 말라 있었소. 바람에 불려 떨어진 거죠. 나는 열 살 쯤의 나이었을 때 겨울, 부러 눈을 감고 엽맥(葉脈)이 선명한 나뭇잎을 상상해 보았죠. 태양이 눈부시게 빛나고 있었소. 그리고 눈을 떠봤죠. 뭐라고 형용할 수 없을 정도로 좋더군요. 난 또 눈을 감았지."

"무슨 소리요. 그게 무슨 비유를 하고 있는 거요."

"아, 아니 왜 비유를 말하겠소. 나는 그저 나뭇잎 얘길 하고 있을 뿐입니다. 나뭇잎은 좋거든요. 뭣이건 좋아요."

"뭣이건?"

"그렇소, 뭣이건. 사람이 불행한 것은 다만 자기가 행복한 걸 모르기 때문입니다. 그뿐이죠. 단연코 그뿐입니다. 단연코! 이걸 자각한 사람은 모두 곧 행복하게 됩니다. 일순의 사이에 말요. 저 여자가 죽고 어린 딸이 혼자 남게 되어도……. 그것도 좋소. 나는 홀연히 이 진리를 발견했었죠."

"사람이 아사(餓死)를 해도? 어린 계집애를 범하고 더럽혀도, 그래도 좋은 건가요?"

"좋지요. 사람이 어린애의 골통을 깨어도 좋고, 또 골통을 깨지 않아도 좋아요. 만일 이러한 것을 깨달으면 어린애를 범하는 것 같은 짓은 하지 않게 되겠죠."

킬리로프는 또 다음과 같이도 말한다.

"아무래도 나는 납득할 수가 없어. 어떤 이유로 이때까지의 무신론자들은 신이 없다는 것을 알면서 자살하지 않고 배겨 낼 수 있었을까. 그리고 신이 없다는 걸 알면서 자기가 신이 되었다는 자각이 없다는 것은 전혀 무의미한 일이다. 그러지 않았더라면 자살하지 않곤 견딜 수 없었을 것이다. 만일 자각이 있었다면 그 사람은 제왕이다. 자살 않고도 최고의 명예 속에서 생을 누릴 수가 있다. 그러나 꼭 한 사람, 즉 최초로 그걸 자각한 자는 반드시 자살해야 한다. 그렇지 않고선 도대체 누가 시작해야 한단 말인가. 누가 증명할 수 있단 말인가."

킬리로프의 사상은 이처럼 명료하다. 신이 없으면 인간은 허무다. 그것을 최초로 자각한 사람은 그 진리를 증명하기 위해서 자살해야 한다.

공격 논문으로서의 『악령(惡靈)』

스타브로긴을 온상(溫床)으로 하고 자라난 세 가지 사상의 흐름 가운데 표도르 벨호벤스키는 혁명 사상의 화신으로 나타난다. 그런데 표도르의 언동에 관한 묘사에서 보는 한, 도스토옙스키는 혁명 운동에 대해 악의를 숨기려 하지 않는 것 같다.

『악령』에 나타난 혁명 사상은 무신론에 바탕을 둔 허무적 사회주의다. 그러나 도스토옙스키의 혁명에 대한 악의는 비단 이것에만 국한된 것이 아니고 혁명 일반에 대한 것 같은 인상을 풍긴다. 계급없는 사회, 평등한 사회, 최대 다수의 최대 행복을 보장하는 사회, 이러한 사회를 이룩하려는 것이 혁명 운동의 목적이라고 할 때 도스토옙스키의 혁명에 대한 혐오는 나의 이해를 넘는다. 또 쓰아의 전제주의, 그 불합리한 탄압적 체제에서 인민을 해방하려고 하는 노력에 대해 악의에 찬 반기를 든 도스토옙스키를 어떻게 이해해야 할 것인가도 난문(難問)에 속한다. 그러나 『악령』을 쓴 도스토옙스키의 태도가 분명히 그러하다는 것을 부인할 도리는 없다.

나는 그 까닭을 알고 싶었다. 그래서 나름대로의 답안을 내어 본 것이 다음과 같은 것이다.

어떤 사상이라도 사상의 형태로 있는 한 무해(無害)하다. 그런데 아무리 좋은 사상이라도 그것이 정치적인 목표를 갖는 조직으로서 행동화될 때는 자연 악을 포함하게 된다. 심지어는 원래의 목적에서 일탈(逸脫)하여 악의 작용만 남는다.

유교도 공자와 맹자의 사상 형태로서만 있을 때 진리와 지혜의 광휘(光輝)를 가진다. 그런데 이것이 어떤 정치 체제의 이데올로기로서 그 발언권을 주장하게 되면 악으로 타락한다는 예를 우리는 이조(李朝)의 정치사에서 뚜렷이 보았다.

불교도 석가와 그 불제자의 사상 형태로만 있을 때는 다시 없이 거룩한 진리이며 지혜의 원천이다. 그런데 이것이 어떤 정치성 체제의 이데올로기로 세위(勢威)를 떨치게 되면 어떻게 타락하는가는 인지(印支)의 불교국들의 운명을 통해서 알 수가 있다. 가까운 예로 우리나라 불교 교단이 휩쓸려 있는 그 내분과 대립상을 통해서도 조직화되기만 하면 어떤 사상도 타락하게 마련이란 실증을 들 수가 있다.

그리스도교도 그 예외가 아니다. 평화의 복음인 기독교가 정치적으로 조직화되었을 때 중세 유럽이 보인 바와 같은 참혹한 암흑상을 빚어 낸 것이다.

이른바 공상적 사회주의자들이 그려 보인 유토피아 사상도 관념

형태로만은 아름답다고 할 수 있지만, 일단 정치적으로 조직화되기만 하면 타락했다. 마르크스의 교설(教說)이 그러했다. 마르크스주의에 진리가 없는 바는 아니었지만 마르크스주의가 인류에 공헌한 양의 수천 배 수만 배 되는 악을 저질렀다는 것을 부인할 사람은 경화(硬化)된 마르크스 환자를 두곤 아마 없을 것이 아닌가. 최근 프랑스에 나타난 신철학파는 결국 이와 같은 결론을 각각 다르게 표현하고 있을 뿐이다.

『악령』을 쓴 도스토옙스키의 의중에 분명히 이와 같은 생각이 작용하고 있었을 것이었다. 내세운 구호 또는 그들이 주장하는 목적이 문제될 수 없고, 어떤 조직이건 조직만 되면 반인간적, 반자연적으로 타락하게 마련이란 바로 그 사실에 문제를 보고 도스토옙스키는 그것에 중점을 둔 것이다. 도스토옙스키인들 그가 살고 있던 당시의 정치 체제와 생활환경을 그대로 긍정했을 까닭이 없다. 그의 모든 작품, 그 자신의 피해적 입장 등을 들먹일 필요까지 없다.

그런데 그가 그 체제를 혁명하려는 움직임에 완강하게 반발했다는 사실은 서상(敍上)한 바와 같은 이유에 곁들여 보다 큰 악을 자초할지 모른다는 공포가 있었기 때문이라고 나는 풀이한다. 그는 이미 말한 바와 같이 인성(人性)에 통달한 천재이다. 그 천재의 눈으로써 볼 때 보수(保守)하는 체제 속의 악은 이미 경험을 통해 짐작할 수도 있고, 그러니 대강 예방할 수도 있고, 때론 그 악을 감소 또는 치유할 수 있는 처방을 생각할 수도 있는데, 혁명한 체제 속에서 필연적으로 발생한 악은 상상할 수도 없고 따라서 그 대책을 강구할 수도 없다는 공포를 느끼지 않을 수 없었다는 뜻이다.

"만일 신이 없다면 모든 일은 허용된다"는 말을 그는 그의 등장인물의 입을 통해서 빈번히 반복하고 있다. 이 말은 "만일 인간이 그것에 좇아 선과 악을 결정할 수 있는 최고의 규범을 양심 속에 갖지 않는다면 사람에겐 못할 짓이란 없다"고 번역할 수가 있다. 도스토엡스키가 혁명에 대해 공포를 느낀 점은 바로 이것이었다. 과격한 혁명 사상이 거의 무신론에 기인하고 있다는 사실 인식은 목적을 위해선 수단과 방법을 가릴 필요가 없다고 설치는 인간들이 생살여탈권(生殺與奪權)을 쥐는 사회가 실현될지 모른다는 사태 인식으로 번지게 마련이다.

그 사태 인식이 만들어 놓은 인간의 전형이 곧 표도르 벨호벤스키다. 도스토엡스키의 표도르에 대한 태도는 지나칠 정도로 악의에 차 있고 그만큼 객관성을 잃고 있기도 하다. 이 작가는 자기의 작중 인물에 대해선 설사 그것이 아무리 비열한 인간일망정 다소의 애착을 느끼고 있는 것이 특징처럼 되어 있는데, 표도르 벨호벤스키에 대해서만은 그러한 배려의 흔적조차 없다.

소위 진보적 인사들이 도스토엡스키에게 반동(反動)이란 낙인을 찍는 까닭이 여기에 있고 소비에트 혁명이 성공하자 그의 저작을 금서(禁書) 목록 중에 집어 넣은 이유도 그런 까닭으로 짐작이 간다. 동시에 반동이란 낙인을 찍히는 것을 겁낼 필요가 없다는 근거를 제시한 것도 도스토옙스키였다. '도스토옙스키와 더불어 반동자가 되는 것을 나는 오히려 영광으로 생각한다'는 자부를 그에게서 배울 수 있었기 때문이다.

어떤 고상한 목적을 가진 조직이라도 조직은 악이란 사상을 『악령』을 통해서 읽었다고 하면 과잉된 표현일는지는 모르지만, 조직의 이름으로 살인을 하는 현장의 묘사를 읽을 때 독자는 필연적으로 이러한 판단에 도달되지 않을 수가 없는 것이다.

표도르는 그의 배하(配下) 5인조를 지휘해서 샤토프를 죽인다. 다른 모두는 다소간 마음의 평정을 잃고 있는데 표도르만은 시종 냉정하고 침착하다. 그 대목의 일부분을 인용해 본다.

"이 순간 나무 그늘에서 톨카첸코가 나타나 뒤로부터 샤토프에 덤벼들었다. 에르케리도 뒤로부터 그의 팔꿈치를 잡았다. 리프친은 앞에서 덤볐다. 세 사람은 그의 다리를 걸어차서 그를 땅바닥에 쓰러뜨렸다. 그때 표도르가 피스톨을 빼들고 뛰어나왔다. 샤토프는 고개를 들어 표도르의 얼굴을 보았다. 세 개의 각등(角燈)이 그 장면을 비추었다. 샤토프는 돌연 짧은 절망적인 소릴 질렀다. 그러나 그 소리를 언제까지나 방치해 둘 까닭이 없었다. 표도르는 정확한 동작으로 샤토프의 이마에 피스톨을 갖다 대곤 그냥 방아쇠를 당겼다. 팔싸움은 그다지 크지 않았다. 스크봐데시니키에선 아무도 그 소릴 들은 사람이 없었다."

충분히 실제적인 능력을 보유한 것은 표도르 한 사람이었다. 그는 그 장소에 쭈그리고 앉아 바쁘게 그러나 침착하게 피살자의 호주머니를 뒤지기 시작했다. 돈은 없었다. 두세 장의 종잇조각이 나타났는데 하나는 사무실에서 온 편지였고 하나는 무슨 책의 목록, 또 하나는 어느 외국 술집의 계산서였다.

어떻게 해서 2년 동안이나 그런 게 포켓 안에 남아 있었는지 이상스러울 정도였다. 그런 종잇조각을 표도르는 자기의 호주머니에 쑤셔 넣으며 일동이 한군데 모여 멍청히 시체를 바라보고 서 있는 것을 보자 욕지거리를 섞어 재촉하기 시작했다. 톨카첸코와 에르케리는 생각이 났다는 듯이 동굴 쪽으로 달려가 아침에 준비해 두었던 돌을 두 개 날라왔다. 돌은 각각 20근 정도의 무게로 새끼줄에 묶여 있었다. 시체는 가까운 못(池)에다 던지기로 되어 있었기 때문에 샤토프의 발과 목에 돌을 달기 시작했다.

그것을 맡아 하는 사람은 표도르이고 톨카첸코와 에르케리는 다만 돌을 들어 그에게 건네줄 뿐이었다. 그들이 시체를 옮겨 온 못은 공원 가운데서도 가장 황량한 장소로서 만추(晩秋)의 그 무렵에도 찾는 사람이 없는 곳이었다. 그들은 각등(角燈)을 놓고 시체를 두세 번 흔들어 가속을 붙여선 못 안으로 던졌다. 둔한 소리가 길게 꼬리를 끌었다. 표도르는 등을 들었다. 일동은 몸을 앞으로 굽혀 시체가 가라앉는 것을 말끄러미 바라보았으나 아무것도 보이지 않았다. 만사는 끝났다.

이 다음에 "제군" 하고 서두한 표도르의 어처구니없는 연설이 침착하게 이어진다.

"이로써 우리들은 헤어져야 하겠습니다. 틀림없이 제군은 자유로운 의무의 수행에 따르는 자유로운 자랑을 느낄 것으로 믿습니다……."

그들의 조직에서 이탈했다는 그 이유만으로, 밀고할 위험이 있다는 터무니없는 구실을 붙여 동지 한 사람을 참살한 직후에 행해진 표도르 벨호벤스키의 그 연설을 읽으면 혁명가의 전형적인 면목을 육안으로 보는 느낌을 가진다. 내 좁은 경험의 영역에서 찾아볼 수 있는 혁명가적 소질의 소유자들의 면목이 표도르 벨호벤스키의 그것에 겹쳐지는 것이다.

표도르는 샤토프를 죽인 그 길로 숙소로 돌아가서 행장을 챙기곤 곧 킬리로프를 찾아간다. 그것이 밤중 두 시쯤의 일이다. 자기의 살인 행위를 킬리로프의 소행으로 뒤집어씌우기 위해서다.

킬리로프는 먼저 언급한 바 있듯이 자살을 의무라고 생각하고 있는 사람이다. 그 사상에 편승해서 킬리로프를 이용하려는 것인데 그 자살의 장면이 또한 간담을 서늘하게 한다.

나는 그 장면에서 어떤 객관적 사정의 강박 없는 사상만으론, 설혹 그것이 자살을 찬양하는 사상일지라도 그것만으론 사람은 죽을 수 없는 것이란 천재의 통찰을 읽었다. 그러나 이것은 또 다른 문제이고 킬리로프를 자살로 몰아세우는 표도르가 지금의 문제이다. 표도르는 권총 소리를 듣자 어두운 방으로 들어가서 촛불을 켜 들고 킬리로프의 시체를 점검하고 그가 써 놓은 유서의 확인까지 한다. 그리고 화재의 위험이 없다는 예측을 하고 촛불을 끄지 않은 채 빙그레 웃음까지 웃곤 그 집에서 나오는 것이다.

그로스만은 『악령』을 공격 논문적 장편 소설이라고 말했다. 표도르를 혁명 청년의 전형으로서 도스토옙스키가 설정했다고 판단할 수 있을 때 이 평언(評言)은 적절한 것으로 된다. 도스토옙스키는 표도르를 묘사함으로써 혁명 운동 전반에 걸쳐 공격의 화살을 쏜 것이나 다름이 없기 때문이다. 그런데 그 공격은 너무나 심각하고 광범한 의미를 지니고 있다. 도스토옙스키의 혁명에 대한 태도에 그냥 추종할 순 없다고 하더라도 혁명에 관한 사색이 진지하고 인간적이어야만 한다면 혁명을 생각하는 도정(途程)에서 이 『악령』이 제기한 문제를 피해 갈 순 도저히 없는 것이다.

『악령(惡靈)』에 관한 평가

『악령』처럼 제가(諸家)의 의견이 엇갈리는 작품도 드물다. 그만큼 이 작품이 난해하다는 뜻도 되겠지만 각기 지닌 정치사상에 따라 평가의 빛이 달라지지 않을 수 없는 것이 이 작품의 특징이기도 하다.

E. H. 카는 『악령』을 씀으로써 도스토옙스키는 그가 지닌 풍자의 재능을 발휘했다는 사정을 설명한 뒤에 다음과 같이 쓰고 있다.

현존하는 『악령』에 있어서의 원안과 그 뒤의 구상을 구별하는 불분명한 경계선을 일단 넘어가면 풍자와 희화(戲畫)의 세계로부터 이론과 상상의 세계로 들어간다. 표도르 벨호벤스키는 네차에프란 역사상 인물의 역할을 맡고 있는 것이지만, 정신에 있어선 제2안에 속한다. 그는 이미 희화조차도 아니다. 이론의 구현이다. 그에게 관한 묘사엔 이해력도 기지(機智)도 전연 결여되어 있기 때문에 독자를 납득시킬 힘이 없다.

도덕적 악과 정치적 허무주의가 동일하다는 것을 제시코자 한 것이 도스토옙스키의 목적이었는데, 이 목적을 달성하기 위해선 흥분한 순간에 "나는 악당이지, 사회주의자가 아냐"라고 소리치는 인물, 이를테면 정의를 위해서 범죄를 행하는 열광자인가, 혹은 범죄욕을 혁명적 정열로써 의장(擬裝)하고 있는 괴물인가를 분간할 수 없는 그런 인물을 등장시키는 것만으론 무망(無望)한 것이다. 그런데 도스토옙스키의 이론, 즉 "도덕적 악과 정치적 허무주의가 동일하다"는 것을 실증하기 위해 내세운 인물은 분명히 이런 족속이다.

『죄와 벌』에서 보였던 그 진지한 탐구는 여기선 조잡한 독단적 주장으로 끝나고 말았다. 문학 작품을 항상 그 정치적 경향으로써 판단하는 나라에서 젊은 세대가 『악령』의 작자에게 분노를 느낀 것도 당연한 일이다. 그들은 도스토옙스키를 그들의 동지라고 생각하고 있었던 만큼 그 분노는 더욱 치열했다. 청년들의 노여움을 샀다는 것은 그에게 있어서 별반 놀랄 만한 일이 아니었다. 그는 그러한 결과를 미리 짐작하고 있었던 것이다.

그로스만은 『악령』이 발표되었던 당시의 반향(反響)을 다음과 같이 기록하고 있다.

1872년 12월 『악령』이 완결되자 사회 운동가와 저널리스트들은 도스토옙스키가 '서구적 진보주의'와 손을 끊고 반동 진영에 끼었다고 비난했다. 특히 사회 평론가 미하일로프스키는 "당신이 정신병

환자라고 쓴 이 러시아엔 철도망이 깔리고 공장과 은행이 이곳저곳에 산재하고 있는데, 당신은 그러한 세계의 특색을 그리려고 하지 않았다. 당신의 소설엔 부(富)라는 이름을 통해 나타나는 악령이 없다. 그 악령이야말로 어떤 악령보다도 사악한 것인데 말이다. 당신은 그러한 악령을 파악하려고 하지 않았다"고 도스토옙스키를 공박했다.

이 비평가의 의도는 명백하다. 파괴력을 지닌 풍자는 배금주의자(拜金主義者)들의 괴물·은행가·주주·공장주·주식 중매인, 모든 종류의 자본가 등 악령의 대변자들이라고 할 만한 이런 족속을 대상으로 해야 할 것이지, '유리처럼 맑고 견고한 양심을 지닌' 적극적이며 진보적인 투사를 대상으로 해선 안 된다는 뜻이다.

E. 말코프는 다음과 같이 도스토옙스키를 공격했다.

"젊은 혁명가들을 풍자적으로 묘사한 부분, 즉 시가료프의 이론이라든가, 무분별한 기사 킬리로프의 철학, 샤토프의 광적인 의견 등은 모두 사회의 축도(縮圖)가 아니고, 강렬한 편견의 조명으로 된 공격적 논문이다.

도스토옙스키의 음울한 뮤즈[美神]는 인간을 형해화(形骸化)하여 인간으로부터 희망의 날개를 무자비하게 박탈해선 인간의 사상과 감정을 개인적 고뇌의 무익한 고립적 상태로 몰아넣었다. 그러니 우리들은 이 음울하고 융통성이 없는 그런 만큼 천재적이며 진실로

셰익스피어의 제자다운 이 작가보다도 사리를 예절 바르게 파악할 줄 아는 작가들을 좋아한다."

다음과 같은 고르키의 말도 기억해 둠직하다.

"오늘날 러시아인에게 보여 줄 필요가 있는 것은 스타브로긴과 같은 인물이 아니고 전연 다른 별개의 인간이다. 필요한 것은 젊음에 넘친 선전이고 정신적인 건전이고 사업이며 자기 관조(觀照)가 아니다. 필요한 것은 에너지 원(源)인 민주주의와 민중과 사회성과 과학에의 복귀다."

불에 비치는 독자로서의 레닌의 회상 속에서 도스토엡스키의 작품에 관한 레닌의 비평을 인용하고 있다.

"그(레닌)는 『악령』에 관해선 확실한 부정적 태도를 취했다. 그리고 이 소설을 읽을 때는 네차에프뿐만 아니라, 바크닌의 활동과 관련이 있는 사건이 반영되어 있다는 것을 잊어선 안 된다고 말했다. 『악령』이 쓰여지고 있을 그 무렵, 칼 마르크스와 프리드리히 엥겔스는 바크닌을 상대로 격렬한 싸움을 전개하고 있었다. 비평가의 할 일은 이 소설 가운데의 무엇이 네차에프와 관련이 있고, 무엇이 바크닌과 관련이 있는가를 밝혀내는 데 있을 것이라고도 레닌은 말했다."

여기서 나는 소련의 비평가들이 『악령』을 대하는 태도를 짐작할 수가 있다. 그들은 사회주의 일반에 대한 도스토옙스키의 혐오를 되도록이면 바크닌 일파에 대한 그것으로 정착시키려고 애쓰고 있다. 볼셰비키는 정권 탈취의 과정에서 바크닌을 원류로 하는 무정부주의자와 치열한 공방전을 겪었다. 그러니 표도르 벨호벤스키와 같은 부정적 혁명가를 무정부주의의 전유물로 독자 대중들에게 인상지우고 싶은 것이다.

그로스만도 다분히 그러한 의도를 반영한 탓인지 "바크닌의 개성을 도스토옙스키는 자기의 역설(力說)의 중심인물 스타브로긴의 기본적 성격으로 하고 있다"고 단정적으로 말하고 다음과 같은 보충 설명을 하고 있다.

"그러한 조명을 함으로써만이 이 수수께끼 같은 주인공의 인물상을 복잡하기 짝이 없는 심리적 신비의 안개에서 밝혀 낼 수가 있고 따라서 정당한 해석을 얻을 수가 있다. 도스토옙스키는 이 인물상에 유명한 러시아의 반란자에 관해 평소 지니고 있던 자기의 생각을 그려 넣어 이 인물의 눈부신 활동도 결국은 명성이 혁혁한 그의 인물마냥 보람도 목적도 없는 것이라고 지적하고 싶었던 것이다. 도스토옙스키의 해석에 의하면 혁명가로서 세계적인 명성을 노리는 이 인물, 바크닌은 반성벽(反省癖)에 사로잡힌 러시아의 애송이로서 조국의 대지로부터 이탈한 뿌리 없는 나무이며 유럽의 방랑자일 뿐, 무엇도 이룩할 힘이 없는 무위(無爲)와 불미로운 파멸의 길을 밟을 운명을 짊어진 사상의 포로인 것이다."

그런데 E. H. 카는 그렇게 말하질 않는다.

"표도르 벨호벤스키는 원안(原案)만으론 현실계의 인물이 되어 있다. 그러나 스타브로긴과 킬리로프에 이르러서는 순수한 상상 세계의 인물들이다. 저명한 소련의 비평가가 스타브로긴의 역사상에 있어서의 원형을 찾아 고심한 적이 있다. 그는 1924년엔 페트라셰프스키의 클럽에 있었던 스페시네프를 스타브로긴의 원형이라고 하다가 1926년엔 바크닌을 그것이라고 했다. 그런데 스페시네프 설(說)엔 문제로 할 여지가 너무나 많고 바크닌 설(說)은 전연 터무니가 없다. 거의 같은 시기에 동일한 비평가에 의해 스타브로긴이 전연 다른 두 개의 역사적 인물과 결부될 수 있었다는 것 자체가 어떤 가설도 타당하지 않다는 사실을 강력하게 증명한 셈이다.

민감한 독자 같으면 스타브로긴과 킬리로프가 『악령』의 다른 등장 인물과는 그 결구(結構)에 있어서 다르다는 것을 쉽게 알아차릴 수가 있을 것이다. 다른 등장 인물들은 현실 세계에서 도려내어 독자들이 다소나마 납득하게끔 그려진 인물들이다. 그런데 스타브로긴과 킬리로프는 순전한 상상의 산물로서 그들을 생산한 힘은 역사가 아니고 문학적, 철학적인 것이다. 『악령』의 정치적 주제와 이 두 인물과의 관계는 우발적인 것이며 인공적인 것이다. 이 두 사람의 배후엔 라스콜리니코프가 있고, 그 전면엔 이반 카라마조프가 있다. 스타브로긴은 라스콜리니코프가 발전된 단계를 가리키고 있다.

최고의 도덕률로서의 자아(自我)의 앙양(昂揚)이란 열렬한 신앙을 잃고 환멸과 권태와 소침한 의식 속에서 잃어버린 신앙과 자아를 조소하면서도 의연 그러한 도덕률의 명령에 따르고 있는 라스콜리니코프이다.”

나는 E. H. 카의 의견에 공감한다. 『악령』이 인간성의 어느 단면을 탐구한 불후의 명작인 연유는 스타브로긴을 역사상 인물에서 따온 것이 아니고 더구나 현실의 모델을 베낀 것이 아니고 관념의 조작으로써 만들어냈다는 바로 그 점에 있는 것이다. 『악령』에 관한 내 자신의 생각을 정리하기만으로도 벅찬 일이다. 한량없는 요설로도 그 생각을 다할 것 같지 않고 그렇다고 해서 아는 척 침묵해 버림으로써 끝날 일도 아니다.

『악령』을 논한 글 가운데 내게 가장 큰 충격을 준 것은 일본인 평론가 고바야시의 〈악령에 관해서〉란 소론(小論)이었다. 그 가운데서 빛나는 함축을 가졌다고 특히 내가 감동한 일부를 인용하고 『악령』에 관한 나의 편력의 장을 일단 마무리할 참이다.

『악령』은 도스토옙스키가 악이란 수수께끼 앞에 초조한 나머지 그 분통(憤痛)을 터뜨린 것이다. 이것이 이 작품의 중요한 모티브의 전부이다. 굳이 그를 사로잡은 윤리적 문제를 들추면 그는 니체와 더불어 다음과 같이 답할 것이다.

"이때까지의 논리에 관한 일체의 학(學)엔 기묘하기 짝이 없는 일이지만 윤리성의 문제 그 자체가 결여되어 있다."

그에게 필요한 것은 전혀 새로운 독특한 윤리성이었다. 그는 절망 속에 진실한 재생이 있다고 믿은 것은 아니다. 재생을 예기한 절망이란 따위가 있을 까닭도 없다. 그는 편지 속에선 '고뇌를 통한 마음의 정화'란 말을 가끔 불용의(不用意)하게 사용하고 있지만 고뇌를 사랑하는 인간 정신의 비밀을 전력을 다해 그려 내려고 한 그의 전 작품에서 사람들의 오해를 사게 마련인 이 종류의 말을 독자의 눈으로부터 가리려고 얼마만한 조심을 하고 있는가를 주목해야 한다.

스타로프가 편집한 『악령』의 노트에 의하면 스타브로긴을 창조한 사정은 "신앙이란 과연 가능한 것인가" 하는 물음에 있었다고 작자는 거듭 말하고 있다. 독자는 스타브로긴의 어느 구석에서도 답을 발견하지 못한다. 한데 이러한 물음에 과연 답이 가능할 것인가. 답을 예상할 수 없는 물음은 무의미한 것인가. 아무렴 무의미할지 모른다. 인간의 이지(理智)는 이러한 물음의 무의미함을 극력 설명해 왔다. 편견 없이 인간의 문화를 관찰하면 인지(人智)는 항상 답(答)에 대해서 신중했다고 하기보다 물음에 대해서 신중했다는 사실을 알 수가 있다. 우리들은 만족할 만한 답을 많이 얻었다.

그런데 그것은 바보스런 질문을 안 하기로 한 마음먹음의 덕택이다. 교사를 향해 답을 못할 질문은 안 하도록 하는 것이 교육의 요령이며 상대방을 당혹하게 하는 질문은 삼가는 것이 사회적 정신생활의 제도라는 것을 이해하는 것은 쉬운 일이다. 곤란은 우문(愚問)의 처리에 있다. 답을 기대하지 않는 물음이 이 세상에서 끊어질 날은 결코 없기 때문이다. 분노와 절망이 현명한 물음을 고안해 낼 까닭이 없다. 그들의 물음은 답 없이도 살아 있다. 도스토옙스키의 수수께끼 같은 여러 인물은 모두 이런 등속의 물음의 산물이며 답을 얻기 위해서 물음에 세공(細工)하는 따위의 세계완 원래 무연(無緣)한 사람들이다.

도스토옙스키가 "질투마저 섞어 사랑했다"는 인물(그리스도)이야말로 인간이 발견, 또는 발명한 모든 이상과 진리란 미망(迷妄)과 싸우기에 평생을 소비한 사람이며 어떻게 비참한 불행일망정 이상과 진리의 어떤 아름다움과도 교환하지 않겠다고 결심한 인물이었다. 어리석고 미친 듯한 물음의 형으로서가 아니면 말할 수 없는 진리란 것이 확실히 있다고 말하는 이 인물의 속삭임에 도스토옙스키는 항거할 수가 없었다.

고바야시는 '얕은 개울물을 건너듯' 하는 리얼리즘과 도스토옙스키의 정신은 원래 무관한 것이며 『악령』 또한 그런 정신의 소산이란 것을 밝혀내고 있는 것이다.

그런데 고바야시는 그의 '악령론'을 미정인 채 중단하고 말았다. 그 중단에 나는 고바야시의 희귀한 지성을 발견하는 마음이 되기조차 한다. 난해한 것에는 난해한 그대로 육박하는 정신을 나는 존경한다.

『카라마조프가의 형제들』의
문전(門前)에서

1880년 11월 8일《러시아 보도(報道)》의 편집자 앞으로 『카라마조프가의 형제들』의 에필로그를 보내며 동봉한 편지에 다음과 같이 도스토옙스키는 쓰고 있다.

"이로써 장편 소설은 완결되었소.

이것을 쓰느라고 3년이 걸리고 2년 동안 연재된 것이오. 지금은 내게 있어서 참으로 뜻깊은 순간이오. 크리스마스까진 단행본으로 할 참이오. 러시아 전국의 책점에서 문의의 편지가 쇄도하고 있는 형편이오. 그런데 나는 당신에게 이별의 편지를 쓰고 있는 것은 아니오. 앞으로 20년은 더 살아 계속 쓸 참이니까 말이오."

그러나 이 편지를 쓰고 있을 무렵 도스토옙스키는 그의 60년의 생애를 끝맺을 단계에 있었다. 그는 앞으로의 20년을 바랐지만 운명은 그의 바람을 외면했다. 두 달 후 그는 이 세상을 하직하게 되는 것이다.

하여간 『카라마조프가의 형제들』은 불세출의 천재가 이 세상에 남긴 마지막 작품답게 당당한 구성과 원숙한 기교와 그가 도달한 사상의 정점을 남김없이 표현한 것이었다. 누구도 아무 일 없었던 것처럼 이 작품을 그냥 지나칠 수는 없다. 밀림에서 헤매는 기분이 되었다가 산정(山頂)에 이르기도 하고, 때론 청렬한 개울물에 목욕하기도 하고 때론 무서운 수렁을 건너는 기분이 되기도 한다.

아무튼 이 작품을 읽고 나면 긴 여행을 끝낸 것 같은, 그리고 여행 전의 자기와 여행 후의 자기가 얼마나 달라졌는가를 깨닫는 마음으로 놀라지 않을 수가 없다.

내 경우를 말해 본다.

나는 『악령』에서 시달림을 받은 덕택으로, 아니 『악령』을 읽는 작업이 훈련의 보람을 가졌던 때문인지 비교적 수월하게 이 작품을 읽을 수가 있었다. 수월하게 읽었다는 것이 이 작품이 지니고 있는 그 복합된 의미를 쉽게 파악할 수 있었다는 말은 물론 아니다. 이 작품에 제기되어 있는 문제가 『악령』의 그것보다 덜 심각하다는 것도 아니다.

카라마조프의 주제는 결코 단순하지 않다. 그는 이 장편 소설에서 평생 동안 그가 탐구해 오던 중대 문제를 골고루 해결해 보려고 기도했던 것처럼 보인다.

나는 무엄하게도 졸업 논문의 테마로서 『카라마조프가의 형제들』을 택했다. 미숙한 독해력과 부족한 재료로써 바람직한 연구 논문을 쓸 수 있을 까닭이 없었지만 나름대로의 노력은 했다. 길바닥의 유리 조각에 비친 달빛도 달빛의 신비를 나타내고 있다는 다소곳한 신념을 관철해 보고 싶었던 것이다.

35년이 지난 지금 4백자 원고지 2백 장으로 된 그 논문의 내용이 어떻게 되어 있었던 것인지 소상한 기억이 있을 까닭이 없다. 다만 〈예수 그리스도와 나〉라는 표제를 붙인 서장(序章)을 다음과 같이 시작했다는 것만은 아슴프레 기억하고 있다.

도스토옙스키는 러시아에서 서구파와 대립한 슬라브파에 속한 사람이라고 하지만, 내 눈으로 볼 땐 그도 역시 서구적 문화인의 한 사람이다.

서구적 문화인이라고 할 때 가장 큰 특징적 현상은 신앙 여부는 고사하고, 그리스도교 문명의 풍토 속에서 그들의 의식을 형성했다는 점이다. 그들은 어머니의 젖과 더불어 그리스도를 마시며 자랐다. 그리스도는 그들에게 있어서 생득적(生得的)인 것이다. 더욱이 도스토옙스키에 있어서 예수 그리스도는 극히 중요하다. 그의 생애 최대의 문제가 신이었고 그 핵심에 예수 그리스도가 있었다. 그리스도는 그의 정신에 있어서 그의 육체에 있어서의 심장과 같은 의미를 차지하고 있다.

비록 그것이 희랍 정교적(正敎的)인 의상을 두르고 있을망정, 인간의 고뇌와 인간의 위신을 십자가 위에서 동시에 대변한 그리스도의 이미지는 도스토옙스키에 있어선 상징의 의미를 넘은 생명의 의미를 지니고 있었다.

그런데 내게 있어서의 예수 그리스도는 활자를 통해서 지식으로써 알려진 존재다. 다시 말하면 예수 그리스도는 그의 의미를 부정하는 무신론과 같은 배를 타고 나에게 전달된 것이다. 그러니 예수 그리스도에 대한 태도에 있어서 도스토옙스키와 나와의 사이엔 본질적인 차이가 있다. 그런데도 내가 이토록 도스토옙스키에게 공감할 수 있다는 것은 무슨 까닭일까.

보나마나 그 뒤는 미숙한 청년다운 생각으로 뒤죽박죽 엮어졌을 것이 틀림없다. 그런데 뜻밖에도 그 졸업 논문은 '우(優)'라는 평점을 받았다. 그때 내가 다닌 대학에선 외국어를 제외하곤 모든 과목의 성적을 졸업 논문의 성적으로써 대(代)하는 관례가 있었기 때문에 나는 난생 처음으로 성적표에 전우(全優)의 기록을 남기게 되었다. 그러나 그 기록이 결코 명예스럽지 못하다는 것은 나만이 알고 있는 사실이다.

도스토옙스키가 『카라마조프가의 형제들』의 구상을 하게 된 데는 하나의 계기가 있었다. 그 계기를 우리는 그의 『죽음의 집의 기록』에서 찾아 낼 수 있다.

2백 명 가량 있었던 옴스크 감옥의 수인 가운데 도스토옙스키의 흥미를 끈 사나이가 있었다. 살부범(殺父犯)으로서 수감되어 있는 귀족 출신의 사나이였다. 그는 '일리인스키'란 이름의 퇴역 육군 소위였는데 한때 드보리스크의 국방 경무대에 근무하고 있다가, 아버지를 죽였다는 죄목으로 재판을 받아 징역 20년의 언도를 받고 복역 중에 있었다. 도스토옙스키는 "특히 기억에서 떠나지 않는 것은 부친을 죽인 그 사나이"라고 쓰고 있다.

『죽음의 집의 기록』에 의하면 그 사나이는 방탕하기 짝이 없어 빚에 몰려 유산을 목적으로 아버지를 죽인 사람으로 되어 있다. 그러나 그는 자기의 범행을 자백하진 않았다. 그런데 도스토옙스키는 그 사건을 그 사나이가 살고 있던 고장의 사람들로부터 들어 정확한 정보를 입수한 것으로 믿었다. 그래서 다음과 같이 쓰기로 한 것이다.

"전에 그 사나이가 근무하고 있던 지방의 사람들은 그 사건에 관해서 똑같은 얘기를 했다."(『죽음의 집의 기록』 제2부 제7장)

살부범의 얘기가 들어 있는 『죽음의 집의 기록』 제1장은 1860년 초에 발표된 것이기 때문에 1862년경엔 죄인의 고향인 드보리스크에까지 보급되어 있었던 모양이다.

1862년의 5월 도스토옙스키는 시베리아의 어떤 사람으로부터 그가 쓴 '살부범'이 무죄였다는 편지를 받았다. 그래서 그는 1862년 5월 호의 《브레미아》지(誌)에 쓴 『죽음의 집의 기록』 제2부 제7장에 자기가 입수한 의심할 여지없는 정보에 의하면, 제1장에 쓴 살부범은 "죄 없이 10년간의 징역을 치렀는데, 이번의 재판으로써 청천백일의 몸이 되었다"고 독자들에게 알렸다.

이 사건은 절호의 소재로서 그의 마음을 자극했던 모양으로 1874년의 가을, 메모에 다음과 같이 적었다.

1874년 9월 13일. 드보리스크에서의 약 20년 전의 일. 일리인스키의 얘기 같은 것. 두 사람의 형제. 늙은 부친, 형에게 약혼자가 있었는데 그 여자에게 아우는 사랑을 느꼈다. 그러나 여자는 형을 사랑했다. 형은 소위보(少尉補)로서, 방탕을 일삼고 아버지와 싸우기도 했다. 돌연 아버지가 없어졌다. 형제가 유산의 얘기를 하고 있는데 경찰이 지하실에서 아버지의 시체를 파 내어 왔다. 형의 범행이란 증거마저 있었다. 형은 재판에서 형을 받았다. 12년이 지났다. 아우가 면회하러 왔다. 침묵 속에서 서로 이해하는 장면.

그리고 또 7년. 아우는 관직에 있었는데 고민하고 있는 히포콘데리 환자. 그는 아내에게 아버진 자기가 죽였다고 고백, 그는 형을 찾아간다. 아우의 아내는 형에게 아무 말 말고 자기의 남편을 구해 달라고 부탁했다. 형은 "난 징역살이에 익숙했다"고 말하고 아우에겐 "넌 이미 벌을 받은 것이나 다름이 없다"고 말했다. 아우의 생일. 손님이 모여들었다. 아우는 밖으로 뛰어나가 "내가 죽였다"고 소리쳤다. 모두들 정신착란을 일으킨 것으로 알았다. 마지막. 형은 집으로 돌아오고 아우는 죄인 호송소로. 아우는 형에게 아이들의 아버지가 되어 달라고 탄원했다. 바른 길에 들어선 것이다.

『카라마조프가의 형제들』 최초의 메모엔 형은 일리인스키란 이름으로 되어 있다. 그 표기는 드미트리 카라마조프란 이름으로 확정

된 후에도 가끔 나타난다.

전기자(傳記者) 그로스만은 이 메모로써 일리인스키 소위의 얘기가 『카라마조프가의 형제들』의 바탕이 되어 있다는 것을 쉽게 알 수 있다고 하고, 진짜 살인자가 그의 생일에 모여든 축하객들 앞에서 하는 참회는 그냥 그대로 조시마 장로의 얘기로 꾸며져 있다고 지적했다.

1878년 7월 도스토옙스키는 드디어 그의 최대의 장편 소설에 착수했다. 우리는 작자가 이 소설에서 얼마나 엄청난 일을 계획했던가를 알 수가 있다. 카라마조프 기질로서 표현된 러시아적 생(生)의 바탕에서 시작해서 정열과 악덕(惡德)과 영감으로써 엮어진 인생의 실상을 파헤치려고 그는 들었다.

그리고 이러한 대문제와 곁들여 그는 재판 제도와 신문, 학교와 국민성, 교회의 주장과 혁명적 정치 이념과의 상극, 사회 전반에 관한 비판까지를 망라하려고 애썼다. 더욱이 그는 소년의 문제를 정면으로 취급해서 장차 그가 쓰려고 구상한 세계의 단서를 열어 놓기도 했다.

그런 가운데서도 가장 빛나는 부분이 〈프로에 콘트라〉의 〈대심문관(大審問官)〉이다. 여기에 전개된 신화론적의 또는 무신론은 그것만으로도 위대한 것이다.

『카라마조프가의 형제들』을 어떻게 읽었는가를 쓰기보다 앞으로 어떻게 읽어야 할 것인가를 쓸 작정이다.

카라마조프적(的)
드미트리

E. H. 카는 말한다.

"『카라마조프가의 형제들』은 40만 어(語)로써 된 대서사시다. 그러나 그 내용을 요약해서 정의해 보려는 것은 일리아드를 아킬레스의 분노를 그린 것이라고 말하는 따위의 터무니없는 결과가 되게 마련이다."

그러나 우리가 어느 작품을 읽고 감동을 느꼈을 땐 그 감동을 정리하기 위해서라도 요약하는 작업을 게을리할 수는 없다. 바꾸어 말하면 요약해 본다는 것은 어느 정도로 그 작품을 이해했는가를 시험해 보는 노릇이기도 한 것이다.

이 작품의 플롯은 카라마조프 3형제의 부친 '표도르'의 살해 사건을 중심으로 전개된다.

'표도르'는 색욕과 물욕, 그리고 방탕의 화신 같은 인물이다. 그러나 그는 나름대로 인생을 보는 날카로운 눈을 가진 독특한 인물이기도 하다. '볼테르'를 중심으로 한 프랑스 계몽주의 철학과 무신론을 피상적으로 받아들인, 당시 러시아의 인텔리로서 그의 인생관은 시니컬하고 그의 생활 태도는 뻔뻔스럽기 짝이 없다. 그는 인생을 전혀 무의미한 것으로 보고, 육체적 쾌락만이 제일이라고 생각하며 그 이외의 것은 돌볼 필요가 없다고 무시한다.

그는 50세를 넘었어도 육체적 쾌락에 집착하지만 그의 육체가 그의 정욕을 대신하는 결과가 되었다. 오스카 와일드의 도리안 그레이처럼 마음은 젊은데 육체는 썩어 갔던 것이다. 때문에 한때 그의 생활을 충족시켰던 정욕이 이제 와선 그를 초조하게 자극하는 고문으로 화했다. 그런대로 '표도르'는 환상적인 정욕을 불태워 노추(老醜)를 더했다.

원래 그는 신성한 가치 같은 것은 무시하는 사람이었지만 육체의 쇠약으로 욕망과 충족 사이에 모순을 느끼게 되자 그 내부에 신과 미래에 대한 회의와 공포심이 자라났다.

그 공포는 이때까지 그가 모독해 온 신에 대한 공포였다. 그러나 그는 그 공포에도 성실할 수가 없었다. 결국 그는 비소(卑小)한 악마에 불과했다. 육욕에 철(徹)하기엔 육체가 말을 듣지 않고, 신을 부정하기엔 의지와 교양의 바탕이 약했고, 신을 신앙하기엔 그의 정신은 이미 순수성을 잃고 있었다. 작가의 말을 빌면 '괴팍하고 센티멘털한' 인간으로서 끝났다. 이러한 표도르를 도스토옙스키는 서구 문명의 씨앗이 18세기 말의 러시아의 황무지에 뿌려져 추악한 꼴로 자라난 표본으로 치고 있는 것이다.

그런데 이러한 퇴폐적인 토양에서 각기 강한 개성을 가진 세 아들이 태어났다. 장남 드미트리는 그의 데카당적인 정욕을 물려받았지만 남성적이고 진지한 사람이다. 차남 이반은 그의 교활한 시니즘은 물려받아 지적인 무신론자가 된다. 삼남 아료사는 그로부터 이즈러진 센티멘털리즘을 물려받았지만 인류에 대한 순수한 사랑을 가꾸게 된다. 카라마조프적인 토양에서도 갖가지 꽃이 필 수 있다는 비유로서 해석할 수도 있는 이 구상은 러시아적 대지(大地)에 대한 상징에도 통한다.

그런 때문도 곁들여 이 작품이 발표되자마자 러시아에선 '카라마조프시치나'란 말이 유행했다고 한다. '카라마조프시치나'란 카라마조프적이란 말로써 러시아적인 인간, 곧 카라마조프적 인간으로 이어지는 뜻이다. '곤챠로프'가『오브로모프』를 발표했을 때 러시아적 인간의 전형으로서 '오브로모프시치나'란 말이 유행한 것과 비슷한 취향이었다. '오브로모프'는 게으르고, 우유부단하고, 그러나 관대하고 온순한 사람이다. 게으른 러시아인들이 게으르기 짝이 없는 오브로모프에게서 거울 속에 자기의 얼굴을 보듯 했던 것이다. 표도르 카라마조프는 탐욕스럽고 호색적이고 시니컬하며, 그러면서 마음이 약한 악당이다.

오브로모프에게서 자기를 발견한 러시아인들이 이번엔 표도르에게서 러시아인을 발견하게 되었다. '오브로모프시치나'와 '카라마조프시치나'로써 표현되는 러시아의 국민성은 어쩌면 인간 일반에 통하는 바탕을 가지고 있다. 그래서 나의 학생 시절, 다음과 같은 말들이 실감 있게 쓰여지기도 했던 것이다.

"저 녀석은 오브로모프니까.", "저 녀석은 표도르 카라마조프니까."

저 녀석은 게으르다, 저 녀석은 욕심이 많다고 하면 독기가 느껴지지만 '오브로모프', '카라마조프'라고 하면 약간의 애교가 느껴진다.

본제(本題)에선 이탈되는 얘기지만 루쉰(魯迅)은 '아큐(阿Q)'를 만들었고 그래서 '아큐(阿Q)적 인간'이란 말이 생겨 인간을 조명하는 보람이 있었는데, 나는 이런 것을 두고 일종의 민족 문학 내지 국민 문학의 본질을 생각한 적이 있다. 민족이, 또는 국민이 작중의 등장인물을 통해 스스로의 내부를 조명해 볼 수 있는, 그렇게 해서 민족의 전형, 국민의 전형을 발견할 수 있는 문학이라야만 비로소 민족 문학이 가능한 것이 아닌가 하는 생각에서였다. 유감스럽게도 우리나라엔 '오브로모프'에 비할 수 있는, '카라마조프'에 비할 수 있는, '아큐(阿Q)'에 비할 수 있는 작중 인물이 없다.

표도르의 장남 드미트리는 이 작품 가운데 소설적인 의미로서는 가장 중요한 인물이다. 모든 사건은 그를 중심으로 발생하고 전개한다. 난폭할 만큼 왕성한 생명력과 정열, 민감하고 강직한, 때론 시적

(詩的)이기도 한 마음, 영원한 것, 신성한 것에 대한 동경, 그러면서도 현실적인 쾌락을 쫓는, 이를테면 복잡한 모순과 갈등 속에서 안정을 모르고 동요하는 그의 성격은 카라마조프적인 것, 곧 러시아적인 것이라고 할 수 있다.

그는 악마적인 생의 충동에 사로잡히기도 하면서 막연하나마 신성(神性)에의 정사 같은 것을 지니고 있다. '카테리나'에 대한 그의 태도, '그류셴카'에 대한 그의 태도는 끝까지 악인이 될 수 없는 그의 성격을 나타내고 있다. 그는 스스로 자기의 마음을 신과 악마와의 전쟁터라고까지 했다.

복잡한 사정에 얽혀 들어 그는 살부범(殺父犯)으로 몰린다. 그때 꿈속에 '아귀(餓鬼)'의 꿈을 꾸었다. 그 꿈속에서 울부짖는 아귀를 통해 이 지상에 충만한 불행에 대한 계시를 받는다.

그는 불행을 이 지상으로부터 일소하지 않곤 견딜 수 없는 저돌적인 욕망의 충동을 느꼈다. 이처럼 그는 인간의 불행을 통감하자 구제를 위해서 주위의 사정을 돌볼 여유도 없이 덤빈다. 도스토옙스키는 '드미트리'를 통해서 이 지적으로 세련된 유럽과 직정적(直情的)인 러시아의 상위점(相違點)을 밝히려고 했던 것 같다. 즉 너무나 세련된 문명 속에 사는 사람들은 역사 법칙에 집착하는 나머지 자유분방한 행동을 못 한다. 그러나 원시적인 단순성을 지닌 러시아는 그 감격성과 신선한 직감을 통해서 보다 고귀한 목적을 향해 도약할 수가 있다는 사상인 것이다.

이와 같은 도약으로 해서 드미트리는 새로운 인간이 된다. 그는 인류의 불행에 대해 일종의 책임을 느껴, 고통으로 인해 속죄할 양으로 살부(殺父)의 대죄를 감당하려고 한다. 그가 스스로 '지하의 송가(頌歌)'라고 이름 지은 옥중의 고백은 어떤 평자(評者)의 표현 그대로 "실로 러시아적 인생관의 정수이며 생명 있는 영(靈)에서 분출된 종교적 정감(情感)의 정점을 이룬 것이다."

내 자신, 그 강도, 깊이, 규모에 있어서 현격한 차이가 물론 있지만, 옥중 생활에서 드미트리의 이 감정엔 깊은 공감을 느꼈다. 그 까닭은 내 자신 억울한 죄명을 뒤집어쓰고 감옥 생활을 감당해야 했기 때문이다. 나는 뒷날 그때의 감정을 다음과 같이 기록했다.

나는 비로소 이곳에 내가 있어야 할 이유를 알았다. 불효한 아들이었다. 부실한 형이었다. 부실한 애인이었다. 불성실한 인간이었다. 이 세상에 나지 않았으면 좋았을 사람이 본연적으로 지닌 죄, 이것을 원죄(原罪)라고 해도 좋다. 그리고 지저분하게 살아오는 동안, 나 스스로만 지저분하게 한 게 아니라 내가 접촉한 것이면 뭐든, 공기와 산하도, 인물과 기관도, 신문이나 잡지에 이르기까지 지저분하게 만들어 버린 죄란, 그 죄가 응당 받아야 할 벌을 상정(想定)할 때 지금 내게 과해진 벌은 도리어 가벼운 것이다. 무슨 죄인지도 모르고 벌만 받는 것처럼 따분한 처지란 없다.

그런데 이제야 나는 나의 죄를 찾았다. 섭리란 묘한 작용을 한다.

갑(甲)의 죄에 대해서 을(乙)의 죄명을 씌워 처벌하는 교묘한 작용을 하는 것이다. 꼭 벌을 받아야만 마땅한 인간인데 적용할 법조문이 없을 때 섭리는 이러한 작용을 한다는 것을 알았다. 격언 그대로 섭리의 맷돌은 서서히 갈되 가늘게 간다. 나는 나의 죄를 헤아리느라고 요즘 제대로 잠을 자지 못한다. 남의 마누라를 탐한 적이 없는가, 여자의 순정을 짓밟은 일이 없는가, 남의 눈물을 흘리게 한 일이 없는가……. (「소설·알렉산드리아」)

억울한 죄를 뒤집어쓰고 감옥살이를 해본 사람만이 아는 사정이란 것이 있다. 그런 까닭으로 나는 드미트리의 심정을 이해할 수가 있었다.

그리고 이렇게 드미트리의 고백을 박진감 있게 쓰기 위해선 도스토옙스키도 억울한 징역살이를 해야 했던 것이다.

도스토옙스키가 묘사한 인물은 거의 여러 작품에 비슷비슷하게 되풀이되어 있는 것이 예사다. 이를테면 '이반'은 『죄와 벌』의 '라스콜리니코프', '알료샤'는 『백치(白痴)』의 '미시킨' 등으로 헤아릴 수가 있다.

그런데 이 '드미트리'만은 도스토옙스키의 과거 작품 속에선 그 원형, 또는 유사한 타입을 발견할 수가 없다. 그런 때문에 어느 평론가는 다음과 같은 말을 한다.

"드미트리야말로 문호 도스토옙스키가 죽음을 앞에 하고 창조한 최초의 신선 발랄하고 유니크한 전형적인 인물이다."

이렇게 말할 수 있을 만큼 독자는 드미트리의 언동을 쫓고 있는 가운데 작자의 이 인물에 쏟은 사랑을 자연히 느끼게 된다.

이반 카라마조프

문학에 있어서 인물 창조란 어떠한 의미를 가지는 것인가를 강력하게 시사하는 범례로서 이반 카라마조프 이상의 존재를 세계 문학에서 발견할 순 없다. 셰익스피어의 『햄릿』, 괴테의 『파우스트』, 발자크의 『루이 람벨』, 톨스토이의 『피에르』 등 근사한 예가 많기는 하지만 작가의 사상적인 조작의 의도가 이반에 있어서처럼 강력하고 결정적으로 그 보람을 다한 것은 전무후무(前無後無)한 일이다.

또 이반을 통해 생각하게 되는 것은 문학과 철학과의 상관관계이다. 나는 도스토옙스키의 소설미학(小說美學)은 문학의 철학화, 철학의 문학화에 관건을 둔 것이라고 생각하기에 이르렀다. 내 감상을 솔직하게 말하면 도스토옙스키는 문학이 예술로서 가능하려면 철학을 묘사하는 데 있다는 신념을 굳게 지니고 있었던 것이 아닌가 한다. 철학을 추상적으로 기술(記述)하는 것이 아니고 생동적으로 묘사한다는 뜻이다. 이런 말이 가능할지 모르지만 나는 그렇게 느꼈다.

그런 뜻에서 나는 문학 작가를 철학자보다 우위에 놓는다. 그 까닭은 철학자에 있어선 자기가 옳다고 믿는 이론이나 사상을 논리적 제합성(齊合性)에 직해 기술하면 그만이다. 물론 독자를 설득시키기 위해 예를 든다든가 하는 방법, 가능한 한 평이하게 쓰려고 하는 노력이 있긴 하다. 그러나 사상을 사상으로서 직접 전달하려는 목적만을 가지고 있다. 그런데 작가는 이와는 달리 자기가 발견한 사상이나 이론을 독자에게 감동적으로 전달할 수 있는 방법의 창안 없인 자기의 생각을 발표하지 않는다.

바꾸어 말하면 철학자는 자기의 사상을 이론의 형태로서 전달하면 자족한다. 그런데 문학자에 있어선 그 전달이 감동적인 설득력을 통해야만 한다. 그리고 그 감동적인 설득 방법을 모색하는 가운데 철학자로선 엄두도 내지 못할 진실을 발견하는 경우가 있다. 물론 이러한 대비(對比)는 철학자와 문학자 일반에 통용되는 것은 아니다. 셰익스피어와 벤야민, 괴테와 칸트, 도스토옙스키와 헤겔 등 인류의 고소(高所)에 있는 천재들에게 국한해서 하는 말이다.

철학을 향수의 원정(原精)에 비할 수 있을 때 고귀한 건 사실이지만, 순전한 이론적 구축물이란 점에서 시대의 한계를 벗어나지 못하는 까닭으로 그 현실적 가치보다 역사적 가치로서 존재 이유를 갖는 경우가 허다하다. 그러나 문학은 시대를 초월하는 예술성에 있어서 철학 이상으로 철학의 보람을 다할 수가 있는 것이다. 전자(前者)의 철학은 이른바 철학사에 정착된, 이른바 철학자에 의해 점유된 철학을 말하는 것이고, 후자에 있어서의 철학은 지혜의 에센스 또는 사물을 판단하는 지혜의 작용이란 뜻이다.

이와 같은 생각은 나의 독단일지는 모르나 아무튼 나는 이반 카라마조프를 읽어 나가는 가운데 그런 생각으로 기울여 들었다. 이반 카라마조프는 철학적 문학의 극한을 표현하는 인물이며, 문학이 철학으로 인해 예술성을 갖게 하는 핵심적인 인물인 것이다.

근래에 있어서 "소설은 예술과 결별해야 할 때에 이르렀다"는 말이 있다. 이런 말을 들을 때 새삼스럽게 문학의 예술성을 들먹이는 것은 시대 착오를 범하고 있는 것 같은 느낌을 준다.

그런데 오해가 있어선 안 되는 것은 '소설이 예술과 결별해야 한다'고 말할 때의 '예술'은 인습적 관념에 있어서의 소설 미학, 즉 소설의 조형성, 기승전결(起承轉結)적인 약속을 지켜야 한다는 등의 관념에 사로잡혀선 안 된다는 뜻으로 쓰여진 말이란 사실이다.

이반 카라마조프는 카라마조프적인 혼돈적 토양에 자라나 이지적으로 극단화된 인물로서 등장한다. 그의 도스토옙스키 세계에서의 계보로선 라스콜리니코프, 스타브로긴의 계열에 속하지만 그 부정적 개성은 훨씬 강렬하다.

라스콜리니코프의 범죄는 사회 제도의 불합리에 대한 항의의 뜻에 대중의 복지라고 하는 사회주의적인 관념이 겹쳐 있기도 하고, 영웅의 특권으로서 범죄를 긍정하기도 한다. 그리고 스타브로긴은 자기의 주위를 독(毒)하는 허무 사상을 가지고 있으면서도 승려 치이폰을 찾아가는 따위의 아슴푸레한 구도적(求道的)인 성향은 가지고 있다. 그러니 이반에겐 그러한 인도주의, 또는 사회주의적인 발상은 전연 없이 순수한 논리적 귀결로서 '어떤 행동이건 허용된다'는 결론을 낸다. 그리고 그 증명을 합리주의와 자유사상에 의거한 개인주의로서 하려고 든다.

그것이 곧 〈대심문관(大審問官)〉이란 이반의 극시(劇詩)다. 〈대심문관〉은 이반이 아우 알료샤에게 이야기해 주는 형식으로 되어 있는데 이에 이르기까지의 그의 심경을 그는 다음과 같이 말하고 있다.

"알료샤, 나는 결코 신(神)을 비방하려는 것은 아니다. 만일 천상천하의 모든 것이 하나의 찬미의 소리가 되어, 기왕 생명이 있었던 것과 지금 생명이 있는 모두가 소리를 합쳐, 주여 당신의 말씀은 옳았다. 왜냐하면 당신의 길이 열렸으니, 하고 외칠 때 전 우주가 진동하리라는 것을 나는 잘 알고 있다.

그리고 어머니가 그 아들을 개에 찢겨 죽게 한 폭군과 얼싸안고, 그 아들과 더불어 세 사람이 한결같이 눈물을 흘리며, 주여 당신의 말씀은 옳았다고 외칠 땐 그야말로 인식의 승리에 이른 것이어서 일체의 사물은 그 의미를 밝힐 것이다. 그런데 나는 그 따위 짓들을 허용할 수가 없다. 알료샤 작(作), 나는 내 눈으로 자기 아들의 원수와 얼싸안고 있는 모친의 모습을 볼 때까지 살 수 있더라도 나는 그것을 보고, 주여 당신의 말씀은 옳았다고 외치진 않을 것이다. 나는 신성한 조화(調和) 따위는 결단코 사양할 작정이다.

그러한 조화는 악취가 서린 감방 속에서 작은 주먹으로 자기의 가슴을 치며 보람 없는 눈물을 흘리며 '하나님' 하며 기도한 불쌍한 여아(女兒)의 한 방울 눈물만도 못하기 때문이다. 왜 그 눈물만도 못하가. 그 까닭은 그 눈물이 영원히 보상될 방도도 없이 버림을 받았기 때문이다. 그런데 그 눈물은 기어이 보상되어야 한다. 그러지 않고서 무슨 조화냐 말이다. 그러나 뭣으로써 보상할 수 있느냐 말이다. 포학자에게 복수를 함으로써 가능한 일일까. 하나 우리들에게 복수 따위는 필요가 없다. 포학자를 위한 지옥 같은 것도 필요가 없다.

이미 죄 없는 자가 고통을 당하고 난 뒤에 지옥 같은 것이 무슨 소용이 있겠는가. 그리고 지옥이 존재하는데 조화가 있을 까닭이 없지 않은가. 나는 용서하고 싶은 것이다. 포용하고 싶은 것이다. 결단코 인간은 이 이상 고민하는 일이 없었으면 하고 원한다. 만일 어린 아이의 고통이 진리를 위해서 필요하다면 나는 미리 단언한다. 어떤 진리도 그만한 가치는 없는 것이라고. 알료샤, 똑바로 대답해 달라. 네가 궁극에 있어선 인류를 행복하게 하고 이 세계에 평화와 안정을 줄 목적으로 운명의 탑을 세우고 있다고 치고, 그러기 위해선 다만 하나의 조그만 생물, 아까 내가 말한 계집아이라도 좋다.

그 아이의 보상할 수 없는 눈물 위에서가 아니면 그 탑을 건설할 수 없다고 가정하면 너는 그러한 조건으로 그 건축의 기사가 되길 승낙하겠는가. 전세계의 인간이 작은 수난자의 보상될 수 없는 피 위에 세워진 행복을 감수하고 영구히 그 행복을 즐길 수 있을 것이란 상넘을 넌 태연하게 허용할 수가 있겠는가."

해석할 필요도 없이 이반은 전체를 위해 개인을 희생할 수가 있는가, 개인의 희생으로써 전체를 위한 선(善)을 마련할 수 있는가 하는 근본적인 문제를 제기하고 있다.

전체를 위한 개인의 희생이란 사상은 자기는 희생되지 않을 것이란 자신이 있는 사람들만이 가질 수 있는 사상이다. 그 사상이 어떤 전염성을 가지고 '전체를 위해 기꺼이 나는 나를 희생할 수 있다'는 사람을 만들어 낼진 모르나 그것은 자기 마취의 상태를 만들었을 뿐, 그 근본엔 포학(暴虐)의 논리가 있을 뿐이다. 그런데 인간의 사회엔 이러한 논리가 당당하게 통용한다. 보수진영도 이러한 사상을 강요함으로써 지탱되어 있고 혁명진영도 이러한 사상으로써 지탱되어 있다.

이반은 이상과 같이 말함으로써 제정(帝政)의 편에도 사회주의의 편에도 서지 않는 자기의 사상적인 입장을 선명히 하고 있다. 그리고 이반의 이 질문은 그냥 그대로 혁명가에게 대한 질문으로 통한다.

"죄 없는 사람을 죽여야만 혁명에 성공할 수 있다고 되었을 때 넌 혁명을 위해서 죄 없는 사람을 죽일 수가 있느냐"는.

아마 혁명가들은 이반의 이와 같은 질문을 하잘것없는 센티멘털리즘으로 취급하고 답할 필요조차 없는 것으로 하고 지나칠지 모른다. 그러나 나는 이것을 가장 근본적인 문제라고 생각한다. 인류의 행복을 목적으로 한다는 명분 이외에 혁명의 명분이 있을 까닭이 없을 때 혁명을 하기 위해 무고한 사람을 소수일망정 죽일 수는, 희생시킬 순 없는 것이다.

종래의 혁명이 모두 당초의 목적과는 빗나간 이유가 여기에 있다. 무고한 자의 희생을 전제로 하거나 희생을 허용할 때 혁명은 투쟁에 있어서 승리할 수는 있을지 몰라도 혁명으로써의 승리는 무망한 것으로 된다.

도스토옙스키는 이반 카라마조프의 입을 통해 이와 같은 본질적인 문제에 핵심적인 답을 했다고 할 수가 있다. 그 증거가 바로 도스토옙스키 사후 40년이 채 못 되어 발생한 볼셰비키 혁명 과정에 나타나 있는 것이다.

그러나 우리는 이반의 사상을 좀 더 깊게 탐색해 볼 필요가 있다. 거기에서 우리는 극북(極北)의 사상, 아니 사상의 극북을 발견하기에 이른다.

대심문관(大審問官)

나는 이 한 대목을 훌륭하게 해석하고 설득력 있게 전달할 수만 있으면 그것만으로도 대단한 정신적 진보를 이룩한 것으로 될 것이란 생각을 해본 적이 있다. 그만큼 어렵게 느꼈다는 얘기이기도 하지만, 나는 예수교라는 대문제를 이 극시(劇詩)를 통해서 마스터할 수 있지 않을까 하는 예감 같은 것을 가졌던 것이다. 동시에 인간에 있어서의 '자유'의 문제를 이처럼 정직하게 파헤친 작품은 달리 그 유례가 없지 않을까도 했다.

이 극시(劇詩)와 이에 선행하는 이반과 알료샤의 대화는 독특한 방법으로 진행한다. 하나는 무신론자, 다른 하나는 경건한 신자인데도 논쟁적으로 대립하는 것이 아니라, 자기의 사상과는 반대 극에 있으면서도 쌍방 서로의 입장을 양해한 위에 회화가 진행되는 것이다. 이를테면 도스토옙스키는 전연 이질적인 질서에 속하는 인물 상호 간에 어떤 주관의 공통성을 설정해 놓고 논쟁적인 것과는 별개인 변증법(辨證法)을 전개하고 있다.

이것은 파스칼의 『팡세』에 있어서의 논리를 방불케 한다. 그러나 파스칼에 있어서의 논리는 결국은 일방적인 것이며, 신을 믿는 영혼이 신을 믿는 입장에서 신을 믿지 않는 입장을 가능한 한 양해하면서도 그를 신심(信心)으로 전회하려는 방법이다. 그런데 도스토옙스키의 〈대심문관〉에 있어선 쌍방의 주관은 언제나 각기의 주관으로서 남아 있고 상대방을 침범하지 않는다. 그러면서도 상대와의 깊은 공감을 나눈다. 두 사람은 완전히 대등한 입장에 서 있고, 그러면서도 각기의 주관을 파괴하지 않을 정도로 각각 자기 부정을 포함하고 있기도 하다.

상대방을 설득하려는 작위는 전연 없다. 그런 만큼 인생의 실상이 그 아집(我執)과 죄악과를 곁들여 심각하게 부각되기도 한다. 무신론자 이반은 신자 알료샤의 거울을 통해 선명하고 알료샤는 이반을 거울로 선명한 윤곽을 나타낸다. 변증법적인 종합을 하는 것은 독자의 역할이다. 그러나 이 경우 그러한 종합을 꾀한다는 것 자체가 무망한 노릇이다. 우리는 청각만이 아니라 미각, 후각까지를 동원한 차갑고 긴장된 주의력으로 '대심문관'의 진행을 지켜봐야 하는 것이다.

이반은 아우에게 1년 전 지은 것이라고 하면서 그리스도를 주제로 한 극시 〈대심문관〉을 설명한다. 극시 속의 그리스도는 시종 침묵하고 있다.

"그가 이 지상에 내강(來降)한 것은 그가 이미 약속한 바 있는 천국의 영광에 싸여 이 세상의 종말에 나타나는 것과는 전연 다르다. 그리스도는 잠깐 동안이나마 자기의 아들들이 살고 있는 지상을 방문하고 싶었던 것이다. 그래서 이교도들을 태워 죽이는 불길이 거창하게 일고 있는 지방을 택해서 무한한 자비심을 가진 그리스도는 15세기 전에 33년간 세상을 편력했던 때와 똑같은 인간의 모습을 빌어 다시 한 번 민중 속에 나타났다. 때는 1백 명을 넘는 이교도가 국왕과 정신, 기사, 승정, 여관을 비롯해 세빌리아의 군중들이 지켜보는 가운데 대심문관의 지휘 아래 한꺼번에 분살(焚殺)된 그 이튿날이었다."

그런데 이상하게도 군중들은 불가사의한 감응력으로 이 침묵한 사나이가 그리스도임을 알게 되어 모두 그 앞에 밀려들었다. 그는 군중 속을 거닐며 병자를 치유하고 죽은 자를 소생시키는 등 기적을 행했다. 종교 재판을 관장하는 대심문관이 이러한 광경을 보고 부하들을 시켜 그를 체포한 후 감옥에 가둬 버린다.

대심문관이란 두말 할 것도 없이 가톨릭 교회의 권화(權和)를 말한다. 예수 그리스도로부터 인류를 구제할 권위를 위임 맡은 기관의 대표자인 것이다.

하루를 지나 어둡고 무거운 '죽음과 같은 세빌리아의 밤'이 찾아들었다. 깊은 어둠 속에서 돌연 감옥의 철문이 열리더니 늙은 대심문관이 손에 등명(燈明)을 들고 감옥 안으로 들어와서 섰다. 그는 1, 2분 동안 그리스도의 얼굴을 응시하고 있더니 등명을 탁자 위에 놓고 입을 열었다.

"네가 예수냐?"

그래도 대답이 없자 곧 덧붙였다.

"대답은 안 하는 게 좋을 것이다. 네게 할 말이 있을 까닭이 없으니 말이다. 나는 네가 하려는 말을 너무나 잘 알고 있다. 네겐 옛날네가 한 말 이외에 한 마디도 더 보탤 말이 없다. 그런 권리가 네겐없다. 그런데 뭣 때문에 넌 우리들을 방해하려고 하느냐. 넌 우릴 방해하려고 왔지? 네가 진짜 예수인지, 가짜 예수인지 그런 건 아무래도 좋다. 하여간 나는 너를 내일 재판해서 가장 질이 나쁜 이교도란죄명으로 태워 죽일 작정이다. 그렇게 해놓으면 오늘 네 발목에 입을 맞춘 민중들은 내가 살짝 신호를 주기만 해도 서로 서둘러 너를태우고 있는 불길에 숯을 던져 넣을 것이다. 넌 그걸 알고 있겠지?"

그리고 그는 일 분 동안이나 그리스도의 얼굴을 뚫어지게 보고있다가 나직이 중얼거렸다. "넌 그걸 알고 있을 테지." 나는 이 대목을 읽고 한동안 책을 덮어 놓고 생각에 잠겼다.

"가령 오늘 예수 그리스도가 우리 한국에 나타났다면 어떻게 될까. 천국의 영광에 싸여 천사들의 부축을 받지 않고 2천 년 전 33년동안 민중 속을 헤매 돌아다니고 있던 그 몰골로 나타났다고 하면어떻게 될까. 마굿간에서 탄생한 거지 여자의 아들로서 남루를 두르고 자라선 하나님의 복음을 전도하려고 나섰을 때 사람들은 어떠한반응을 보일까!"

예수교를 믿지 않은 사람들 사이엔 혹시 그 복음을 선입감 없이 받아 들여 '네가 예수인지 아닌지는 모르지만 하여간 훌륭한 인간'이라고 인정하는 사람이 나타날지 모르지만, 교회적(教會的)인 관념으로 심성이 경화되어 있는 예수교도들은 그를 이단시하고 돌아보지도 않을 것이 아닌가 하는 생각이 잇달았다.

"돌아보지도 않을 정도이면 좋은 편이지. 혹시 빨갱이란 누명을 씌워 옛날 유태교도들이 예수를 빌라도의 손에 넘겨주었듯이 경찰에 넘길지도 모를 일이다."

하여간 나는 〈대심문관〉의 이 대목을 읽은 때문으로 해서 그 뒤에도 가끔 예수가 내강(來降)했을 경우를 예상하여 우리 주변에 있는 예수교도들의 눈치를 살피는 버릇을 가꾸게 되었다.

대심문관은 다시 말을 계속한다.

"도대체 너는 저 세상의 비밀을 가령 하나라도 우리들에게 전할 권리를 가지고 있다고 생각하느냐?"

그리고 곧 자기가 자기의 말에 대답했다.

"네겐 그런 권리가 없다. 옛날 네가 한 말에 한 마디도 더 보탤 수가 없기 때문이다. 네가 아직 이 지상에 있었을 때 네가 그처럼 주장한 자유를 민중들로부터 빼앗지 않기 위해서다. 인간의 자유는 그때부터, 즉 1천 5백 년 전부터 네게 있어선 무엇보다도 중요한 것이었다. 당시 너는 입버릇처럼 '나는 너희들에게 자유를 준다'고 하지 않았느냐. 그런데 너는 오늘 인민의 '자유'란 것이 어떤 것인질 보았을 테지. 그런데 오늘날 인민들은 어느 때보다도 자기들이 자유롭다고 생각하고 있다. 그들은 그들의 자유를 스스로 우리들에게 반납해 주었다. 그러나 이 일을 이룩한 것은 우리들이지 네가 아니다. 넌 이렇게 되는 것을 바라진 않았을 것이다. 이런 자유를 바란 건 아닐 것이다."

대심문관의 말을 알기 쉽게 풀이하면 다음과 같이 된다.

"예수, 너는 사람들이 자유로운 선택에 의해 하나님을 믿어 주기를 바랐다. 자유로운 선택이라야만 진정이 있기 때문이다. 너는 그 진정을 바랐다. 그래 언제나 자유를 소중한 것으로 알고 그렇게 가르치고 행동했다. 그런데 인민들은 네가 생각한 대로 자유를 그처럼 소중한 것으로 알지 않았다. 그들은 어렵게 사는 자유보다 수월하게 살 수 있는 속박을 도리어 바랐다. 그래 교회에선 네 이름을 빌어 인민들을 속박하고 그 대신 질서와 안정을 주었다. 말하자면 우리말에 순순히 복종하는 사람에겐 은혜를 주고 안심을 주지만 복종하지 않는 자는 불태워 죽인다. 이렇게 해서 우리의 왕국은 완성된 것인데 넌 뭣하려고 나타났느냐 말이다."

대심문관은 또 다음과 같이 말했다.

"……인간은 원래 폭도(暴徒)로 되어 있다. 폭도가 행복할 수 있을까? 넌 기왕 충고를 받기도 했다. 그런데도 넌 그런 충고를 듣지 않음으로써 인간을 행복하게 하는 유일한 방법을 물리치고 말았다. 그러나 다행하게도 너는 이 세상을 떠날 때 네 사업을 우리에게 인계해 주었다. 너는 네 입으로 서언(誓言)하여 인간의 문제를 맺고 풀고 하는 권리를 우리들에게 주었다. 한데 지금은 그 권리를 우리에게서 빼앗을 순 없다. 그런데 어쩌자고 넌 우리를 방해하려고 왔느냐."

이어 대심문관은 그리스도가 지상에 있었을 무렵에 악마로부터 시련을 받은 상황을 상기시킨다.

그 기록은 마태복음 4장 1절에서 11절까지에 있다. 즉시 〈대심문관〉을 이해하기 위해선 성서의 그 대목을 미리 읽어 둘 필요가 있다.

"그때에 예수께서 성령에게 이끌리어 마귀에게 시험을 받으러 광야로 가사…… 시험하는 자가 예수께 나와서 가로되 네가 만일 하나님의 아들이어든 명하여 이 돌들이 떡덩이가 되게 하라. 예수께서 대답하여 가라사대 기록되었으되 '사람이 떡으로만 살 것이 아니요, 하나님의 입으로 나오는 말씀으로 살 것이라' 하였느니라 하시니, 이에 마귀가 거룩한 성 꼭대기로 데려다가 네가 만일 하나님의 아들이어든 뛰어 내리라 기록하였으되 '저가 너를 위하여 그 사자들을 명하시리니 저희가 손으로 너를 받들어 발이 돌에 부딪치지 않게 하리로다' 하였느니라. 예수께서 이르시되 주 너의 하나님을 시험치 말라고 하였느니라. 마귀가 또 지극히 높은 산으로 가서 천하 만국과 그 영광을 보여 가로되 '만일 내게 엎드려 경배하면 이 모든 것을 네게 주리라.' 이에 예수께서 말씀하시되 사탄아 물러가라 기록되었으되 주 너의 하나님께 경배하고 다만 그를 섬기라 하였느니라. 이에 마귀는 예수를 떠나고 천사들이 나와서 수종드니라."

대심문관은 마태복음 속에 있는 그 세 가지 시험에 관해서 다음과 같이 말을 엮는다.

악마가 세 가지 질문으로써 네게 한 말, 그리고 네게 부정당해 그 책 속에선 '시험'이라고 되어 있는 말 이상으로 진실한 말이 있을까?

만일 이 지상에 참으로 위대한 기적이 나타날 수 있는 날이 있다면 그 세 가지 시험이 달성하는 날일 것이다.

그 악마의 세 가지 질문이 흔적도 사라져 버리고 다시 성서 속에 기입해 넣기 위해 새로 생각해야 할 필요가 있었다고 치자.

그래서 세계의 현자·정치가·장로·학자·철인·시인 등을 모아 놓고 "자, 세 가지 질문을 만들어 보라. 위대한 사건에 상응할 뿐만 아니라 그 세 가지로써 세계와 인류의 미래사를 남김없이 표현해야 한다"는 문제를 제기했다고 치자. 이런 공상을 해볼 수 있다고 하면, 전세계의 지혜를 한 다발로 만들었다고 해도 그 박력과 깊이에 있어서 그 악마가 황야에서 네게 말한 세 가지의 질문에 비등한 것을 생각해 낼 수 있을지 없을진 너도 알 만한 일이다.

그 세 가지 질문 속에 인간 미래의 역사가 한 개의 완전한 종합으로 집약되어 있을 뿐 아니라, 지상에 있어서 인간성이 해결할 수 없는 모든 역사적 모순을 그 세 가지 형태로 표현하고 있기 때문이다. 물론 미래를 알 수가 없으니까 그 당시엔 잘 몰랐겠지만, 천오백 년이 지난 지금에서 보면 그 가운데 무엇 한 가지 증감(增減)할 수 없을 정도로 이 세 가지 질문 속에 모든 것이 상상되고 예언되어 있는 그 예언은 전부 적중되고 있다는 것을 알 수 있지 않은가.

도대체 누구의 말이 옳았는가를 생각해 봐라. 네 말이 옳았는가, 악마의 말이 옳았는가. 먼저 제1의 시험을 검토해 보자. 말은 다를지 모르나 의미는 다음과 같은 것이었다.

"너는 지금 세상에 나가려고 하고 있다. 그런데 자유에의 약속만을 가지고 맨손으로 출발하려고 하고 있다. 그러나 천성이 저열(低劣)하고 우매한 인민들은 그 약속의 의미를 깨닫지 못하고 공포를 느끼고 있다. 왜냐하면 인간 또는 인간 사회에 있어서 자유처럼 견디기 힘든 것은 없기 때문이다. 이 황폐한 땅의 돌멩이를 보라! 만일 네가 이 돌멩이를 빵으로 바꿀 수 있기만 하면 전 인류는 감사의 마음으로 온유한 양떼처럼 네 뒤를 따라갈 것이다. 그리고 네가 빵을 주지 않을까 두려워 영원히 전전긍긍하고 있을 것이다"고 했다. 그런데 너는 인민들의 자유를 뺏길 원하지 않았기 때문에 그 제안을 거절해 버렸다. 네 생각으로선 만일 복종이 빵으로써 살 수 있는 것이라면 어떻게 자유가 존재할 수 있느냐 싶었던 것이다. 그때 너는 "사람은 빵만으로써 사는 것이 아니다"고 했는데, 그런데 이 지상의 빵이란 이름으로 악마가 너에게 반항하여 승리를 얻었다. 그리고 사람들이 "이 짐승을 닮은 자야말로 하늘에서 불을 도둑질해 와 우리들에게 준 자이다" 하고 절규하며 그 뒤를 따라가는 것을 너는 모르느냐.

수천 년 수백 년이 지난 뒤 인간들은 자기의 지혜와 과학의 입을 빌어 "범죄도 없다. 파업(罷業)도 없다. 있는 것은 굶주림뿐이다"고 공언하게 되는 것을 너는 몰랐더냐. "먹을 것을 준 뒤에 선행을 구하라"고 쓴 플래카드를 들고 인민들이 너를 향해 반란을 일으킨다. 그 깃발이 너의 신전을 파괴한다.

너의 신전이 파괴된 그 터에 새로운 건물이 선다. 그리고 보다 무서운 바빌론의 탑이 설 것이다. 물론 이 탑도 이전의 탑처럼 낙성(落成)할 순 없을 것이지만 그렇더라도 너는 이 새로운 탑의 건축을 피해 사람들의 고통을 줄잡아 천 년 동안은 단축해 줄 수 있었던 것이다.

왜냐하면 그들은 4년 동안 자기들의 탑을 만드느라고 고생한 끝에 우리에게로 찾아올 것이기 때문이다. 그들은 우리들을 찾아와서 "우리에게 먹을 것을 주십시오. 우리에게 천국의 불을 갖다 주겠다고 약속한 사람이 거짓말을 했습니다" 하고 절규한다. 그때 우리들은 그들의 탑을 완성시켜 준다. 그들에게 먹을 것을 줄 수 있는 자만이 그 탑을 완성시킬 수 있는 것이다.

그들이 자유로울 동안에 영구히 먹을 것을 얻지 못한다. 어떠한 과학도 그들에게 빵을 제공할 순 없다.

결국 그들은 자기들의 자유를 우리의 발아래에 바치고 "우리들을 노예로 하셔도 좋으니 먹을 것을 주십시오" 하고 간청할 것이다. 자유와 빵이 양립할 수 없다는 것을 그들 자신이 깨닫기 때문이다. 그리고 절대로 자유로울 수 없다는 것을 동시에 깨달을 수 있을 테니 말이다. 그들은 배알도 없는, 한푼의 가치도 없는 폭도들이다. 너는 천상의 빵을 약속했지만 그 저속한 인간의 눈에 천상의 빵이 지상의 빵에 비할 수가 있을까. 가령 기천 기만의 사람은 천상의 빵 때문에 너를 따라갈지 모르지만 지상의 빵을 멸시하지 못하는 기백 기천만의 인간은 도대체 어떻게 될 것이냐 말이다.

그래도 너는 위대하고 고상한 몇만의 인간이 중요하고, 그밖의 약한, 그러나 너를 사랑하는 몇백만의 인간은 위대한 인간들의 재료로서 만족해야 된다고 생각하느냐. 그러나 우리들에겐 약한 인간들이 소중하다. 그들은 방탕한 폭도들이긴 하지만 이런 인간이 더욱 순종하게 된다. 그들은 우리들을 신으로서 숭배하기에 이른다. 그 까닭은 우리들이 그들의 선두에 서서 그들이 겁내는 자유를 감내하고 그들에게 군림할 것을 승낙했기 때문이다.

우리들은 우리도 그리스도에 대해서 순종하고 너희들에게 군림하는 것은 그리스도의 이름으로써라고 말할 참이다. 이렇게 해서 우리들은 또 그들을 기만하겠지만 결코 너를 가까이는 안 할 것이다. 그 허위 속에 우리들의 고민이 있다. 우리들은 영원히 거짓말을 해야 하기 때문이다.

황야에 있어서의 제1의 질문은 이런 뜻을 가지고 있는 것이다.

그런데 너는 무엇보다 자유를 존경하고 있다는 이유로 이와 같은 것을 거절하고 말았다.

이밖에도 이 문제 속엔 현세의 대비밀이 간직되어 있다. 만일 네가 '지상(地上)의 빵'을 허용했더라면 개인, 또는 전인류가 가지고 있는 영원한 고민에 대해 답을 준 셈으로 되었을 것이다. 그것은 '누구를 숭배해야 하느냐'는 의문이다.

자유가 된 인간에 있어서 가장 고통스러운 문제는 빨리 존경하는 사람을 찾아 내는 일이다. 사람은 항상 틀림없이 숭배할 만한 사람을 찾고 있다. 만인이 한꺼번에 엎드려 경배할 만한 가치가 있는 사람을 찾고 있는 것이다.

이 공통적인 숭배에의 요구는 이 세상의 처음부터 개인, 또는 전인류의 주된 고민이 되어 있다. 공통적인 숭배 대상자를 위해서 그들은 서로 칼을 휘두르며 싸웠다. 그들은 각기 신을 만들어 갖곤 "너희들의 신을 버리고 우리들의 신을 받들어라. 그러지 않으면 너희들과 너희들의 신을 죽여 버리겠다"고 덤비는 것이다. 세계가 끝날 때까지 이런 사정은 다를 바가 없다. 신이 지상에서 없어지면 그들은 우상 앞에 무릎을 꿇을 테니 말이다. 너는 인간 본성의 근본 비밀을 알고 있을 테지.

그런데 넌 모든 인간을 무조건 네 앞에 꿇어앉히기 위해 악마가 네게 권한 유일하고 절대적인 기치(旗幟), 즉 '지상의 빵'이란 깃발을 물리쳤다. 천상의 빵과 자유의 이름으로써다.

인간이라고 하는 불쌍한 동물은 이 세상에 태어날 때부터 지니고 있던 자유를 한시바삐 양도해 줄 사람을 찾아야만 한다. 그러나 인간의 자유를 지배할 사람은 그 양심에 평정을 주는 사람이어야 한다.

네겐 빵이라고 하는 깃발이 주어졌던 것이니 그것을 주기만 했더라면 사람들은 네 앞에 굴복했을 것이었다.

그러나 그때 너 대신 인간의 양심을 지배하는 사람이 나왔더라면 그땐 너의 빵을 버리고 자기의 양심을 자극하는 사람을 따라갔을지도 모른다. 그런 점, 네가 옳았다고 생각한다. 그 까닭은 인간 생활의 비밀은 그저 살고 있다는 데 있는 것이 아니고 무엇 때문에 사느냐는 데 있기 때문이다. 무엇 때문에 사느냐 하는 확고한 관념이 없으면 주위의 빵을 산더미처럼 쌓아 놓았다고 하더라도 자살의 길을 택할지도 모른다. 그러나 사실은 어떠했는가. 너는 인간의 자유를 지배하기는커녕 그 자유를 증가해 주지 않았던가. 너는 인간에 있어선 평안히, 아니 죽음마저도 선악의 인식계에 있어서의 자유의 선택보다도 훨씬 귀중하다는 것을 알지 못했더냐?

이렇게 해서 너는 네 손으로 네 왕국의 바탕을 파괴했으니 누구도 탓할 순 없다. 폭도들의 양심을 그들의 행복을 위해 영구히 정복하고 사로잡을 수 있는 힘은 이 지상에선 세 가지밖엔 없다. 기적과 신비와 교권(敎權)이다.

그런데 너는 제1도 제2도 제3도 부정하여 스스로 선례(先例)를 만들었다. 그 두렵고도 슬기로운 악마가 너를 궁전 꼭대기에 세워 놓고 네게 말했다.

"만일 네가 하나님의 아들인 줄을 알고 싶거든 한번 뛰어내려보라. 왜냐하면 아래로 떨어져 가루가 되는 일이 없도록 천사가 중간에서 받아 주리라고 책에 씌어져 있으니까. 그때 넌 네가 하나님의 아들인지 아닌지를 알게 될 것이고, 하늘에 계신 아버지에게 대한 네 신앙의 정도도 알 수 있을 테니까."

그러나 너는 그 권고를 물리쳐선 그들의 술중(術中)에 빠져들지 않았다. 물론 너는 하나님의 아들답게 훌륭하게 행동했다. 그러나 인간은, 그 악한 폭도들은 결코 신이 아니다.

물론 네가 그때 밑으로 내려 뛸 자세라도 취했더라면 그것이 곧 하나님을 시험한 것으로 되어 모든 신앙을 잃고 네가 구하기 위해 온 그 대지에 부딪쳐 몸은 가루가 되어 너를 유혹한 악마들을 기쁘게 했을 것이다. 너는 그걸 알고 있었다. 한데 되풀이하거니와 도대체 너와 같은 인간이 그렇게 많이 있을 수 있을까?

인간의 본성은 기적을 부정하게끔 되어 있지 않다. 너는 자기의 행동이 청사(靑史)에 전해져 시간의 끝, 땅의 끝까지 남을 것을 알고 있었기 때문에 모든 인간이 자기를 닮아 기적을 필요로 하지 않고 신과 더불어 살리라고 기대했던 것이다.

그러나 인간은 기적을 부정하자마자 신까지 부정하게 된다. 인간은 신보다도 기적을 원하고 있는 것이다. 이 이치를 너는 모르고 있었다. 너는 "십자가에서 내려와 봐라. 그럼 네가 하나님의 아들이란 걸 믿어 주마" 하고 야유 섞인 말을 했을 때도 넌 십자가에서 내려오지 않았다.

도스토옙스키의 독특한 '레토릭(rhetoric)'을 익히기 위해 긴 인용을 했던 것인데 그것을 우리의 말투로 요약하면 다음과 같이 된다.

　　"예수야, 들어봐라. 네가 만일 악마가 시키는 대로 돌을 빵으로 만들었더라면 전 세계의 사람이 너를 따랐을 것이다. 예수야, 네가 만일 악마의 유혹대로 높은 집 꼭대기로부터 뛰어내릴 때 천사가 도중에서 너를 받아 주는 기적을 보이기만 했더라면 세상 사람들은 무조건 네게 추종했을 것이다. 또 그때 악마가 자기에게 경배하기만 하면 천하만국을 주겠다고 했는데 너는 어줍잖은 자존심 때문에 그 제의를 물리쳤다."

　　대심문관은 이렇게 힐난해 놓고 인간은 원래 무기력하고 천한 까닭으로 자주(自主)와 자유의 정신을 가지고 있지 못하니 예수의 교리가 통할 수가 없다고 단언한다. 그러니 양떼와 같은 인간들을 보살피기 위해서 가톨릭은 예수가 거절한 지상의 빵을 받아들였다. 그렇게 해서 인류를 노예 상태로 두는 것이 그들에게 행복을 주는 유일한 방법이라고 파악한 때문이다.
　　그러나 가톨릭의 지도자들, 즉 대심문관들은 돌을 빵으로 만드는 기적을 행할 능력을 갖고 있진 못하다. 다만 대중이 만든 빵을 합리적으로 분배해 줌으로써 기적을 행하는 척 꾸밀 뿐이다. 이렇게 해서 이반의 말을 빌면, 가톨릭은 표면으로 예수 그리스도의 이름을 내걸고 내실에선 악마의 유혹에 추종하고 있는 것이다.

그런데 대심문관은 예수에게 대한 배신을 인간애(人間愛)란 명분으로써 정당화하고 있다. 그의 신념에 의하면 예수는 인간에 대해 그릇된 판단을 했다. 약하고 비굴한 인간에게 자주와 자유의 정신을 요구했다. 대심문관은 인간의 본성을 잘 알았기 때문에 예수가 거절한 악마의 제의를 받아들였다고 석명(釋明)한다.

이렇게 해서 지상의 왕국이 로마의 바티칸에 그 터전을 잡았다. 일단 터전을 잡은 이상 그 교권은 절대적인 권위를 가져야 했다. 가혹한 종교 재판은 그 교권을 지탱하기 위한 절대적인 수단이었다. 말하자면 예수 그리스도의 이름에 의해 가장 비예수적인 행패가 자행된다.

다시 말하자면 기적을 행할 수 없는 가톨릭이 절대적 권위란 신비의 장막을 이용함으로써 기적에 유사한 최면술적인 작용을 하기에 이르렀다. "우리들은 시저의 검을 잡았다. 시저의 검을 잡은 이상 우리는 예수, 너를 버리고 악마가 시키는 대로 할 수밖에 없다."고 대심문관은 공언한다.

"그들은 우리들의 성낸 서슬을 보고 전전긍긍, 그 눈은 여자와 어린애처럼 눈물로 글썽해진다. 그러나 우리들이 조금이라도 손을 흔들어 주기만 하면 당장 웃음을 띠고 행복한 아이들처럼 노래 부르기도 한다. 우리들은 그들에게 강제 노동을 시키기도 하지만 간혹 짬을 만들어 합창도 시키고 무심한 춤도 추게 해준다. 더러는 그들의 죄를 용서해 주기도 한다. 어떤 죄를 지어도 우리의 허가만 받으면 속죄될 수가 있다. 수억을 헤아리는 어린애들을 지키기 위해 기만 명쯤의 수난자를 만드는 것이 나쁠 것이 없다. 어린애나 다름없는 수억의 사람들은 너(그리스도)의 이름으로 조용하게 죽어간다. 하지만 관(棺) 저편엔 오직 죽음이 있을 뿐이다."

교권을 비롯한 일체 권력의 비밀을 이처럼 적나라하게 폭로한 문서는 없다. 이 사상은 인류의 10분의 1만이 개성의 자유를 가지고 있어 가축화된 나머지 10분의 9에 대해 무한한 권력을 향유함으로써 지상의 질서를 유지한다는 것이다. 이것은 『악령』의 '시가료프설(說)'과 대동소이하다. 다만 다른 점은 '시가료프설'은 유물론에 근거를 두고 있는데, 대심문관의 사상은 종교에 그 바탕을 두고 있다는 점이다.

대심문관은 예수를 배반하고 악마의 유혹을 따른 자이긴 하지만 표면에 있어선 예수 그리스도의 이름을 높이 내걸고 있고 민중들은 예수 그리스도에의 신앙인 줄 알고 가톨릭에 추종하고 있다.

시가료프가 말하고 있는 공산 사회에선 소수의 지도자가 무한한 권력을 가지고 있다는 표현으로 되는데, 대심문관의 표현은 '수억에 달하는 행복한 유아적인 인류'를 위해 '선악 인식의 업고(業苦)를 짊어진 수난자'가 필요하다로 되는 것이다. 이반의 극시(劇詩)가 끝났을 때 아료사는 "그런 환상적인 인간이 존재할 까닭이 없다"고 단언한다.

우리도 〈대심문관〉에 일종의 환상을 느낀다. 그러나 결코 환상이 아니라는 것은 조금만 생각하면 곧 알 수가 있다. 알료샤의 단언은 도스토옙스키의 레토릭에 지나지 않는다.

왜 그러느냐는 증명은 얼마라도 할 수가 있다.

이른바 중세에 있어서의 종교 재판은 하나님의 이름, 예수 그리스도의 이름에 의해서 행해진 참혹한 행동이다. 그런데 우리는 신약 성서의 어느 페이지에서도 그러한 재판을 승인하는 구절을 찾아 낼 수가 없다. 그러한 참혹을 예상케하는 구절마저 없다.

그런데도 불구하고 중세 유럽의 대도시에선 거의 백 년이란 스팬을 두고 이단자란 죄명을 씌워 사람을 태워 죽이는 불꽃이 그칠 날이 없었다. 종교 재판을 주관하는 지도층의 인물들이 순수한 신앙적인 동기로써 그런 짓을 했다고는 도무지 믿을 수가 없다.

그들의 의식에 있는 것은 교권이었다. 무엇보다도 교권이 확립되어야 한다는 의식, 교권을 확립함으로써 지상의 천국을 공고히 할 수 있다는 의식, 지상의 천국이 선 연후에 비로소 천상의 천국을 세울 수 있다는 의식, 이를테면 이러한 의식에 강박되어 독자적인 사상 체계가 이루어졌을 것은 틀림없는 일이다. 그 사상 체계의 에센스를 〈대심문관〉이 대변하고 있는 것이다.

어떠한 교리도 어느 조직의 명분으로 되면 추락한다는 가장 웅장한 규모의 증거가 가톨릭의 역사라고 하고 싶었던 것이 이반 카라마조프의 사상이라고 해도 과언이 아니다. 그리고 그 사상은 충분한 설득력을 갖고 있기도 하다.

이 마당에서 도스토옙스키와 이반과의 사상의 동질성을 논하는 것은 성급한 일이기도 하고 타당치도 않은 노릇이지만 적어도 이반이 교권의 심부(深部)를 파헤친 통찰만은 도스토옙스키의 육성이라고 볼 수가 있다. 이러한 통찰이 그의 사회주의에 대한 불신으로 번진 것이란 짐작을 나는 갖게 되었는데, 이것은 뒤에 가서 할 이야기다.

몇번째인가 나는 〈대심문관〉을 읽고 종교인을 다음과 같이 분류할 수 있지 않을까 하는 생각을 해보았다.

신앙인과 신앙주의자.

신앙인은 순진한 마음으로 종교를 믿는 사람이다. 그 종교가 예수교이건 힌두교이건, 불교이건, 호텐토트의 신이건, 에스키모의 신이건, 천황 상제이건, 그 교리와 은총을 그냥 믿는다. 그 사람의 일거수 일투족은 그러니 그 신앙에 좌우당한다. 『카라마조프가의 형제들』 속에 나오는 이반의 '대심문관'이 '수억을 헤아리는 어린애 같은 인류'가 이 족속에 속하는지 모른다.

이와는 달리 신앙주의자는 신앙을 신앙 외적인 목적으로 이용할 줄 아는 부류를 말한다. 그 대표적인 예를 문학 작품 속에서 찾으면 스탕달의 『적과 흑』의 줄리앙 소렐 같은 사람이다. 줄리앙 소렐은 출세하기 위한 수단이면 군인이 되건 승려가 되건 마음의 구애를 받지 않을 위인이다. 신앙주의자는 갖고 있지도 않은 신앙을 가진 척한다. 신앙을 갖고 있지 않는 바는 아니지만 범상한 신앙생활엔 만족할 수가 없어 세속적인 지배 권력으로 대입시키지 않곤 배겨내지 못하는 사람도 이 부류에 든다.

또는 많은 사람을 자기와 같은 신앙으로 인도하기 위해 약간의 술책이 불가피하다고 생각하고 그렇게 실천하는 사람도 신앙주의자라고 할 수가 있다. 그런데 생존 경쟁의 양상을 띤 생활의 현장에서 이러한 신앙주의자일수록 지기 싫은 뱀과 의욕을 가지고 있다. 그러다가 보니 신앙의 본연에서 일탈하여 세속인 이상으로 세속적인 수렁에서 헤매는 결과를 빚는다. 기독교의 분파, 불교 승단의 분열 등은 신앙인들을 신앙주의자들이 압도한 때문이라고 나는 풀이한다.

교회란 조직 없이 신앙을 가꾸어 나가기란 힘들고, 조직 속에 들기만 하면 신앙과는 일탈해야 하는 이 묘한 모순은 그대로 조직으로서의 신앙의 문제란 중대한 문제를 제기한다. 불교가 사찰 밖으로 나가고 기독교가 무교회주의로 되어 나가는 추세는 나의 이러한 생각이 결코 터무니없는 것이 아니란 자신을 주기도 한다. '대심문관'의 의미는 신앙주의자의 진면목을 엄청난 스케일로 보여 준 데 있다. 그런 뜻에서 '대심문관'은 인간으로서도 결코 환상적인 존재가 아니다. 도스토옙스키의 '리얼리즘'을 이해하는 데 있어서 불가결한 인간상이기도 하다. 그리고 꼭 덧붙이고 싶은 것은 이러한 인물은 결코 부정적인 면만을 지닌 것이 아니란 사실이다.

진실과 허위를 날카롭게 판별할 줄을 알고, 쓴맛 단맛을 죄다 맛보고, 높이 들어야 할 깃발과 속셈과는 달라야 한다는 술책까지를 알고 자기가 나아가는 방향의 허망을 알면서도 끝끝내 소신을 굽히려 들지 않고, 예수의 제자임을 표면상으로 주장하고 있는 처지인데도 예수 본인을 보고 "뭣 하러 이 지상에 왔느냐"고 따져 묻고 "실제로 화형을 받아 마땅한 놈은 너다. 내일 너를 태워 죽일 테다" 해놓곤 감옥의 문을 열어 주며 "자, 나가거라. 다신 오지 말라. 어떤 일이 있어도!" 한 이 노인의 비장감은 그 비장감으로 해서 작가 도스토옙스키의 얼마인가의 긍정적 기분을 짐작게 하는 것이다.

"예언에 의하면 넌 다시 이 세상에 오기로 되어 있다는군. 그러나 그때 죄를 모르는 수억의 행복한 아이들은 너를 가리키며 자아, 나를 어떻게 할 테냐, 재판을 하려거든 해봐라, 하고 호통을 칠 거다."

악의 자신이 선의 자신 이상으로 강할 수 있다는 것과, 악을 선인 양 오인하는 데서 생겨난 화(禍)가 얼마나 지독한가를 알게 하는 것도 〈대심문관〉이다.

악인의 악은 선인이 선을 행한다고 믿고 저지른 악에 비하면 아무것도 아니다. 악인이 사람을 죽인댔자 불과 몇 사람 죽이고 나면

숨이 가빠진다. 그런데 선인의 악은 수백, 수천, 수만을 죽여도 숨이
가빠지기는커녕 점점 자신만을 더한다. 엉뚱하게도 나는 〈대심문관〉
을 읽고 이런 생각도 해보았던 것이다.

카라마조프

소련의 평론가 그로스만의 평설(評說)은 우선 그 풍부한 자료만으로도 아직 우리가 알지 못하는 새로운 사실을 제공하는 뜻에서 유익하다. 동호자(同好者)를 위한 봉사의 뜻으로 다음에 그 일부분을 소개한다.

도스토옙스키는 그 규모가 장대한 사시(史詩) 『카라마조프가의 형제들』을 두 개의 장편 소설로 구상하고 있었다.

"그 중에 중요한 것은 제2의 장편"이라고 저자는 말한다. "이것은 현대, 즉 1870년대와 1880년대의 사이에 있어서의 우리 주인공의 활약을 취급할 것이다. 제1 장편은 이미 13년 전에 발생한 사건을 취급한 것으로 이 주인공의 청년 시절의 초기에 해당할 뿐이다. 그러나 이 제1 작(作)을 생략할 순 없다. 이것이 없으면 제2작을 이해할 수 없게 되기 때문이다."

2부작의 제1 작의 사건은 1866년에 발생한 것이다. '미탸드미트리' 사건의 배심 재판이 활동을 개시한 것이 1866년의 4월이었다는 사실로써 이를 확증할 수가 있다. 하여간 2부작으로서 알료샤 카라마조프의 전기를 구성할 작정이었던 것이다.

도스토옙스키는 1880년 11월에 제1작을 끝내고 1년쯤 쉰 뒤 원래 그가 설정한 주인공의 얘기로 되돌아갈 예정이었는데 운명은 그에게 그러한 기회를 주지 않았다.

이 씌어지지 않은 제2작의 사상과 테마에 관해서 대강의 줄거리를 재생시켜 볼 수 있는 자료가 보존되어 있다. 안나 도스토예프카야의 증명에 의하면 제2작은 "제1작의 사건이 끝난 지 20년이 경과한 시점에서 시작될 예정이었다. 말하자면 사건의 무대는 80년대로 옮겨져 있는 것이다. 알료샤는 이미 청년이 아니고 리자호프라꼬와의 복잡한 심리적 드라마를 겪은 어른이다. 미챠는 20년의 형기를 끝내고 돌아오려는 시점이다……."

『카라마조프가의 형제들』제2작에 관한 또 하나의 증언은 스보린의 일기에 있다. 그는 일기에서 1880년 2월 20일 도스토옙스키가 자기에게 다음과 같이 말했다고 기록하고 있다.

"그는 알료샤 카라마조프가 주인공이 되는 소설을 쓸 요량으로 있었다. 도스토옙스키는 주인공을 수도원으로부터 속세로 나오게 해서 혁명가로 만들 계획이었다. 주인공은 정치적인 범죄로 인해 처벌당한다. 진리를 구하는 가운데 혁명가로 변모할 것이었다."

이 메모는 간략하지만 중요하다.

도스토옙스키는 수난자적 혁명가의 자기희생적인 형상으로서 알료샤를 상정(想定)했다. 열렬한 진리 탐구자인 알료샤는 청년 시절에 종교와 그리스도의 인격에 열중하는 한 시기를 보낸다.

그러다가 수도원으로부터 나와선 세속의 정열과 고뇌를 맛보고 리자호프라꼬와와의 열렬한 로맨스를 경험하기도 한다. 그는 상심한 나머지 동포에의 봉사 활동에 인생의 의의를 느끼게 된다. 그에겐 대사업을 위한 활동이 필요했던 것이다. 드디어 그는 70년대 말경의 사회적 분위기에 휩쓸려 혁명가가 된다. 그리고 모든 불행을 일소하고 새로운 사회를 만들기 위한 국민적 봉기를 자극하는 뜻으로 황제를 암살할 생각에 사로잡힌다. 이렇게 해서 명상적인 수도승이 가장 과격한 혁명가로 변신한다.

그는 알렉산드르 2세의 암살 계획에 참여하여 단두대에 오르게 된다. 이렇게 해서 도스토옙스키는 그 사시(史詩)의 주인공을 통해 몰락하는 권력과 희생적인 젊은 세대를 망라한 시대 전체의 비극을 개전(開展)하려고 했던 것이다.

알료샤의 모델은 드미트리히 블라디미로비치 카라코조프이다. 그는 낙탁(落魄)한 귀족 출신의 학생으로서 사회주의의 선전 서클에 가담하고 있었다. 그러나 그는 평화적 수단에 의한 반항을 보람없는 것으로 보았다. 1866년 4월 4일, 황제가 산책하는 시각을 노려 군중들 틈에 섞여 공원 문 밖에 서서 기다렸다. 알렉산드르 황제가 사륜

마차를 타려고 할 즈음 총성이 울렸다. 탄환은 빗나갔다. 사격한 사나이는 그 자리에서 체포되었다.

그 사나이는 카란 대학의 전(前) 학생이었고 그땐 모스크바 대학의 청강생으로 있는 카라코조프였다.

그런데 4월 4일의 그 저격 사건이 도스토옙스키에게 준 인상에 관해선 당시 사람들의 증언이 있다. 그때 마이코프의 댁에 있었던 베인베르그의 말에 의하면 "……황급히 방으로 뛰어들어온 도스토옙스키는 창백한 얼굴로 전신을 벌벌 떨며 황제가 저격당했다고 숨가쁘게 말했다. 우리들은 깜짝 놀랐다. 그래 살해되었느냐고 마이코프가 기성을 발했다. 아냐, 죽진 않았다. 그러나 저격당했어, 저격당했어 하고 계속 중얼거렸다. 우리들은 그를 조금 안정시킨 뒤 밖으로 나왔다."

도스토옙스키는 그의 『악령』의 서문에서도 카라코조프에 언급할 작정으로 있었던 모양이다(4월 4일의 그 불행한 자살자조차 당시 자기의 진리를 믿고 있었다고).

이상과 같은 암시와 언급에 관련해서, 당연히 생겨날 문제는 네차에프 사건의 서곡과 같은 카라코조프 사건이 『악령』 속에서도 이용되지 않았나 하는 점이다. 네차에프 일파의 거물인 우스펜스키와 부루이조프는 카라코조프의 서클과 가까운 사이에 있었고 운동의 주된 지도자, 이슈틴은 그 운동의 방법에 있어선 네차에프의 특징적 수법의 선수를 치고 있었던 것이다.

이슈틴과 네차에프와의 이러한 유사점으로 해서 시체고로와는 『악령』에 그려진 혁명은 네차에프 사건의 자료에 의한 것이 아니라 카라코조프 사건의 심리와 그 경과 재료에 의해서 씌어진 것이며, 그러니 표도르 벨호벤스키의 진짜 모델은 네차에프가 아니고 이슈틴일 것이라고 추정했다. 그러나 이 주장은 아직 의논의 여지가 있는 것이지만 카라코조프의 이름이 『악령』의 노트에 재삼 나타나 있는 것은 사실이다.

얼마 되지 않아 황제를 저격한 사나이가 현재의 국가 기구를 전복할 목적을 가진 모스크바의 비밀 결사에 속해 있다는 사실을 알았다.

그 결사의 어떤 멤버는 지배 체제의 점진적인 변혁을 주장하고 있었는데 다른 멤버는 즉각 혁명을 일으킬 것과 황제의 암살을 요구하고 있었다. 카라코조프는 후자에 속해 있었던 것이다.

이 결사는 극단한 수단으로 주요한 임무를 수행하기 위해 '지옥(地獄)'이란 이름의 특별 비밀 서클을 결성하고 그 멤버의 하나가 독약과 쿠데타의 이유와 목적을 설명한 격문(檄文)을 휴대하고 황제 암살의 역할을 맡았다. 카라코조프는 그 취지에 찬동하여 실천을 한 셈이다.

1866년 8월 31일 최고 형사 재판소는 카라코조프에게 모든 신문과 권리를 박탈하고 교수형에 처한다는 판결을 내렸다. 그리고 그 판결은 스모렌스크의 언덕에서 집행되었다.

1870년대 말기에 연출된 젊은 세대의 비극의 일막은 이상과 같은 것이었다. 도스토옙스키의 위대함은 자기의 신념, 정신적 경향, 정치적 견해를 초월해서 시대의 심각한 고뇌를 적나라하게, 그리고 반박의 여지없이 폭로하는 데까지 철저한 능력에 있다

그 '4월 4일의 불행한 자살자'는 그가 네차에프 사건을 바탕으로 한 장편 소설을 쓰려고 하는 무렵, 그의 염두에 떠올라 전적으로 이해할 정도는 아니었지만 보다 고원(高遠)한 진리를 체현(體現)한 자로서 나타났다. 말하자면 알료샤 카라마조프는 성장하여 용감한 수난자가 되어 가차없는 투쟁을 통해 자기 시대를 표현하는 사람이 되려고 했다. 도스토옙스키가 진정한 역사적 영웅 카라코조프의 성(姓)에 약간의 변경을 가해 알료샤의 성으로 한 덴 그러한 이유가 있었던 것이다.

모두(冒頭)에 봉사의 뜻으로 그로스만의 이 기록을 인용하겠다고 했는데 거긴 이중의 의미가 있었다. 독자와 더불어 같이 생각해 보고 싶은 의도가 있었던 것이다.

그 까닭은 그로스만이 제시한 자료만으론 도스토옙스키가 알료샤는 카라코조프적인 인물로 만들 작정이었다고는 도무지 단정할 수 없기 때문이다.

『카라마조프가의 형제들』에 나타난 알료샤는 열정가 드미트리히와 이론가 이반을 깊은 신심으로써 극복 조절할 수 있는 인물로 자랄 소질의 소유자로서 나타나고 있다. 우리는 〈대심문관〉이란 극

시(劇詩)를 이반으로부터 듣고 있을 때의 그의 반응을 알고 있다. 그러한 사람이 카라코조프적인 인물로 돌연변이할 수 있다는 건 도무지 납득이 안 간다.

뿐만 아니라 도스토옙스키는 알료샤에 있어서 이상적이며 긍정적인 인물을 창조하려는 정열을 보이고 있다. 도스토옙스키가 구상한 이상적 인간상이 황제를 암살하려고 하는 등의 무모한 짓을 할 까닭이 없다. 적어도 문학적 구성에 있어선 불가능한 것이다.

경건한 수도승이 열렬한 혁명가로 전신할 가능성은 물론 있다. 그러나 그 혁명의 방향이 그렇게 엉뚱한 전회(轉回)를 보일 순 없다. 알료샤가 과격한 혁명가가 될 수 있다는 것은 도스토옙스키가 그렇게 될 수 있다는 말과 똑같다. 그런데 도스토옙스키가 젊음과 건강을 갖추었다고 해서 황제에 권총을 쏘는 과격분자가 될 수 있을 것인가.

도스토옙스키의 작품, 일기를 망라해서 어느 문맥에서도 그럴 만한 단서를 찾을 방도는 없다. 무엇보다도 그는 혁명에 관한 무서운 고발이며 진단이라고 할 수도 있는 『악령』을 쓴 작가인 것이다. 우리는 또 이류샤의 장례식에서 행한 알료샤의 조사(弔辭)를 기억하고 있다. 알료샤가 설혹 혁명가가 된다고 해도 기필 보람을 제일로 하는 혁명가가 되었을 것이란 그 조사로도 알 수가 있다. 그런데 그로스만은 무슨 까닭으로 구구한 자료에 비약적인 해석을 강행해서까지 그러한 가설을 꾸몄을까. 나는 그 이유를 다음과 같이 짐작한다.

도스토옙스키를 존경하는 그로스만은 도스토옙스키가 소련의 사회에 완전 복권되길 원했다. 누구나 거리낌없이 그의 작품을 읽고 어디서나 토론을 할 수가 있도록 소련에서 도스토옙스키를 복권시키려면 그에게도 혁명의 동경이 있었다는 증거를 제시해야만 하는 것이다. 혁명의 적, 반동 문인으로서 규정되어 있는 그를 구출하기 위해서 그로스만은 알료샤에게 카라코조프의 외투를 입히는 조작도 불사했던 것이 아닌가. 모든 사람이 도스토옙스키를 즐겨 읽게만 된다면 그러한 견강부회(牽强附會)쯤은 쉽게 간파될 것까지 감안하고 일부러 과오를 범한 것이 아닌가.

그렇지 않고서야 카라코조프에게 "진정한 역사적 영웅"이란 수식어를 붙일 필요도 없고, 『카라마조프가의 형제들』의 평석(評釋)에 도대체 카라코조프를 필요로 할 건덕지가 없는 것이다.

나는 그로스만의 그 대목을 읽고 소련에 있어서의 도스토옙스키의 위상과 그로스만의 그에 대한 눈물겨운 찬앙(讚仰)을 뼈에 사무치게 느꼈다. 그런데 그 감동이 또한 내겐 대단한 의미가 되었던 것이다.

3대 연애

사람은 연애에 있어서 가장 개성적으로 된다. 그 사랑이 진실하면 누구나 최선을 다해 그 사랑에 몰두하기 때문이다. 자기가 가지고 있는 최선으로도 부족해서 없는 것까지도 있는 것처럼 꾸미는 바람에 더러는 자기를 망치는 경우마저 있는 것이다. 연애는 그렇게 해서 인생의 최선과 최악을 반영하는 거울일 수도 있다.

도스토옙스키는 그의 연애에 있어서 그의 작품보다도 철저하게 도스토옙스키적이었다. 도스토옙스키적이라고 말할 때 나는 다음과 같은 뜻을 포함한다.

누구보다도 인간적이며, 동시에 구도적이고, 누구보다도 흥분하기 쉬우면서 침착하고, 누구보다도 현명하면서도 어리석은 짓을 예사로 하는 인물. 게다가 누구보다도 불운한 운명 속에서 가장 빛나는 행운을 붙들 수도 있었던 인물. 성인적인 성(聖)과 악마적인 마성이 공존해 있으면서도 항상 그 마음은 광명의 쪽으로 향하고 있었던 사람. 누구보다도 현실주의자이면서도 이에 못지 않은 공상자……. 구체적으로 말하자면『카라마조프가의 형제들』의 드미트리, 이반, 알료샤를 합친 데다가 그밖의 XYZ를 보태서 합성한 사람을 나는 도스토옙스키적이라고 말한다.

한마디로 말해 그의 연애는 슬픈 것이었다. 나는 그의 연애 편력을 조사하기 위해 갖가지의 전기, 일기, 서한(書翰) 등을 수집하고 정리해 보았지만 과거, 현재, 미래를 통해 이러한 특이한 연애를 체험한 사람은 아마 없을 것이 아닌가 하는 생각을 가지게 되었다. 그의 천재가 특이하니 그의 연애도 특이할밖에 없다는 그런 뜻만으로가 아니다.

'삼대 연애(三大戀愛)'라고 하는 어줍잖은 제목을 붙였지만 그의 생애에 있어서 세 가지의 연애는 마땅히 삼대 연애라고 불러야 그 의미가 부각될 수 있는 그러한 것이다. 시간의 여유가 있으면 나는 '도스토옙스키의 삼대 연애'라는 제목으로 한 권의 책을 써 보고 싶은 욕망을 가지고 있다.

그러나 그것은 도스토옙스키가 살았던 토지, 방문한 토지를 순례한 연후라야 한다는 전제를 가졌다. 망막한 시베리아의 변비한 마을에 살고 있는 도스토옙스키의 환경을 풍경적으로 납득하지 못할 때 이사예바와의 사랑은 생기 없는 추상화가 될 수밖에 없는 것이며, 파리의 센트 주느비에브의 언덕, 판테온 근처의 하숙방 창문으로부터 바라뵈는 파리의 풍경 없인 아포리나라아 스슬로바와의 사랑을 재구성해 본다는 것은 무망한 노릇이다. 이와 마찬가지로 페테르부르크의 음산한 거리와 음산한 셋방의 분위기를 알지 못하곤 안나 그리고리에브나의 사랑을 이해하지 못한다.

나는 '이사예바' '스슬로바' '그리고리에브나'와의 사랑을 도스토옙스키의 삼대 연애로 친다. 물론 그밖에 연애가 없었던 것은 아니다. 뒤에 유명한 수학자이며 스톡홀름 대학의 교수가 된 '소피아 코바레프스카야'의 언니 '안나 바실리에브나'와의 한동안의 열렬한 사랑이 있었고, '마르파 브라운'과의 염화(艶話)도 있다. 그러나 그의 생애에 결정적인 의미를 남긴 것은 이른바 삼대 연애이다.

마리아 드미트리에브나 이사예바

1854년 2월 도스토옙스키는 4년간의 도형(徒刑) 형기를 만료하고 변경(邊境) 지대의 경비를 맡아 있는 시베리아 제7정규군대대의 병졸로서 편입되어 세미파라친스크에 있다. 그의 말을 빌면 "행복감과 희망을 안고 우울한 도형 생활에서 벗어난 것이다."

세미파라친스크에 온 지 얼마 되지 않아 그는 세관원인 알렉산드르 이사에프와 그의 아내 이사예바를 알게 되었다. 이사예바는 그의 친정의 성(姓)을 콩스탕이라고 했다. 조부가 프랑스인이었던 것이다.

이사에프는 알코올 중독자로서 생활인으로선 완전히 타락하고 있었다. 그러나 도스토옙스키는 그를 '추악한 면도 많지만 본성은 고상한 사람'이라고 어느 편지에 언급하고 있다. 이사에프는 부분적으론 『죄와 벌』의 '말메라도프'의 모델이 되어 있는 인물이다.

이사에프의 아내 마리아 이사예바는 폐결핵을 앓고 있었다. 난맥(亂脈)한 가정생활을 견디고 있는 그 여자가 도스토옙스키에게는 '젊고 아름답고 교양이 있고 총명하며 관대한 마음을 가졌으며, 불평 없이 스스로의 운명을 견디고 있는 고귀한 여성'으로 비쳤다.

당시 이사예바는 26세였다. 도스토옙스키는 35세. 도스토옙스키는 아름다운 금발을 한 중키의 가냘픈 몸매를 한 정열적 기질을 가진 이 여자를 사랑하게 되었다.

그들의 사랑은 검사단의 일원으로서 국사(國事)와 형사(刑事)를 담당하고 그 무렵 세미파라친스크에 파견되어 있던 우랑게리 남작의 회상과 도스토옙스키의 편지를 통해 대강 짐작할 수가 있는데, 그야말로 파란만장하다고나 표현할 수 있는, 기묘하기 짝이 없다고도 할 수 있는 그런 성질의 것이었다. 우랑게리의 증언에 의하면 "이사예바는 도스토옙스키를 사랑하고는 있었지만 그의 가치를 안 때문이 아니고 운명에 시달린 불행한 인간으로서 동정하고 있었던 것 같다. 물론 다소의 애착이야 있었겠지만 반해 있었다고 할 정도는 아니었다. 이사예바는 그가 신경통을 심하게 앓고 있다는 것, 돈이 없다는 것도 알고 있어 전연 장래성이 없는 사람이라고 말하고 있었다. 그런데 도스토옙스키는 그 연민과 동정을 애정으로 착각하고 청춘의 정열 전부를 쏟아 이사예바에게 빠져든 것"이라고 했다.

여자의 남편 이사에프는 2년 동안의 실직 끝에 밀주 단속반원이란 직(職)을 얻어 세미파라친스크에서 750킬로미터나 떨어져 있는 벽지 그스네츠크로 옮겨가지 않으면 안 되었다.

우랑게리의 회상에 의하면 도스토옙스키는 미친 사람처럼 되었다. 마리아 이사예바와의 이별로 그의 전 생애는 파멸하는 것이라고까지 생각하고 있었던 것이다. 그는 이사예바를 가지 못하게 만류했지만 이사예바를 붙들어 놓을 순 없었다. 5월 마지막인 어느 날의 해질 무렵, 이사에프 일가는 출발했다. "도스토옙스키는 어린애처럼 소리를 내어 울부짖었다"고 우랑게리는 쓰고 있다. 하는 수 없이 우랑게리는 자기의 마차에 도스토옙스키를 태우고 그들을 전송하기로 했다.

기막힌 5월의 밤이었다. 우랑게리는 이사에프에게 샴페인을 마셔 전후불각(前後不覺)하게 취하게 해선 자기의 마차에 태우고 도스토옙스키를 여자의 마차에 옮겨 태웠다. 마차는 달빛이 비낀 송림(松林) 사이를 오랫동안 달렸다. 드디어 어느 지점에서 마차를 세워 거기서 이별했다.

이사에프 일가가 탄 마차의 방울 소리가 들리지 않게 될 무렵까지 도스토옙스키는 그 자리에 서서 눈물을 흘리고 있었다. 우랑게리가 도스토옙스키를 데리고 집으로 돌아왔을 땐 날이 훤하게 새어 있었다.

서로의 사이에 편지 왕래가 시작되었는데 이것이 또한 도스토옙스키를 괴롭혔다. 이사예바의 편지에 그즈네츠크에서 알게 되었다는 사나이의 이름이 빈번히 나타나기 시작한 것이다. '고상한 마음의 소유자', 또는 '호감이 가는 젊은 교사' 등의 수식어가 붙어 있었다. 도스토옙스키는 망령처럼 되어 버려 그때 한창 열을 쏟아 쓰고 있던 『죽음의 집의 기록』을 팽개쳐 버렸다.

1855년 8월 도스토옙스키는 마리아 이사예바로부터 그 남편의 부보(訃報)를 받았다. 미망인이 된 이사예바는 사내아이가 절망 상태에 빠져 바보처럼 되어 있다는 것과 자기도 지병과 불면증 때문에 지쳐 있다는 편지를 보내왔다.

도스토옙스키는 마리아 이사예바를 돕기 위해 백방 손을 썼다. 우랑게리로부터 돈을 빌려 여덟 살 난 이사예바의 아들 파벨을 육군 유년 학교에 입학시키려고 애쓰기도 하고, 연적인 즉 그즈네츠크의 교사 벨그노프를 승진시키기 위해 요로(要路)에 간청하는 등 자기 희생성을 발휘하기도 했다. 이러한 갖가지 노력도 마리아 이사예바의 감정을 사랑으로 바꿀 수는 없었다. 이사에프가 죽은 지 1년 후 1856년의 여름 도스토옙스키는 우랑게리에게 다음과 같은 절망적인 편지를 쓰고 있다.

"나는 거의 미치광이가 될 지경이오. 만사는 늦은 감이 있소. 사태는 악화되어 나는 절망이오. 내가 겪은 고민을 견딘다는 건 될 얘기가 아니오. 나는 이사예바가 결혼하지나 않을까 해서 전전긍긍하는 심정이오. ……그렇게 되면 나는 투신자살을 하든지 죽도록 술을 마시든지 할 수밖에 없소."

1856년 6월에 도스토옙스키는 공용(公用)으로 바르나울로 여행한 김에 '이사예바를 만날 수만 있다면 군법 회의에 걸려도 사양하지 않겠다'는 심정으로 그즈네츠크로 가서 마리아 이사예바와 이틀 동안 같이 지냈다. 여자는 벨그노프에게 대한 자기의 사랑을 고백했다.

이렇게 모처럼의 만남도 그에겐 슬픈 것이었다. 그러나 그는 낙담하지도 않았다. 이때의 사정을 그는 우랑게리에게 다음과 같이 썼다.

"……이사예바는 울면서 내 손에 키스를 하기도 했지만 실은 다른 사내를 사랑하고 있단 말이오. 나는 이틀 동안 그곳에서 머물렀는데 이사예바는 옛날 일을 생각했던지 그 마음이 내게 돌아온 것 같았소. 이렇게 말하고 있지만 내 짐작이 옳은지 어떤지는 알 수가 없군요. 그래도 그 여자는 이렇게 말했소. '울지 말아요. 비관하지 말아요. 모든 게 끝난 것은 아니니까. 당신과 내가 정할 일이니까요.' 이 말은 긍정적이었소. 나는 이틀 동안을 꿈속에서처럼 지냈소.

나는 희망을 갖고 그곳을 떠났소. 그랬는데 요즘 오는 편지를 보니 나보다 그 사내가 좋아졌다는 거요. 그러나 제기랄 될 대로 되어라! 하는 기분은 전연 없소. 그 여자가 딴 사람에게로 가 버리면 내가 어떻게 될 것인지, 상상도 못할 지경이니까요. 나도 낭패지만 그여자도 낭팹니다. 이사예바는 29세입니다. 교양도 있고 총명하고 세상일도 대강은 알고 고생할 만큼 고생도 한, 시베리아에 사는 동안 병에 걸려 고집불통이 된 그 여자가 24세의 청년과 결혼하려는 겁니다.

시베리아 태생으로 경험도 없거니와 교양도 없는 인생이 뭣인지도 모르는 그런 사내에게로 가려는 겁니다. 이사예바는 인생의 최종적인 생각에 도달하려는 판인데 아무런 가치도 없는 가까운 장래 연봉 9백 루블을 받을 것을 행운처럼 바라고 있는 군립(郡立) 소학교의 교사한테로 가려는 것입니다. 그렇게 되면 그 여자는 파멸입니다. 인생관도 다르고 성격도 다른 그들이 어떻게 같이 살 수가 있겠소. 그리고 앞으로 몇 년 만 지내면 그 사내는 이사예바를 책망해서 죽일지도 모르는 일 아니겠소.

가난한 처지에 아이들을 데리고 평생 그즈네츠크에 살아야 한다면 그 여자는 어떻게 되겠습니까. 가정의 불화가 어떤 결과를 가져올지. ……만일 그 사나이가 너는 내 젊음을 탐내 정욕을 미끼로 해서 내 일생을 망쳤다고 비열하게도 이사예바를 모욕하는 따위의 짓을 하면 어떻게 하겠습니까. 청정무구한 아름다운 천사인 그 여자가 그런 소릴 들어야 할 경우가 된다면…… 아아 내 가슴은 터질 것 같습니다."

마리아 이사예바

마리아 드미트리에브나 이사예바에 대한 도스토엡스키의 사랑이 어떤 것인지는 그가 우랑게리 남작에게 보낸 편지를 통해서 잘 알 수 있다.

그 사랑은 이기적인 감정에만 사로잡힌 그런 것이 아니었다. 이사예바가 연하의 사나이와 결혼했다가 끝내 불행한 꼴이 되지 않을까 하는 것까지 걱정할 줄 아는 사랑이었기 때문이다. 아닌 게 아니라 연적(戀敵) 벨그노프는 이사예바가 29세인데 24세의 청년이었으며 이렇다 할 능력도 없는 인물이었던 것이다.

한편 이사예바의 감정은 도스토엡스키와 벨그노프 사이에서 방황하고 있었고, 때에 따라선 도스토엡스키를 맞대 놓고 "당신 같은 사람은 사랑하지 않는다"고까지 선언하기조차 하는 여자였다.

"이 일이 결국 어떻게 될지 알 수가 없소. 결국 이사예바는 자신을 망치고 말 것 같소. 그걸 생각하니 내 가슴은 터질 것 같소."

이와 같이 우랑게리에게 쓰기도 했던 것인데, 이 '가슴이 터질 것 같다'는 표현은 편지마다에 거의 나타나 있다.

도스토옙스키는 드디어 자기를 희생하더라도 이사예바의 행복을 마련해 줘야겠다고 결심한 나머지 우랑게리에게 벨그노프의 승진, 승급까지를 부탁했다.

벨그노프의 생활 조건이 나아지면 이사예바가 그만큼 편하게 되리라는 짐작에서였다. 이를테면 이것은 그의 처녀작 『가난한 사람들』에 나오는 데브시킨의 헌신적인 사랑을 스스로 실천하려 한 것이다.

"그는 연수 기껏 지폐로 4백 루블밖엔 되지 않소. 그런 수입으로써 어떻게 이사예바 같은 여자를 행복하게 해 줄 수가 있겠소. 총독에게 벨그노프가 유능한 청년이라고 당신께서 추천해 주시오. 이건 이사예바를 위해 부탁하는 겁니다. 어떻게 하든 이사예바의 형편이 곤궁하게 되지 않도록 해 주고 싶을 뿐입니다."

이것은 1856년 4월 14일부로 된 우랑게리의 편지인데 그냥 그대로 도스토옙스키의 고귀한 성품을 말해 주는 귀중한 기록이기도 하다. 그의 도덕적인 인격의 아름다움이 순수하게 나타나 있는 부분이기도 하다.

그런데 이 무렵에 보이는 그의 심리적 고통의 원인은 그가 아

직도 국사범(國事犯)으로서의 무기 의무병(無期義務兵)이란 신분이
었다. 그가 결혼할 수 있는 필수 조건은 장교의 신분을 가지는 것
이었다.

"생각해 봐요. 이사예바가 일개 병졸과 결혼할 생각을 하겠습니
까."

그 당시의 그의 비통한 고백이다.

기막힌 우여곡절 끝에 1856년 10월 30일 서부 시베리아 총독 가
스폴트에게 도스토옙스키를 소위보(少尉補)로 임명하라는 칙명이 도
착했다. 이것은 그에게 있어서 대사건이었다. 그러나 그는 장교가 됨
으로써 이사예바를 쉽게 만날 수 있다는 기쁨으로써 이 사건을 받아
들였을 뿐이다. 동년(同年) 11월 말인 그는 그즈네츠크에 이사예바를
방문하고 아직도 곤경에 있지만 기필 성공할 날이 있을 것이란 확신
을 전했다. 이사예바는 비로소 도스토옙스키가 장래성이 있는 인물
이란 납득을 하게 되었지만 벨그노프에 대한 애정엔 변동이 없었다.

도스토옙스키는 다시 벨그노프와 의논해 볼 작정을 했는데 장교
가 된 그와는 경쟁할 수가 없다고 생각했던지 소학교사(小學敎師)는
이사예바와의 관계를 청산하겠다고 했다. 도스토옙스키는 벨그노프
에 대한 감사로 인해 몸 둘 바를 몰라 했다. 그는 '벨그노프는 내게 있
어서 친형제 이상으로 귀중한 존재'라며 우랑게리에게 다시금 벨그
노프의 승진을 부탁했다.

1857년 2월 15일 도스토옙스키는 그즈네츠크에서 이사예바와

결혼했다. 그 결혼식은 대단히 초라한 것이었다고 한다. 그러나 이 결혼식의 의미는 실로 중대했다. 그 자리에 연적인 벨그노프가 들러리로 서 있었던 것이다.

전기자(傳記者) 그로스만은 이 결혼식엔 긴장된 분위기가 감돌고 있었을 것이며, 바로 그 장소에서 질투와 적의와 정욕의 착잡한 내면적 드라마가 전개되었을 것이라고 추측하고, 이어 바로 그 결혼식에서 경험하게 된 내면의 드라마가 『백치(白痴)』 속의 미시킨 공작의 결혼식으로 전개되는 계기일 것이라고 논하고 있다.

결혼식이 있은 지 며칠 후 도스토옙스키 부처는 세미파라친스크를 향해 그즈네스크를 떠났다. 도중 그들은 바르나울에서 세묘노프의 집에서 묵게 되었다.

> "이때 재난이 덮친 겁니다. 뜻밖에도 간질의 발작이 나서 아내를 놀라게 했고 나 자신도 슬픔과 우울증에 사로잡히게 되었습니다."

1857년 3월 9일부로 형에게 보낸 편지의 일절이다.

이렇게 해서 그들은 세미파라친스크에서 한동안을 살다가 드베리로 거처를 옮기게 되는 것이지만 그들의 결혼 생활은 결코 행복한 것이 아니었다. 특히 도스토옙스키에게 있어선 그랬다. 이사예바는 별다른 애정도 없이 순전히 생활의 방편상 그와 결혼한 것이다.

그의 딸 '에에메'의 회상에 의하면 벨그노프는 도스토옙스키와의 결혼 후에도 결국 이사예바의 정부였다고 한다. 시베리아로부터 돌아오는 도중에서도 벨그노프는 한발 늦게 마차로 두 사람을 뒤쫓았는데, 역마다에서 이사예바는 벨그노프에게 편지를 보내 숙박할 때 추월하지 말도록 주의를 시켰다. 이러한 여자를 도스토옙스키는 '내 인생 행로에서 만난 천사'라고 숭앙하고 있었던 것이다. 1859년 12월 도스토옙스키는 페테르부르크로 돌아왔다. 페트라셰프스키 사건에 연좌되어 시베리아로 유형된 지 실로 십 년 만의 귀환이었다.

도스토옙스키의 기쁨은 한량이 없을 것이었지만, 이사예바와의 꿈은 산산조각이 나 있었다. 폐병에 걸려 사기(死期)를 기다리고 있는 여자와 한 주일에 두 번씩이나 간질의 발작을 일으키는 사나이와의 가정생활이 온당했을 까닭이 없다. 그런데다 벨그노프와 이사예바와의 관계는 페테르부르크에 돌아와서도 의연 계속 되어 있었다.

에에메 도스토옙스키의 기록에 의하면 벨그노프가 냉성해지자 이사예바는 도스토옙스키의 면전에서 자기의 부정행위를 스스로 폭로하고 교활한 잔인성으로 아버지에게 그들 두 사람이 얼마나 즐거운 밀회를 계속했는가, 속임을 당한 남편의 꼴이 얼마나 바보스럽게 보였던가, 자기는 남편을 한 번도 사랑해 본 적이 없었으며 타산적으로 결혼했을 뿐이라고 공공연하게 말하고, 어떻게 제정신을 가진 여자가 4년간이나 감옥에서 도둑놈과 살인자와 같이 일을 한 사나이에게 반했을 까닭이 있었느냐고 대들기도 했다. 불쌍한 아버지는 심장이 찢어지는 듯한 고통을 참으며 아내의 악담을 듣고 있었던 것이다.

이러한 상황을 두고 일본의 평론가 고바야시는 다음과 같이 주석(注釋)을 달았다.

"이와 같았을지도 모른다. 그렇지 않았을지도 모른다. 당시의 가정생활에 관해선 도스토옙스키는 한마디로 말하고 있지 않다. 아내의 사후(死後) 우랑게리에게 쓴 편지(1865년 3월 31일)의 일절엔 '그 여자의 기괴하고도 의심이 많은, 병적일 만큼 공상력이 강한 성격이 화근이 되어 우리들의 생활은 정말 불행한 것이었소. 그러나 우리는 서로를 사랑하길 그만둘 순 없었소. 불행해질수록 우리들은 굳게 맺히지 않을 수 없었소' 하는 것이 있는데, 이러한 말의 이면에 어떠한 지옥이 감추어져 있었는가는 짐작하기조차 어렵다.

그러나 문헌이 증명하는 바에 의하면 이 불쌍한 아버지는 아무리 보아도 선량한 남편은 아니었던 것 같다. 하여간 이러한 분위기 속에서 사실상 아내와 별거하고 있었던 도스토옙스키가 어떤 생활을 하고 있었던가를 알 수는 없다."

그러나 도스토옙스키는 그 자신 궁박한 가운데서도 이사예바와 그녀가 데리고 온 아들 파벨의 생활을 위해서는 성의를 다해 돌봐 주었다고 말할 수 있는 증거가 있다.

뿐만 아니라 아폴리나리아 스슬로바란 여자와 열애하게 되어 그 여자가 이사예바와의 이혼을 요구했는데도 도스토옙스키는 듣질 않왔다. 이사예바에게 대한 사랑은 이미 떠났지만 연민의 정은 그냥 남아 있었던 것이다.

1864년 모스크바에서 마리아 이사예바는 죽었다. 도스토옙스키는 물질적, 정신적인 부담으로부터 해방된 셈이다.

그러나 나는 다음과 같이 생각한다. 마리아 이사예바와의 결혼은 문호 도스토옙스키를 만드는 데 있어선 결정적인 운명이었다고.

그는 많은 주인공을 창조했다. 사건의 주인공으로선 실제에 있었던 인물을 묘사한 부분이 있지만 심리극의 주인공으로선 그 원형의 모두가 자기 자신의 내부에 있었던 것으로 볼 때 남자들은 자기의 심상에서 만들어 내고, 여자들은 이사예바의 내부를 관찰함으로써 창출된 것이라고 해도 과언은 아니다.

도스토옙스키는 이사예바를 처음 만났을 무렵, '젊고 아름답고 교양이 있고, 총명하고, 우아하고, 관대한 마음을 가진 부인'이라고 했고 우랑게리는 정열적이고 열광적인 기질의 여성이며 그때 벌써 폐병의 예조(豫兆)는 있었는데 '박학(博學)하고 선량하고 남달리 날카로운 감수성을 가지고 있었다'고 묘사하고 있다.

그런데 그의 말을 빌어 '천사'와 같은 이 여자가 결혼하자마자 마녀로서의 본성을 발휘하게 된 것이다. 천사와 마녀와의 진폭을 가진 이사예바의 원체험에서 『백치(白痴)』 속의 나스타샤 필리포브나 『악령(惡靈)』의 리이자 카라마조프의 아그라야가 탄생했다. 심지어는 『죄와 벌』의 소냐의 계모, 말르메라도프의 후처로 이사예바 없인 그처럼 형상을 갖출 수는 없었을 것이 아닌가 한다. 이를테면 하나의 악녀가 문호 도스토옙스키를 형성하는 데 있어서 꼭 필요했던 것이고, 이사예바가 그 역할을 맡은 것이라고 할 수가 있다.

이렇게 그의 제1연애는 그의 문학을 위해선 풍성한 수확을 거둘 계기가 되었지만 그의 인간에 입힌 상처가 얼마나 컸을 것인가는 상상을 절(絶)한다.

도스토옙스키는 이 고통에서 벗어나기 위해 또 다른 고통의 바다로 뛰어드는 것이다. 그것이 그의 제2의 연애이다. 그 상대는 아폴리나야 스슬로바, 이때 도스토옙스키의 나이는 41세.

제2의 연애

1862년 가을 도스토옙스키의 인생 행로에 돌연 하나의 여성이 나타났다. 그 이름은 아폴리나리아 스슬로바, 나이는 21세였다. 당시 작가의 나이는 42세.

아폴리나리아 스슬로바는 니제고로드 현(縣)의 한촌(寒村)에서 농노의 딸로 태어났다. 이 출생과 고향이 그 여자의 의식에 결정적인 영향을 끼쳤다. 1864년에 쓴 그의 일기를 보면 서구 지식인의 러시아 민중에 대한 모욕적인 태도에 분개하여 "나는 도저히 이 사람들과 손잡고 일할 수가 없다. 나는 농부의 집에서 태어나 15세 때까지 서민 속에 살았다. 앞으로도 나는 농부들과 같이 살 테다. 문명사회는 내가 있을 곳이 아니다"고 흥분한 구절이 있다.

니콜라이 체제가 붕괴하고 농노의 해방이 눈앞에 닥쳐왔을 무렵, 아폴리나리아의 아버지는 주인에게 배상금을 지불하고 자유의 신분이 되어 광대한 영지(領地)의 총지배인으로서 아이들에게 고등 교육을 받게 할 수 있을 정도로 경제적인 여유도 가졌다.

아폴리나리아는 페테르부르크 대학에서 공개 강의를 듣기도 하고, 최근 추방에서 돌아온 셰프첸코, 도스토옙스키들이 참가한 낭독회에 참석하기도 했다.

『죽음의 집의 기록』을 발표한 작자의 정열적인 낭독은 청년들에게 심각한 충격을 주었고, 참집(參集)한 사람들의 열렬한 갈채를 받았다.

젊은 나로드느키 아폴리나리아의 감격은 짐작할 만하다. 아직 인생 경험도 얕은 순진한 여자의 눈엔 도스토옙스키가 영웅처럼 순교자처럼 보였다. 그는 그 여자의 공상력을 자극했다. 아폴리나리아의 감격적인 동경은 열렬한 사모로 바뀌었다. 소설의 집필, 채권자로부터의 독촉 등에 지쳐 있던 작가에겐 뜻하지 않은 행복이었다.

아폴리나리아는 그의 『다른 여자와 자기의 남자』란 소설 속에서 도스토옙스키로 하여금 다음과 같이 말을 시키고 있다.

"당신의 사랑은 하늘이 내게 베푼 은혜다. 그것은 생활에 지쳐 절망에 빠져 있는 내겐 실로 뜻밖의 행운이었다. 당신의 젊은 생명이 내 곁에 있었을 때 그것은 많은 기대로 내 가슴을 부풀게 했다."

아폴리나리아는 도스토옙스키를 만나기 전엔 누구도 사랑한 적이 없었다고 일기에 쓰고 있다. 그것은 그 여자에게 있어선 첫사랑이었다.

"나는 그에게 모든 것을 바쳤다. 아무것도 기대하는 것 없이 그저 그를 사랑했다."

뒤에 아폴리나리아는 이렇게 회상하고 있다. 그러나 그들의 사랑은 기묘한 사랑이었다.

오래지 않아 두 사람 사이에 틈서리가 생겼다. 아폴리나리아의 순수한 눈에 도스토옙스키가 잡스러운 인간으로 보이기 시작한 것이다.

언젠가 작가는 아폴리나리아 앞에 "아무리 훌륭한 사상가라도 한 달에 한 번쯤은 터무니없는 짓을 하는 경우가 있다"는 발자크의 말을 인용하여 농담을 한 적이 있었는데, 그 말로 미루어 그 여자는 도스토옙스키가 찰나적인 향락심으로 자기를 상대하고 있는 것이라고 오해를 한 것이다.

그래서 아폴리나리아는 그와의 관계를 단절할 생각을 했다. 도스토옙스키에게 순교자처럼 고귀한 인간상을 구하고 있었던 여자에겐 그의 '열악(劣惡)한 성격의 측면'이 용서할 수 없는 배신처럼 비쳤다.

그런데 도스토옙스키에게 있어선 아폴리나리아는 인생 처음으로 만난 청순한 처녀였다.

도스토옙스키는 핍박한 형의 사정과 중태에 빠져 있는 아내의 사정엔 아랑곳없이 파리로 떠나간 아폴리나리아의 뒤를 쫓아 여행길에 올랐다.

그 뒤의 경위를 E. H. 카와 고바야시의 저서를 참고로 기록해 본다.

도스토옙스키가 파리에 도착했을 때 아폴리나리아는 다음과 같은 편지를 준비하고 있었다.

"지금은 이미 늦었습니다. 조금 전까진 당신과 함께 이태리 여행을 할 참으로 이태리어 공부까지 하고 있었는데 요 며칠 동안에 사정은 달라져 버렸습니다. 쉽게 남에게 마음을 주지 않는 여자라는 것이 당신의 입버릇이었는데 일주일 전, 저항도 없이, 확신도 없이 상대방으로부터 사랑을 받을 희망도 없이 어느 사나이에게 마음을 주고 말았습니다. ……당신은 나라는 여자를 몰랐고 나도 나 자신을 알 수가 없다고 말할 수밖에 없습니다. 안녕히 계셔요."

도스토옙스키는 그런 편지의 사연도 모르고 아폴리나리아 하숙집으로 찾아갔다. 아폴리나리아의 일기에 의하면 그때의 대화는 다음과 같다.

"그런 편지를 썼으니 오시지 않을 것으로 알았어요."

"무슨 편진데."

"파리에 오시지 말라는……."

"왜?"

"오셔도 틀렸어요."

그는 고개를 숙였다.

"숨김없이 죄다 얘기해 줘요. 어디로건 가자. 까닭을 말해 줘. 그러지 않으면 나는 죽어 버릴 테다……."

방에 들어서자 그는 내 발 밑에 엎드려 내 무릎을 힘껏 안았다. 그리고 울먹였다.

"알았어, 나는 버림을 받았어."

조금 침착을 되찾고 상대가 누구냐고 물었다.

"틀림없이 잘 생긴 사내겠지. 게다가 구변도 좋고. 그러나 나 같은 마음을 가진 사람은 좀처럼 만날 수가 없을 거다."

나는 답을 안 하기로 작정했다.

"한데 그 사나이에게 모든 것을 다 줬나?"

"그만해요. 당신관 관계없는 일예요."

그리고 나는 그 사나이에게 홀딱 반했다고 말했다.

"그래 너 행복해?"

"아아뇨."

"반했다면서 행복하지 않다는 건 어떻게 된 거야."

"저편에서 나를 좋아하지 않는단 말예요."

"너를 저편에서 좋아하지 않는다고?" 하며 그는 절망한 것처럼 머리를 두 손으로 안곤 큰소리를 질렀다.

"그런데 넌 노예처럼 그 사나이를 사랑하고 있다 이거지? 자 얘기해 봐, 나는 알아야 하겠다. 그 사나이를 위해선 어디까지라도 따라갈 참인가?"

"난 시골에나 가 버릴까 해요." 하고 나는 울음을 터뜨렸다.

그 사나이란 살바도르란 이름을 가진 스페인의 의과 대학생이었다.

페테르부르크에선 대학생들의 우상처럼 되어 있던 아폴리나리아도 파리에선 이처럼 터무니없었던 것이다.

도스토옙스키는 "그 박정한 사나이를 죽이고야 말겠다"고 광란하는 여자를 겨우 진정시키고 '오빠와 누이동생'이란 약속으로 9월 초 같이 파리를 출발했다.

여행길에 오르자마자 도스토옙스키는 도박에 사로잡혔다. 위스바덴에선 3천 프랑쯤 땄는데, 바덴에선 송두리째 잃어버렸다. 낭중(囊中) 무일푼이 된 그는 위스바덴에서 땄을 때 처형을 통해 아내에게 송금하도록 보내 놓은 돈을 다시 돌려보내 달라는 편지를 하는 한편, 형에게도 돈 보내라고 통지를 하고, 그때 바덴에 와 있던 츠르게네프로부터 50타렐을 빌려 제네바까진 왔는데 더욱더욱 궁해진 나머지 시계와 아폴리나리아의 반지를 잡혀 겨우 트리노까지 와서 돈을 기다렸다. 처형으로부턴 1백 루블, 형으로부턴 4백 50루블이 부쳐 왔다. 당시 그의 형 미하일은 잡지 《부레미야》의 발금(發禁) 사건에 채무(債務) 사건이 겹쳐 죽을 지경에 있었던 것이다.

도스토옙스키와 아폴리나리아는 베를린에서 헤어져 그는 귀국의 길에 오르고 여자는 파리로 돌아갔다. 그런데 함부르크에서 또

도박에 사로잡혀 그는 꼼짝달싹도 못하게 되었다. 살려달라는 편지를 받고 아폴리나리아는 얼만가의 돈을 그에게 보냈다. 그 돈으로 도스토옙스키는 페테르부르크에 돌아갈 수가 있었다. 도박도 연애도 이처럼 실패하고 만 도스토옙스키는 고영초연(孤影悄然)하게 귀국한 것인데 바덴의 하룻밤을 아폴리나리아는 다음과 같이 묘사하고 있다.

10시에 우리들은 차를 마셨다. 차를 마시고 나자 피로가 한꺼번에 덮쳐 오는 듯해서 나는 침대 위에 누워 표도르더러 가까이에 와서 앉으라고 했다. 좋은 기분이었다. 나는 그의 손을 잡고 오랫동안 그대로 있었다.

파리에 있었을 땐 내가 나빴어요. 그래서 당신에게 본의 아니게 굴었어요. 나는 내 일만 생각하고 있는 것처럼 보였을지 모르지만 실은 당신 생각도 했어요. 다만 당신의 감정이 상할까 봐 입 밖에 내지 않았을 뿐예요 하고 지껄였다. 그러자 그는 돌연 일어나 서서 내 구두에 부딪치더니 방을 한 바퀴 돌곤 앉았다.

"어디 가려고 했죠?"

"창문을 닫을까 했지."

"닫고 싶으면 닫으세요."

"아냐, 그런 건 어째도 좋아. 한데 지금 내 마음속에 어떤 일이 일어났는지 알 수가 없겠지." 하고 그는 기묘한 표정을 했다.

"도대체 뭐예요?"

곤혹을 느끼고 있는 듯한 그의 얼굴을 보며 내가 물었다.

"네 발에 입을 맞추었으면 했지."

"왜요?"

나는 다리를 움츠러뜨리면서 어물어물했다.

"그저 하고 싶었을 뿐야. 나는 결심을 했어. 그……"

나는 옷을 벗고 잤으면 했다. 그래서 그에게 물었다.

"하녀가 찻잔 치우러 올까요?"

"안 올 거야."

"………"

"그럼 가서 주무세요. 난 자야겠어요."

그는 잠깐 나갔다가 또 들어와서 나더러 옷을 벗으라고 했다.

"벗겠어요." 하고 나는 나가기만을 기다리고 있다는 듯한 투로 말했다. 그는 나갔다. 그러더니 또 무슨 구실인가를 붙여 들어와선 다시 나갔다.

오늘 그는 어젯밤 얘기를 꺼내곤 그 뒤 술을 마시고 잤다고 했다. 그리고 "그런 식으로 당신을 괴롭혀서 미안하다"고 했다.

"그런 거 없어요."

나는 결연하게 말했다.

그가 희망을 갖지 않도록, 그렇다고 해서 절망하지도 않도록 해줘야겠다는 나의 배짱이었다.

고바야시는 다음과 같이 쓰고 있다.

"생각하건대 이 한 장면은 여행 중의 두 사람의 심리적 관계를 요약한 것으로 볼 수가 있다. '너는 내게 한 번 몸을 맡긴 일이 있다는 그 사실 때문에 나라는 사나이를 용서하지 못한다. 그 복수를 넌 지금 하고 있는 거다. 여자란 것은 그런 거야.' 아폴리나리아는 도스토옙스키의 이 말을 그의 일기 속에 적어 놓고 있다."

속 제2의 연애

이사예바의 연애의 시간을 연옥(煉獄)에 비유할 수 있다면 아폴리나리아와의 연애의 시간은 문자 그대로 초열지옥(焦熱地獄)이라고 해도 과언은 아니다. 아내는 병들어 누워 있고 빚더미는 태산처럼 쌓였고 형과 더불어 경영하고 있던 잡지는 발간될 희망이 없었다.

전기자(傳記者) 그로스만은 아폴리나리아의 뒤를 쫓아 파리로 달려갔을 무렵의 도스토옙스키를 다음과 같이 묘사하고 있다.

이러한 나날의 어느 밤, 에카테리나 운하의 어두운 흐름에 비친 와사등(瓦斯燈)을 바라보고 있을 때 그는 자기의 인생에 아직 남아 있는 최량(最良)의 것, 즉 아폴리나리아를 생각했다. 그는 서류함에서 파리풍의, 엷은 빛 드레스를 입은 젊은 여자의 사진을 꺼냈다. 깊은 곳에서부터 저미는 듯한 아픔이 파도처럼 그의 가슴을 설레게 했다.

그는 그 젊은 여자의 강한 기질이 새겨진 얼굴을 한참동안 바라보았다. 흰 코사주를 끼고 목언저리를 살큼 틔운 여자가 검은 배경의 깊이에서 이편을 쏘아보고 있었다.

　오이씨 같은 얼굴과 밝은 이마의 윤곽이 그지없이 청결했다. 깨끗하게 빗질이 된 검은 머리카락은 무슨 견물직처럼 빛나고 있었다. 크고 깊게 뜨인 눈동자는 나이브한 빛깔을 띠고 있어 전체적으로 밝은 인상이었다. 그런데 얼굴의 표정엔 긴장된, 뭔가 알지 못하는 고뇌의 그림자가 있었다. 두툼한 입술에만은 서민적인 데가 있었다. 외견(外見)은 유럽 스타일의 옷을 입고 있었지만 어디까지나 러시아적 미인이며, 풍요한 가슴을 하고 슬픈 눈빛을 가진 시골의 처녀였다. ……그는 견딜 수 없는 심정이 되었다. 8월이 중순에 들 무렵 그는 아폴리나리아에게로 가기 위해 페테르부르크를 빠져 나갔다.

　만년의 도스토옙스키는 이와 같은 유의 미인을 조국 러시아를 대표하는 여성, 즉 자기가 가장 좋아하는 여성으로 보고 체로모시나의 계곡과 삼림과 더불어, 광대한 일루이시 강의 만만(滿滿)한 물과 더불어 사랑해 마지않았던 것이다.

E. H. 카와 고바야시는 아폴리나리아가 걸려 든 사람을 스페인의 의학생이라고만 언급하고 있는데 그로스만의 기술(記述)은 좀 더 상세하다.

　뒤쫓아온 도스토옙스키에게 아폴리나리아가 고백한 상대의 남자는 살바도르란 이름의 미남자였다.

그 일족(一族)은 전세기(前世紀)부터 안틸 제도에 살고 있는 유명한 집안이었는데 그 일족으로부터 광산 기술자·항해가·식민지 개척자 등이 배출됐다. 그들은 군도 전역을 정복해선 토민(土民)들을 노예로 했다. 그들이 저녁 식사를 하러 돌아올 때는 채찍과 옷에 사람의 핏자국이 묻어 있었다. 살바도르의 외양은 유럽적으로 세련되어 있기는 했으나 침략자, 노예 소유자 특유의 면모를 남기고 있었다.

"상상해 봐요. 그는 이상한 사람예요. 책이다 뭐다 하는 덴 전연 관심이 없으니까요."

아폴리나리아는 낙담하고 있는 도스토옙스키를 조금이라도 위로할 양으로 이런 말을 했다. 도스토옙스키는 이런 말에 힘을 얻었다. 책을 이해하지 못하는 살바도르와의 관계가 오래 지속될 까닭이 없고 곧 러시아가 그리워질 것이라고 생각한 것이다.

그러나 사태는 전연 달라져 있었다. 의학교(醫學校)에 다니는 기막힌 댄디들, 남국의 태양에 그을린 피부와 엑조틱한 이름을 갖고 몸에 맞는 프록코트를 입고 웨니스의 구두를 신은, 젊은 눈과 발랄한 정욕을 가진 청년들이 페테르부르크에서 온 문학자를 아폴리나리아의 의식에서 밀어내 버렸다. 그런데 살바도르란 이름의 매력, 그와 아폴리나리아가 만났을 때 전(前) 유형자(流刑者) 도스토옙스키의 운명은 이미 결정되었다. 병으로 인해 나이보다도 늙어 버린 그의 육체가 어떻게 살바도르와 같은 젊음에 대항할 수 있었을까. 그는 체관(諦觀)한 나머지 애인으로서가 아니라 친우(親友)로서 교제하자는 편지를 써서 아폴리나리아에게 보냈다.

"이태리엔 같이 갈 수 있겠지? 걱정할 필요 없어. 당신의 오빠로서 데리고 갈 테니까. 앞으로 오빠와 누이동생처럼 지내면 될 게 아닌가……."

여기서도 그는 불필요한 국외자, 헌신적인 친우의 역할을 다하려고 했다. 사심 없는 후견자, 때에 따라서 연적의 보호자까지 사양하지 않는 위치만이라도 확보하려고 애썼다. 이사예바에게 대한 것처럼. 아무튼 도리가 없었다. 아폴리나리아는 살바도르에게 미치도록 반해 있는 마음을 그에게 숨기려 하지 않았다.

그런데 저편 살바도르는 아폴리나리아를 헌신짝처럼 취급했다. 거리에서 만났는데도 냉소를 하며 "너 같은 년 소용이 없다"는 투로 나왔다. 배신당한 여자는 살바도르를 죽이든지 자살하든지 할 작정을 세웠다.

어느 날 아침 일곱 시 아폴리나리아는 도스토옙스키의 방문을 두드렸다. 그리고 자기의 결심을 말했다. 그는 놀라서 되물었다.

"당신은 어떻게 유혈(流血)로써 인간관계를 끝낼 생각을 하지?"

"그 사내를 죽이지 못하면 오랫동안 괴롭혀 주기라도 해야겠어."

"쓸데없는 소리. 무슨 짓을 해도 상대방은 느끼지 않을 것이니까. 그런 사내를 위해 자살하겠다고? 터무니없는 소린 그만해."

그로써 아폴리나리아의 마음은 약간 진정된 것 같았지만 엉뚱한 방향으로 원한을 풀 계획을 세웠다.

어느 날 이런 말을 했다.

"……그따위 사내 때문에 자살한다는 건 무의미하다는 걸 알았어. 그래서 나는 내 복수를 대사업으로 바꿀 생각을 했지. 나를 희생해서 명성을 얻어 실연의 치욕을 씻을 뿐만 아니라 인류 역사에 남도록 하는 거야."

"도대체 무슨 생각을 했어?"

도스토옙스키는 불안해서 되물었다.

"내가 받은 모욕은 어떤 사내에게 보상시켜도 될 것 아냐? 당신들은 모두 죄인들이니까. ……하여간 복수를 해서 세상을 깜짝 놀라게 할 테니까."

"포랴(아폴리나리아의 애칭), 참으로 사람을 죽일 수 있을 것 같아?"

"결심하면 그만이지."

"누굴 죽일 작정인데 그래?"

아폴리나리아는 싸늘한 눈초리로 그를 보며 말했다.

"당신 그래도 짐작 못 해? 내가 죽이려는 건 황제야."

도스토옙스키는 몸서리쳤다.

"맹세해, 다신 그런 생각 안 하겠다고."

이어 그는 그런 행위의 결과가 얼마나 무서운 것인가를 설명했다. 아폴리나리아는 지친 듯 중얼거렸다.

"그런 생각 안 하기로 했어. 지난 일이야."

1863년 9월 초 두 사람이 같이 여행하기로 되는데 그 기록은 지난번에 쓴 적이 있으니 생략하고 아폴리나리아 스슬로바의 그 뒤의 행적을 살펴보기로 한다. 쥬네브에 있어서의 일기엔 다음과 같은 것이 있다.

　"표도르 미하일비치에 대한 애정이 되살아났다. 그를 책망하고만 있었는데 내 잘못이라고 생각했다. 그에게 부드럽게 대했더니 그는 대단히 기쁜 모양이었다."

　그러나 한 달 후 그들은 베를린에서 영원히 헤어지고 말았다. 그 뒤 아폴리나리아의 남편 바실리 로자노프가 아내에게 물은 적이 있었다.

　"어떻게 해서 두 사람은 이별했지?"

　"그 사람 폐병에 걸린 부인과 이혼하려고 하지 않았거든요. 다 죽어간다고 하면서."

　"사실이 그렇지 않았어?"

　"그랬어요. 반 년 후에 죽었죠. 그런데 그땐 내 애정도 식어 있었어요."

　"왜 식었지?"

　"그 사람이 자기 부인과 헤어지길 싫어했기 때문예요."

　침묵.

"내 편에서 아무런 계산 없이 모든 사랑을 그에게 쏟았는데. 그러니 그 사람도 그렇게 했어야 되잖아요? 그런데 그는 그러질 않았거든요. 그래서 버렸죠."

아폴리나리아는 그 결렬(決裂)의 시기를 1863년의 가을이라고 했다. 로자노프와 결혼했을 때 남자는 24세였고 아폴리나리아는 40세를 넘어 있었다. 그런데도 6년 후 아폴리나리아는 젊은 유태인과 연애를 시작해선 남편을 버렸다. 로자노프는 돌아오길 애원했으나 여자는 "당신 같은 처지의 남자는 몇 천 명이나 되지만 누구도 당신처럼 짖어대진 않아요. 사람은 개가 아녜요." 하면서도 그 뒤 20년간이나 이혼 승낙을 해 주지 않았다.

도스토옙스키의 연구자이기도 한 로자노프는 아폴리나리아를 '인페르노(inferno)적인 여자'라고 평하는 다음과 같은 글을 썼다.

"아폴리나리아를 처음으로 만난 것은 그의 제자 시체그로바의 집에서였다. …… 그는 기왕의 미모를 그냥 지니고 있었는데, 그 교태로써 나를 사로잡았다는 것을 깨닫고는 냉정하고 침착하게 얘기를 엮어 나갔다. 그는 그야말로 카치카 메지티를 닮아 있었다. 아폴리나리아는 태연하게 범죄를 수행하고 냉정하게 살인을 해치울 여자다. …… 전체적으로 말해 아폴리나리아는 신성했다. 나는 알고 있다. 모든 사람이 그 여자에게 정복당하는 포로가 되는 것이다. 그러한 러시아 여성을 두 번 다시 보질 못했다……."

또한 일본의 도스토옙스키 연구자 요네가와는 다음과 같이 쓰고 있다.

그의 처 마리아 이사예바도 고집이 센 새디즘(sadism)적 경향이 현저한 여성이었지만 아폴리나리아의 인퍼노(inferno)적 성격은 선천적이었을 뿐만 아니라 고도의 교양으로 의식적으로 세련된 것으로 마리아처럼 병신이 아니고, 건강한 육체의 소유자였던 만큼 도스토옙스키에게 가한 포학(暴虐)은 마리아와 같은 발작적인 것이 아니고 계획적이고 기교적이었던 것이 아닐까 한다. 하여간 아폴리나리아와의 연애는 도스토옙스키의 생애만이 아니라 창작에도 획기적인 영향을 끼쳤다.

『도박자』 이후, 『백치』, 『악령』, 『카라마조프가의 형제들』에 이르기까지 이 인퍼노적인 여성이 작품 가운데 중대한 역할을 하는 것이다.

인퍼노(Inferno)란 초열지옥(焦熱地獄)을 말한다. 도스토옙스키의 천재가 대성하기 위해서 마리아의 연옥(煉獄)과 아폴리나리아의 초열지옥이 필요했다고 하면 천재야말로 고통이 아닌가.

중간극적(中間劇的) 연애

그가 꾸며 낸 어떤 작품보다도 아니 그 작품 전부를 합쳐도 그가 겪은 생애에 필적하지 못한다는 것은 너무나 당연한 이야기다.

나는 그의 작품을 통해서 사상이란 것이 얼마나 두렵고 은혜로운 것인지를 알았고 그의 전기를 읽음으로써 무한량의 용기를 배웠다. 더욱이 연애 편력에 나타난 방황과 고민은 그의 장점과 단점을 너무나 노골적으로 제시하고 있는 것이기 때문에 남의 일같이 생각되지 않는다.

건방지게도 나는 수상풍(隨想風)의 이 문장에 〈나의 문학적 편력〉이란 부제를 달았는데 그의 연애 사건을 챙겨 보고 있는 동안에 이 제목이 절실하다는 것을 새삼스럽게 느꼈다. 나는 연애를 통해서 비로소 그의 문학과 인간에 접근한 것 같은 실감을 가졌다. 그래서 지면이 용서하는 한 그것을 적어 동호자(同好者)들에게 알리고 싶은 것이다.

〈중간극적 연애(中間劇的戀愛)〉란 소제는 E. H. 카가 쓴 전기(傳

記)에 있는 '주로 정서적인 중간극(中間劇)'이란 대목에서 따왔다. 그로스만의 전기엔 〈마르파 브라운〉, 〈콜빈=쿠루코프스카야 자매〉란 항목으로 되어 있다.

E. H. 카가 '중간극(中間劇)'이라고 한 것은 마리아 이사예바와의 제1연애, 아폴리나리아 스슬로바와의 제2연애를 거쳐 제3연애의 대상이며 뒤에 그의 부인이 되는 안나 그리고리에브나가 등장하는 과정에 생긴 연애 사건이란 뜻이다.

그러나 이 연애가 중요하지 않다는 말은 아니다. 다만 기간이 짧았던 만큼 그의 생활에서 차지하는 비중이 약하다는 뜻이다.

그런데 이상한 것은 E. H. 카, 고바야시 등은 마르파 브라운이라고 했는데 그로스만은 마르파 브라운이라고 표기하고 있는 점이다. 나는 그로스만이 도스토옙스키와 동국인(同國人)이란 이유만으로 마르파 브라운이란 표기를 따른다.

아폴리나리아 스슬로바와 헤어져 우울증에 빠져 있던 1864년도 저물 무렵 도스토옙스키는 어느 여자를 알게 되었다.

기록 문학의 작가이며 도스토옙스키가 경영하고 있던 잡지의 기고자였기도 한 표도르 골스키가 마르파 브라운이란 여자를 잡지《에보하》의 편집실에 데리고 왔다. 마르파 브라운은 소시민 계급 출신의 젊은 러시아 여자인데 지성과 재능을 갖추고 있었다. 자유롭게 영어를 말할 줄 알고 러시아어로써의 문장도 적확(的確)했다. 결단력이 있는 대담한 여자이기도 했다. 마르파는 소싯적부터 방랑벽이 있었던 모양으로 유럽 각지를 전전했다.

"인생은 깊게 느끼기 위해 있는 것이란 나의 소신은 언제나 변함이 없었다"고 그는 도스토옙스키에게 편지를 쓰고 있는데 거기엔 다음과 같은 귀절도 있다.

"나는 러시아에서 잃은 것이 없거니와 외국 여행에서도 손해 본 적은 없어요. …… 나는 어딜 가나 가난과 싸워야 했습니다. 어딜 가나 나를 기다리고 있는 것은 고통이었습니다. 불의의 사고가 발생해도 무슨 까닭으로 그렇게 되었는가를 생각할 겨를이 없습니다……."

이런 상황에서 마르파는 다음다음으로 보호자를 바꿔 가며 유럽을 방랑했다. 오스트리아와 프러시아에서의 동반자는 헝가리인이었다. 거기서 그는 또 어느 '모험적인 영국인들'을 만나 그들과 같이 어느 때는 도보로, 어느 때는 말을 타고 스위스, 이탈리아, 스페인, 남불(南佛) 등지를 돌아다녔다. 그런 일이 7개월 계속된 후 어느 프랑스인과 어울려 프랑스를 거쳐 벨기에로 올랜드로 갔다.

이렇게 함으로써 브라운의 신기한 것에 대한 동경심은 어느 정도 만족되었지만 그의 신용은 차츰 하락되어 드디어 신변이 위험하게까지 되었다. 프랑스에서 벨기에로, 벨기에에서 올랜드로 도망온 마르파의 동반자에 대한 경찰의 추구 때문에 생긴 일이었다. 그런데 그 사나이가 어떻게 되었는지는 알 수가 없다. 마르파 브라운은 단신 로테르담에서 배를 타고 돈 한푼 없이 한마디 말도 모르는 영국에 상륙했다.

영국에선 4년 동안을 머물렀는데 결코 평온무사한 세월은 아니었다. 템스 강변에 노숙하기도 하고, 자살을 기도했다가 며칠 동안 유치장 신세를 지기도 하고, 위조지폐 만드는 일당과 관련되어 심각한 재난에 빠질 뻔도 했다. 그러다가 어느 메소디스트(Methodist)파 목사를 알게 되었다. 그 목사는 마르파를 갱생시킬 목적으로 미국 볼티모어 출신의 수부(水夫)와 결혼시켰다. 브라운이란 성(姓)은 그 연유에 의한 것이다. 그러나 마르파는 자신도 밝히지 않을 수 없는 사정에 휘몰렸다.

그리고 1862년의 말경 마르파는 페테르부르크에 돌아왔다. 그의 방랑도 끝이 난 것이다. 이제 마르파의 관심은 '신기한 것에 대한 동경'보다도 평온무사한 '안락'이었다. 그러나 그 안락이 쉽게 얻어지진 않았다. 그는 페테르부르크에서도 비참했다. 친척도 친구도 없었고, 심지어 러시아인으로 인정해 주는 사람마저도 없었다.

그래도 지적인 일을 해야 하겠다는 희망으로 삼류 잡지의 편집부에 모여드는 문학적 보헤미안의 서클에 들어갈 수가 있었다. 마르파는 여기에서 '술을 퍼 마셔' 밑바닥 생활을 하고 있는 민족사전(民族辭典)의 편찬자 카를 플레밍을 알게 되어 한동안 같은 집에서 지내기도 했다. 그런데 1년 후 마르파는 표도르 골스키와 동서(同棲)를 시작했다. 골스키는 마르파를 진심으로 사랑하고 있었던 모양이지만,

남이 밥먹듯 굶어야 하는 처지인 데다가 알코올 중독에 걸려 있었다.

"플레밍과는 밑바닥 생활을 했고 골스키와는 영국 시대에 못지않은 형편없는 유랑 생활을 시작했습니다."

1864년 12월 24일자의 편지로 마르파는 도스토옙스키에게 이렇게 전하고 있다.

도스토옙스키는 마르파의 체험을 다시 없는 인간 기록(人間記錄)이라고 느끼고, 그가 경영하는 잡지는 붕괴 직전에 있었음에도 불구하고 마르파에게 물질적 원조를 아끼지 않았을 뿐 아니라 문학적인 일에 끌어들여 주었다.

그 무렵 마르파는 페트로파브로프스크 병원의 시료(施療) 환자로 있었는데 전염병이 충만하고 있는 상황인데도 도스토옙스키는 문병을 가서 장시간 같이 얘기를 나누기도 했다. 이 친절에 대해 마르파는 무한한 감사를 담은 편지를 쓰고 있다. 도스토옙스키의 이름만 들어도 그 여자의 마음은 밝아졌던 것이다.

도스토옙스키는 마르파에게 결혼하자고 제의한 적이 있었던 모양이다. 다음은 마르파가 그에게 보낸 마지막의 편지다.

"당신의 관대한 마음에 편승해서 너무나 자주 편지를 쓰는 것 같습니다. 나와 골스키와의 관계는 그에게 보낸 저의 편지로써 대강 짐작될 줄 압니다. 제가 육체적으로 당신을 만족시킬 수 있을는지, 우리들의 우정이 금후로 계속될 수 있도록 정신적인 조화가 이루어질 수 있을는지 없을는지, 어느 편이건 이것만은 믿어 주시기 바랍니다. 저는 잠깐 동안이나마 당신의 호의를 받을 수 있었다는 것만으로 언제든지 감사한 마음을 지녀 나갈 작정입니다. 맹세코 저는 누구에게도 당신에게 보인 것처럼 솔직한 태도를 보인 적도, 말한 적도 없습니다.

저 혼자 흥분하고 있는 것 같아서 미안해요. 그러나 러시아에서 지낸 이 감옥 생활 같은 2년간 내 마음속에 비애와 번민과 절망이 소용돌이치고 있었던 만큼 플레밍에게도 골스키에게도 없는 그 온화한 마음과 관대함과 양식과 성실을 가지신 당신과 같은 인간을 만난 것이 그저 기쁘고 고마울 뿐입니다. 당신의 제게 대한 마음이 오래 지속되건, 순간적인 것으로 끝나건 지금의 제게 무관한 일입니다.

그리고 어떠한 물질 혜택보다도 반가운 것은 당신이 저의 타락한 면을 피하시지 않았다는 것과 제 자신보다도 저를 높이 평가해 주셨다는 점입니다. 이 편지 읽으시면 골스키에게 전송해 주시기 바랍니다……."

이로써 두 사람의 관계는 영원히 끝난 것처럼 보인다고 그로스만은 단정하고, 마르파 브라운의 편지에 관해선 다음과 같이 평하고 있다.

"……그것은 소박하고 정확한 문체로 씌어져 있다. 센티멘털한

곳이 아무 데도 없다. 감격, 불평, 희망을 갖기엔 마르파는 생활의 쓰라림, 생활의 어려움을 너무나 잘 알고 있었다. 그는 고난 시대의 일을 간결하게 문서를 작성하는 식으로 쓰고 있다. 하여간 그것은 갖가지 경험을 하고, 매일처럼 천대를 받아 온 여자의 편지인 것이다.

'좋은 것을 쓰려면 고민해야 한다'는 것이 도스토옙스키의 입버릇이었는데, 조금 사정이 달라졌으면 마르파는 훌륭한 작가가 되었을지 모를 일이다. …… 마르파의 편지는 도스토옙스키에게 보내 온 편지 가운데서도 수일(隨一)이라고 할 만큼 훌륭한 것이다…….'

이렇게 해서 그로스만은 마르파 브라운과의 관계가 『죄와 벌』 속에 반영한다고 적고 있다.

그런데 그로스만은 전기(前記)의 편지를 인용하면서 '육체적으로 당신을 만족시킬 수 있을는지' 하는 구절을 생략하고 있는 덴 무슨 고의가 있는 것 같다.

한편 E. H. 카는 "이 편지가 보여 주는 묘한 국면에서 마르파는 우리의 시계(視界)에서 사라진다. 지금 인용한 편지는 1865년 1월 하순에 씌어진 것이다. 그 문면(文面)과 그 이후 편지가 중절(中絶)된 것으로 보아 마르파가 도스토옙스키와 동서(同棲)했을 것이라고 추측해도 무방할 것"이라고 하고 있다.

그렇다면 E. H. 카의 말따라 도스토옙스키가 안나 콜빈 쿨코프스카야에게 구혼해서 실패한 바로 그 시기에 마르파와 동서한 것으로 된다. 1865년 2월과 3월 사이에 있었던 일이기 때문이다.

이상 보는 바와 같이 그로스만은 전기(前記)한 편지로써 도스토옙스키와 마르파의 사이는 단절되었다고 하고, E. H. 카는 그 편지를 계기로 도스토옙스키와 마르파가 동서했을 것이라고 하는데 어느 편이 옳은지 판단하긴 어렵다.

다만 말할 수 있는 것은 그로스만이 가급적이면 도스토옙스키를 미화(美化)하는 방향으로 노력하고 있는 것 같은 점으로 보아 안나라는 처녀에게 구혼하면서 마르파와 동서하고 있다는 불미한 사실을 고의로 피한 것이 아닌가 하는 점이다.

안나 쿨코프스카야

1941년쯤이 아니었던가 한다. 일본의 이와나미(岩波) 서점에서 이와나미 신서(岩波新書)라는 것을 출간하기 시작했다. 그 신서(新書) 계열 가운데 『소피아 코바레프스카야의 회상(回想)』이란 책이 있었다.

소피아는 러시아의 유명한 여류 수학자(數學者)이다. 당시 나는 수학에다 짝사랑을 하고 일토강습회(日土講習會)에 나가 수학 강의를 듣고 있었던 터라 소피아의 이름은 일찍부터 알고 있었다. 책이 나오는 그날을 광고에서 미리 알고 직접 이와나미 서점에 가서 그 책을 샀다. 여담이 되지만 내가 발행일에 이와나미 서점에 가서 산 책은 꼭 두 권이다. 하나는 '아랑'의 『예술론집(藝術論集)』이고 하나는 이 『소피아 코바레프스카야의 회상(回想)』이다.

활자가 비교적 크고 2백 페이지 남짓한 분량이라서 다방 한구석에 앉아 두 시간쯤의 시간으로 다 읽을 수가 있었는데, 나는 뜻밖에도 그 책 가운데서 도스토옙스키를 만나게 되었다.

소피아의 언니를 찾아오는 도스토옙스키의 모습이 거기 나타나 있었다. 그런데 그 집에서 도스토옙스키는 간질의 발작을 일으키는 것인데, 그 장면이 선명히 기록되어 있는 것이 아닌가.

예기치 않았던 책 속에서 그 이름을 발견한 것은 뜻밖인 장소, 뜻밖의 시간에 옛 은사를 만난 기분이었던 것인데, 동시에 그 망신하는 꼴을 보아 버린 것 같은 비통한 감정이 괴었다.

나는 나도 모르게 눈물을 흘리고 있었던 모양이다. 다방(그 이름은 '니농'이라고 하고 신보정(神保町)에 있었다)의 마담이 내 곁에 와 앉으며 "무슨 슬픈 일이라도 있었느냐"고 물었다. 그때야 나는 내 뺨에 흘러내린 눈물을 깨닫고 적이 당황했다. "그런 일이 없다"고 해도 '니농'의 마담은 내 말을 믿어 주지 않고 그날 밤 스즈란도리(鈴蘭街)의 어느 술집으로 나를 데리고 가서 술을 사주었다. 그래도 나는 그 책을 읽고 울었다는 말을 할 수가 없었다. 그런 일이 계기가 되어 '니농'의 마담과 나는 퍽 친숙하게 지냈다. 그러나 그건 또 다른 이야기가 된다.

1864년 《에보하=시대》 잡지의 편집부에 두 편의 중편 소설이 보내져 왔다. '유리야 오르베로바'란 여자 이름의 서명이 있었다. 비테프스크의 시골에서 온 것이었다.

소설의 하나는 가난한 학생에게 마음이 끌린 상류 사회의 숙녀가 자기의 감정대로 행동하지 못하고 있다가 주인공이 죽은 뒤에야 자기의 행복을 놓쳤다는 사실을 깨닫는 줄거리였다.

그리고 또 하나의 소설의 테마는 보다 복잡한 것이어서 도스토옙스키의 관심을 끌 만한 것이었다. 진심을 찾아 수도원으로 들어간 어느 귀족 청년의 영혼의 위기를 그린 것이다.

예술적 표현이란 점에서 아직 미숙했지만 이 작자의 심상 풍경 묘사엔 비범한 데가 있었다. 도스토옙스키는 두 편이 모두 주목할 만한 것으로 인정하고 친절한 편지를 보냈다. 이 다음 호의 잡지에 발표하겠다는 약속이 곁들여 있는 편지였다.

이렇게 해서 유리아 오르베로바란 필명을 가진 젊은 여성과 도스토옙스키와의 교우 관계가 시작되었던 것이다. 이때 문호(文豪)의 나이는 44세였다.

그 여인의 본명은 안나 바시레에브나 콜빈=쿨코프스카야, 도스토옙스키의 마음을 사로잡은 여성 가운데선 가장 우수하고 천분이 있고 아름다웠다고 할 만하다.

유명한 수학자가 된 소피아는 그 언니를 "키가 크고 몸매는 균형이 잡혔으며 머리칼은 블론드, 눈은 절색(絶色)으로 빛나고 일곱 살 때부터 어린이의 세계에서 여왕적인 존재였다"고 회상하고 있다.

포병 중장이며 부유한 지주의 딸인 안나 쿨코프스카야는 소녀 시절을 아버지의 영지(領地)인 비데프스크의 바리비노에서 지냈다. 15세 때부터 장서가 풍부한 도서실을 이용하는 동안 중세의 기사(騎士) 소설에 매혹되기도 했었다.

장성해선 페테르부르크에서 발행되는 잡지를 읽게 되어 의학 공부를 하고 싶으니 상경시켜 달라고 아버지에게 졸랐으나 허락을 받지 못했다.

전기(前記)의 소설은 이러한 시기에 쓰인 것이다.

도스토옙스키는 소설이 실린 잡지와 함께 원고료를 보냈다. 이로써 쿨코프스키 가(家)에선 소동이 일어났다. 아버지는 여류 작가가 된 딸을 보고 "양친 모르게 남자와 편지질을 하고 돈까지 받는 그런 따위의 짓을 하다니……" 하고 노여워했으나 드디어 딸의 문학적 재능을 자랑으로 알게 되었다. 그리고 페테르부르크에 갈 땐 도스도옙스끼와 교제해도 좋다고 했으나 자기 부인에게 다음과 같은 단서를 붙이길 잊지 않았다.

"잘 명심해 둬라. 모든 책임은 임자가 져야 해. 도스토옙스키는 우리들 사회의 인간이 아니다. 그가 어떤 사람인지 우리는 모른다. 저널리스트이며 전(前) 유형수(流刑囚)였다는 것밖엔. 그만하면 알 수 있지 않소."

1865년 3월 초경 도스토옙스키와 쿨코프스키 가(家)의 딸들과의 첫 대면이 있었다. 그러나 이 첫 대면은 그다지 탐탁한 것이 아니었다. 소피아의 회상록엔 다음과 같은 구절이 있다.

"그는 줄곧 신경질적인 얼굴을 하고 앙상한 구레나룻을 집어뜯다가 입 수염을 씹다가 하고 있었다……."

그러나 그 다음번의 대면은 성공적이었다. 그땐 쿨코프스키 가(家)의 자매만 집에 있었기 때문이다. 도스토옙스키는 안나 쿨코프스카야에 송두리째 반해 버렸다. 그리고 그는 아직 성년에도 차지 못한 소피아의 첫사랑이 되어 버렸다. 소피아는 이때를 계기로 '생애에서 처음으로 만난 천재적 인간'으로서 도스토옙스키에게 평생 동안 변함없는 우정을 간직하게 되는 것이다. 후일 스톡홀름 대학의 교수가 되고 세계의 많은 학계로부터 표창을 받은 학자가 된 소피아는 깊은 감동으로 그의 청춘 시절을 그렇게 회상하고 있다.

어느 날 도스토옙스키는 쿨코프스키 가(家)의 야회에 참석하여 안나 쿨코프스카야를 독점하려고 하자 그 어머니가 제동을 걸었을 뿐 아니라 미남자인 코시치 대령에게 그 딸을 가깝게 하려고 했다. 격분한 것이 원인이 되어 그날 밤 도스토옙스키는 대중이 모인 가운데서 간질병의 발작을 일으키고 말았다.

도스토옙스키가 사랑하고 있는 상대는 언니였지만 그를 진정으로 사랑하고 있었던 것은 동생인 소피아였다. 소피아는 그를 위해 베토벤의 피아노 소나타 〈비창(悲愴)〉을 연습해 두었다가 어느 날 그를 위해 그 곡을 연주했다. 연주하다가 보니 방엔 소피아 혼자만이 있었다. 당시의 광경을 소피아는 다음과 같이 회상하고 있다.

"옆방으로 통하는 커튼을 조금 들어 보았더니 도스토옙스키는 언니의 손을 잡고 속삭이고 있었다. '나는 전심전력을 다해 당신을 사랑합니다.' 나는 눈앞이 캄캄해지는 것을 느꼈다. 고독감과 굴욕감이 나를 엄습했다. 나는 방에서 뛰쳐나오고 말았다. 나는 내 혼자 생각에 잠기고 있었을 때도 그에게 대한 나의 감정을 확인해 보려고 하지 않았고 그를 사랑한다고 스스로 다짐해 본 일도 없었는데 말이다."

소피아의 감정과는 딴판으로 안나 바실리에브나 쿨코프스카야의 도스토옙스키에게 대한 생각은 사랑과는 먼 것이었다. 존경은 하되 결혼할 순 없다는 마음이었던 것이다. 도스토옙스키의 구혼은 실패하고 말았다.

겨울이 지나자 쿨코프스키 일가는 페테르부르크를 떠나 그들의 영지(領地)로 돌아갔다. 그리고 그 이듬해의 가을 안나 쿨코프스카야는 도스토옙스키로부터 그가 '어느 기막힌 여성과 약혼했다'는 소식을 받았다. 그러나 약간 허무적인 데가 있는 그 귀족 숙녀에게 대한 사랑은 뒤에까지 흔적을 남겼다.

"안나 바실리에브나 쿨코프스카야는 내가 만난 여자 가운데 가장 훌륭한 여자 중의 하나였다"고 도스토옙스키는 그의 두 번째의 부인이 된 안나 그리고리에브나에게 말한 적이 있다.

"그 여인은 현명하고 두뇌의 발달도 대단했다. 게다가 문학적 소양이 훌륭했고 선량한 마음의 소유자였다. 이를테면 숭고한 윤리적 특질을 가지고 있었다. 그러나 그의 신념과 나의 신념은 정반대였다. 양보할 줄을 몰랐다. 너무나 직정적(直情的)이었던 것이다. 그러니 가령 두 사람이 결혼했다고 해도 행복하진 못했을 것이다."

1869년 안나 쿨코프스카야는 외국 유학을 가서 프랑스의 혁명가 자크라르와 결혼했다. 드디어 자기의 사명을 발견한 셈이다. 파리 코뮌 시절에 그 여인은 부인 동맹(婦人同盟)의 멤버로서 연단에 서기도 하고 문필 활동을 하기도 하고 병원에서 독지(篤志) 간호부의 일을 하기도 했다.

코뮌이 괴멸되었을 땐 다행하게도 소피아와 그 남편 코바레프스키 티에르와 관계가 있던 쿨코프스키 장군이 때마침 파리에 와 있었기 때문에 자크라르 부부는 국외로 탈출할 수가 있었다. 그 뒤 수년간 스위스에서 살다가 러시아로 돌아갔다.

안나 바실리에브나와 도스토옙스키의 우정은 1870년대에 부활되어 두 가족이 스타라야 룻사에 살고 있을 무렵인 1879년엔 그 사이가 더욱 친밀해져 있었다.

1864년《에보하(時代)》지에 데뷔한 이 여성 작가는 1887년《북방통보(北方通報)》에 최후의 단편을 발표함으로써 그 문학 활동에 종지부를 찍었다. 그 무렵 파리 포위전과 코뮌에 관한 회상기를 집필하고 있었다는데 지금 찾을 길이 없다는 것이다. 안나 바실리에브나 자크라르는 1887년 파리에서 죽었다.

유형(流刑)의 경력이 있는 작가 도스토옙스키에게 14세 때 첫 사랑을 느낀 세계 최초의 여교수이며 과학 아카데미의 회원이었던 탁월한 수학자 소피아 코바레프스카야는 1891년 스톡홀름에서 사망했다. 그 언니가 죽은 4년 후의 일이다.

도스토옙스키의 여성 편력이 종장(終章)을 장식하기 위해선 또 하나의 여성이 등장해야만 한다. 그 이름은 안나 그리고리에브나. 이 여자야말로 하늘이 도스토옙스키를 위해서 보낸 섭리의 선물이며 은택(恩澤)이었다.

최후의 연애

전화위복(轉禍爲福)이란 말이 있다. 도스토옙스키가 안나 그리고 리에브나를 만난 사정이야말로 전화위복의 대표적인 사례가 아닌가 한다. 그 사정을 설명하기 위해서 미류코프의 회상기(回想記)에서 인용한다.

1866년 10월 1일, 도스토옙스키를 방문했다. 그는 담배를 입에 문 채 방안을 이곳저곳 돌아다니고 있었다. 대단히 흥분한 모양이었다.

"왜 그렇게 우울하시죠?" 하고 내가 물었다.

"우울할 밖엔. 파멸이야 파멸."

"무슨 일이 있었습니까?"

"스테로프스키와의 계약건 알죠?"

"듣고 있었습니다만 상세한 것은 모르는데요."

"그럼 이걸 봐요." 하고 그는 책상 서랍에서 한 장의 종이를 꺼내 내게 건네주곤 다시 방안을 걷기 시작했다.

나는 그 계약서를 보고 깜짝 놀랐다. 출판권(出版權)을 판 계약금이 사소한 것은 말할 것도 없고, 그 조건 가운데는 그 해 즉, 1866년의 11월 1일까지 대형인쇄대지(大型印刷臺紙) 10대분의 미발표 장편소설을 제공해야 하고, 만일 위약(違約)하면 스테로프스키가 거액의 위약금을 받을 권리가 있다는 조문(條文)이 있었다. 뿐만 아니라 12월 1일까지 소설을 넘겨주지 않을 경우엔 도스토옙스키의 향후(向後) 9년간 쓴 모든 작품 전부를 스테로프스키가 무상으로 출판할 수 있도록 되어 있었다. 이 마지막 조건은 전대미문(前代未聞)의 위법 행위이지만 그가 서명한 이상 계약은 법적으로 성립되어 있는 것이다.

나는 사태가 시급하다는 것을 알았다. 그래서 물었다.

"새 장편은 어느 정도 진행되어 있습니까?"

도스토옙스키는 내 앞에 서자 팔을 활짝 펴 보이면서 신음하듯 말했다.

"한 줄도 못 쓰고 있소."

나는 놀랐다.

"이만하면 내가 파멸 직전에 있다는 것을 알겠죠?"

그는 흥분한 투로 말했다.

"그러나 어떻게 해야지 않습니까?"

"도리가 없어. 기한은 한 달밖에 남지 않았어. 그동안에 어떻게 대형 10대분을 쓸 수 있겠소."

두 사람은 잠시 얘기를 끊었다. 나는 타개책으로 다음과 같은 방법을 제의했다.

"친구들을 전부 불러 모아 당신이 줄거리를 얘기하세요. 그걸 장별마다 나눠 여럿이 쓰는 겁니다. 그리고 마지막 당신이 정리를 하면 그 기간 동안엔 완성할 수 있지 않겠소. 그렇게라도 해서 놈의 노예 상태에서 벗어나야죠."

그러나 그는 딱히 거절했다.

"남이 쓴 것에 내 이름을 서명할 순 없어."

"그럼 속기사를 채용하면 어떨까요."

도스토옙스키는 한동안 생각에 잠기더니,

"그건 생각해 볼 만해. 난 아직 구술(口述)을 해본 적은 없지만. 한데 어디서 속기사를 구하지? 아는 데라도 있소?"

"없습니다만, 찾을 수 있겠죠."

이렇게 해서 미류코프는 유력한 속기 교사 오리힌에게로 갔다. 수일 후 오리힌은 제자 가운데서 가장 뛰어난 기술을 가진 안나 그리고리에브나 스니토키나를 도스토옙스키에게 파견했다. 이때 안나의 나이는 20세였다.

1866년 10월 4일 12시 안나 그리고리에브나는 마라야 메시찬스카야 가(街)의 스트라누이 소로(小路)에 있는 아파트로 도스토옙스키를 찾아갔다.

안나가 그로부터 받은 첫인상은 비참하다는 느낌이었다. 50년 후 안나는 도스토옙스키와의 처음 대면을 다음과 같이 회상하고 있다.

　　그를 처음 만났을 때의 그 비참한 인상을 나는 적절한 말로써 표현할 수가 없다. 그는 고립무원(孤立無援)하다는 몰골로 거의 병자와 같아 보였다. 엄청난 불행에 짓눌린 모양으로 그는 상대방의 얼굴을 보려고도 안 했고 주고받는 말에 두서도 없었다.

　　구술필기(口述筆記)는 긴장된 분위기 속에서 진행되었다. 도스토옙스키는 처음 그런 방법이 성공할 까닭이 없다고 생각한 모양이다. 그런데 안나의 속기는 정확했다. 도스토옙스키는 비로소 안심을 얻어 창작(創作)의 템포는 빨라졌다. 일이 순조롭게 진척됨에 따라 그의 속기사에게 대한 태도도 달라졌다. 안나의 사랑스러운 점, 그 젊음과 독특한 매력 같은 것에 주목하게 되었다. 작가는 그 사랑스런 여성을 상대로 잡담 같은 것을 하게 되고 안나는 작가의 친절을 느끼기조차 했다.

　　10월 29일 최후의 구술을 하고 30일엔 안나가 최후의 속기분(速記分)을 정서(精書)해 갖고 왔다. 10월 31일 도스토옙스키는 『도박자·어느 청년의 수기(手記)』란 표제를 단 그 원고뭉치를 들고 스테로프스키의 집을 방문했다. 스테로프스키는 부재(不在)였다. 사무실로 갔으나 거기도 없었고, 지배인은 자기는 그 계약 사정을 모른다면서 원고의 수령(受領)을 거절했다. 하는 수 없이 도스토옙스키는 스테로프스키가 살고 있는 지구(地區)의 경찰서를 찾아가 서장에게 사정 설명을 한 뒤 원고를 넘겨주고 영수증을 받았다.

이렇게 해서 위약에 따른 공포와 위험을 완전히 면할 수가 있었고, 동시에 고독이란 절망감에서 벗어날 수도 있었다. 안나에 대한 사랑을 가꾸게 된 것이다.

그런데 도스토옙스키의 구혼은 약간 독특했다. 안나는 다음과 같이 회상한다.

11월 8일 나는 새로운 일이 시작되었다고 듣고 그를 찾아갔다. 도스토옙스키는 약간 흥분 상태에 있었다.

"무슨 일을 하시려는 겁니까?" 하고 내가 물었다.

"새로운 소설을 구상 중입니다."

"……소설의 주인공은 어떤 사람예요?"

"화가입니다. 젊지는 않구요. 내 나이 또래의 사냅니다."

"얘기해 주세요, 그 얘기."

그러자 그의 입에서 기막힌 얘기가 즉흥적으로 쏟아져 나왔다.

"……이렇게 하는 과정에 그는, 즉 인생의 결정적 시기에 화가는 당신 또래, 혹은 당신보다 두세 살 위인 젊은 여자를 만나게 되는 겁니다. 성격도 다르고 연령도 그처럼 다른데 그 젊은 여성이 내가 말한 그 화가를 사랑할 수 있게 될까요? 심리적으로 불가능한 일이 아닐까요? 이 점을 당신에게 물어 보고 싶은 겁니다. 안나 그리고리에브나."

"왜 불가능하다는 겁니까. 그 젊은 여자가 당신이 말씀하신 대로 경박한 코케트(coquette)가 아니고 훌륭하고 따뜻한 마음의 소유자라면 당신의 화가를 사랑하지 않을 까닭이 없지 않습니까. 그 남자가 가난하고 병들어 있다고 해도 구애될 게 없죠. 외양이나 돈만으로 사람을 사랑할 순 없는 거예요."

내가 열을 띠고 이렇게 말하자 그는 흥분을 가누지 못하는 눈빛으로 나를 응시했다.

"그럼 당신은 그 여자가 그 남자를 마음으로부터 평생 동안 사랑할 수 있을 것이라고 믿습니까?" 하더니 조금 망설이곤 말을 이었다.

"당신이 그 여주인공의 입장이 되었다고 생각해 보세요. 그 화가가 나고 내가 당신에게 사랑의 고백을 하곤 내 아내가 되어 달라고 원하고 있다. 이렇게 상상을 한 위에, 이에 대해 당신이 어떤 답을 할 것인지 그 답을 들려 주시오."

그의 얼굴엔 불안한 감정, 마음속의 고민이 너무나 뚜렷하게 나타나 있는 것을 보고 나는, 이건 문학(文學)의 얘기가 아니란 것을 깨달았다. 그리고 만일 내가 애매한 답을 했다간 이 사람의 자존심을 상하게 할 것이라고 판단했다. 그래 나는 그의 눈을 정시(正視)하며 말했다.

"나 같으면 당신에게 당신을 사랑합니다. 평생을 두고 사랑할 것입니다 하고 대답하겠어요."

이것이 결정적인 순간이었다.

당시 도스토옙스키는 산더미 같은 부채를 지고 많은 부양가족을 거느리고 있었다. 거의 거지꼴이 된 형의 유족 전원, 전처가 데리고 온 아들 파벨 이사에프, 형 미하일의 서자(庶子)인 바냐, 그리고 바냐의 모친인 프라스코비야까지를 도스토옙스키가 먹여 살려야 했던 것이다. 안나 그리고리에브나는 이런 상태로선 도스토옙스키는 불원간 파멸해 버릴 것이며, 작품 활동을 위한 정력을 남기지 못할 것을 깨닫고, 자기의 전 재산을 내던지고라도 이 사람을 구해야겠다는 각오로써 그의 구혼을 받아들였던 것이다.

안나 그리고리에브나는 전에 궁내청(宮內廳) 관리로 있던 사람의 딸로서 아버지가 죽자 유산으로 집 한 채를 물려받고 있어 그것을 임대하는 등 해서 얼마의 재산을 소유하고 있었다. 그들의 결혼식은 1867년 2월 13일에 있었다. 그랬는데 바로 그날 밤 안나는 이제 막 결혼한 남편이 간질이라고 하는 불치의 병을 앓고 있다는 사실을 처음으로 알았다. 피로연 도중에 도스토옙스키는 간질의 발작을 일으켰던 것이다.

안나는 결혼하자마자 남편을 조금이라도 평온하게 하기 위해선 채권자들의 위협과 부양가족들의 압력이 미치지 못하는 곳으로 데리고 가야 한다고 마음을 작정하고, 지참금 전부를 희생할 요량으로 가구·피아노·모피류·금은보석·증권 등을 저당잡혀 여비를 마련해선 외국 여행을 떠났다.

"우리들은 3개월 예정으로 떠났는데 러시아에 돌아온 것은 5년 뒤의 일이었다"고 안나는 회상하고 있다.

"그동안 내 재산은 거의 없어졌지만 그가 죽을 때까지 계속된 행복한 우리들의 새로운 생활은 이렇게 시작된 것이다."

외국 생활 4년 동안 안나는 결코 평온하게 지낸 것은 아니다. 남편의 도박벽이 저지른 일을 뒤치다꺼리해야 했고 아폴리나리아 스슬로바와의 사이에 재연된 일로 질투의 고통도 맛보아야 했다. 이러한 사실은 그에 관한 어떠한 전기에도 나타나 있는 일이니 새삼스럽게 재록(再錄)할 필요가 없다.

하여간 파란만장, 갈피를 잡을 수 없었던 도스토옙스키의 생활은 안나 그리고리에브나의 헌신적인 사랑으로 인해 안정을 되찾게 되어 그 천재가 거장으로서의 수확을 거두게 되었다. 안나 그리고리에브나는 섭리(攝理)가 이 불우한 천재에게 베푼 유일한 은총이라고 말할 수 있는 까닭이 여기에 있다.

《작가의 일기》에 대한
감상 및 기타

그의 소설을 읽고 감동한 마음으로《작가의 일기》를 읽으면 간혹 당황하는 경우가 있다.

우리는 『카라마조프가의 형제들』에서 이반이 '전 세계의 사람을 행복하게 하기 위해 바벨탑을 건설한다고 치고 그러기 위해선 죄 없는 소녀의 생명을 희생의 제단에 올려야 하는데 너는 그런 조건으로 그 바벨탑의 건축 교사가 되길 승낙할 수 있겠느냐'고 알료사를 추궁하는 장면 같은 것을 읽고 충격을 받는다. 휴머니즘의 극치를 그런 대목에서 느끼기 때문이다. 그런데《작가의 일기》엔 예사로 다음과 같은 문장이 나타난다.

"우리들은 우리들 자신을 위해 전쟁을 필요로 한다. 터키에 의해 학대받고 있는 슬라브 민족을 위해서 뿐만이 아니라 우리들 자신의 구제를 위해서도 필요하다. 전쟁은 우리들이 호흡하고 있는 이 공기를 어떻게 할 도리가 없는 부패와 정신적 질식 속에 앉아 숨이 막힐 것 같은 이 공기를 기필코 정화시켜 줄 것이다."

"사회가 불건강한 병에 걸려 있을 때 장기적인 평화도 사회에 있어서 유익한 것이 되지 못하고 되레 유해한 것으로 된다. 유럽의 역사에 있어서 우리들이 기억할 수 있는 한 전쟁 없이 지내 본 시대란 거의 없었다. 그리고 그럴 만한 이유가 있기도 했다. 분명히 전쟁은 어떤 목적을 위해선 필요한 것이고 건강을 되찾게도 하는 것이며 사람의 마음을 상쾌하게도 하는 것이다."

사람을 그처럼 소중하게 다룬 작가의 펜 끝에서 무책임하고 경박한 국회의원의 입에서 뱉어진 것 같은 이런 문장을 읽는다는 것은 정말 어처구니없는 이야기가 아닌가. E. H. 카는 "그처럼 위대한 예술가가 주전론적(主戰論的) 저널리즘에 그 펜을 봉사했다는 것은 후세의 사람들이 보면 너무나 안타까워 믿어지지 않는 사실"이라고 했다.

그러나 그러한 문장이 씌어진 당시의 러시아의 사정을 감안할 필요는 있다. 1877년 8월 알렉산더 황제는 터키에 있어서의 슬라브인을 구원해야 한다는 세론(世論)의 압력에 못 이겨 선전포고를 하지 않을 수 없었다.

그리고 당초엔 전과(戰果)가 좋아, 콘스탄티노플을 점령할 단계에까지 갔는데 영국을 비롯한 열강의 간섭으로 드디어 좌절하고 말았다. 말하자면 도스토옙스키는 범(凡)슬라브적인 흥분과 호전적(好戰的) 감정의 영향 속에서 그와 같은 문장을 쓴 것이다. 그렇다고 치더라도 그것을 읽은 뒷맛은 쓰다. 물론《작가의 일기》가 이러한 어처구니없는 문장으로써만 메워져 있는 것은 아니다. 소설 작품에서 볼 수 없었던 희귀한 자질(資質)과 언설(言說)을 그 속에서 읽을 수도 있다.

하여간《작가의 일기》는 도스토옙스키를 소설가란 위치 이외에 국가적인 명사를 만들었다. 또한 그 덕택으로 그는 많은 추종자를 갖게 되었으며 문학 부면(部面) 이외의 영역에서 인기를 얻게도 되었다. 황실을 비롯한 상류 사회와 교의(交誼)를 갖게 된 계기도 여기에 연유한다. 전(前) 유형수 도스토옙스키의 장례식에 황제가 특사를 보내기까지 해서 애도의 뜻을 표한 것은 문호 도스토옙스키에게 대한 예의라고 하기보다《작가의 일기》의 저자에게 대한 경의 때문이었을지도 모른다.

그러나 오늘날 우리의 입장에서 볼 때《작가의 일기》는 그를 보다 더 잘 이해하기 위한 자료는 될망정 작가로서의 명성을 높이는 것이라고 할 수는 없다. 그런 때문도 있어 D. S. 밀스키의 "오늘날 우리는 도스토옙스키를 소설가 이상으로 보지 않는 것으로 만족할 수밖에 없다"는 약간 빈정댐이 없지 않은 말을 유감스럽게도 수긍하지 않을 수 없는 처지에 놓여 버린 것이다.

그렇다. 그는 소설가 이상의 아무것도 아닐는지 모른다. 그는 예언자로서는 완전히 실격했다. 러시아 정교(正敎)가 세계정신의 중핵(中核)이 되어야 한다는 그의 열렬한 동경은 잠꼬대 같은 말이 되어 버렸고, 유럽이 공산화할 때 러시아가 십자군을 내어 그들을 구제해야 한다는 예언은 완전히 역전(逆轉) 현상을 이루고 말았다. 사회 개혁자로서도 실패했다는 것은 다음에 인용한 E. H. 카의 말 그대로다.

"그의 인간관을 신에 대한 사고에서 떼어 버린 오늘의 인간이 빠져 있는 것 같은 도덕적 무정부 상태, 황폐, 절망의 심연으로 인류를 함몰한 것은 누구보다도 그 자신이 인정할 것이다. 그러나 어느 정도의 역사적 책임을 벗어날 순 없다. 도스토옙스키는 많은 사람들을 단애(斷崖)의 언저리에까지 끌고 가서 그들이 거기서 전락해서 멸망하는 것을 구하기 위해 썩은 나무토막을 갖다 대는 사람과 다를 바가 없다."

이처럼 도스토옙스키는 역사의 예언에도, 인류의 구원에도 실패한 사람이다. 즉 소설가가 소설을 꾸몄을 뿐이다.

그러나 기왕의 역사에 예언자가 언제 가능했던 것인가. 인류의 구원자로서 언제 누가 가능했단 말인가. 예언할 수 없는 것이 역사의 진행이며 구원할 수 없는 것이 인류라는 것을 누구보다도 잘 알고 있었던 사람이 도스토옙스키였다. 그는 예언의 형식을 빌어 동경을 표명했고 인간의 심연을 탐구하는 방편으로 구원에의 기도를 되풀이했을 뿐이다.

어떤 혁명이 없고서는 인류가 스스로를 지탱할 수 없다는 예감

적 행동이 그로 하여금 페트라셰프스키 사건의 연루자(連累者)로 만들었고, 혁명에 있어서의 인간의 행복은 무엇이냐, 인간에 있어서의 혁명이란 무엇이냐를 집요하게 설문하는 과정이 그의 문학 작품으로 되었고 드디어 혁명은 불가능하다는 증거로서《작가의 일기》를 제시했다. 감히 나의 독단을 말해 보면 도스토옙스키 문학의 주제는 '혁명(革命)'이었다고 결론지을 수밖에 없다. 나는 도스토옙스키를 생각하면 곧잘 마르크스를 연상하게 된다. 원래 도스토옙스키와 마르크스와는 대칭적인 인물들이 아니다. 그럼에도 불구하고 연관적으로 두 이름이 병기(倂記)되는 것은 마르크스 일생의 노작(勞作)도 결국 '혁명'을 그 주제로 하고 있었기 때문이 아닌가 한다.

도스토옙스키와 마르크스는 '혁명'에의 어프로치가 물론 다르다. 도스토옙스키는 사람을 신과 악마가 격투하고 있는 수라장이며 동시에 탐색할 수 없는 심연적인 세계로 보았고, 마르크스는 인간에 있어서 합리적으로 이해되지 않는 부면(部面)은 가차없이 추상해 버려도 그 본질엔 무관한 존재로 인간을 보았다.

그러니 도스토옙스키는 도저히 답안이 나올 수 없는 아포리아(aporia)적인 설문만을 거듭하게 되어 그 질문 자체가 회삽(晦澁)하게 될 수밖에 없었고, 마르크스는 일견 명증(明證)을 거듭해서 일종의 공식을 안출하기에 이른다. 그런데 그 공식이 인간의 자유와 행복이라는 관점에서의 검산에 합격될 수 있는 것인지 없는 것인지 하는 것은 별도의 문제이다.

도스토옙스키와 마르크스의 혁명을 주제로 한 대비는 앞으로의 나의 숙제다. 다만 여기서 말하고 싶은 것은 예언자로서 어느 정도 성공했다고 믿어지고 있는 마르크스도 본질에 있어선 도스토옙스키와 마찬가지로 예언자로선 실격자였다는 사실이다.

이 글을 끝내는 데 있어서 간단하게 나의 도스토옙스키적인 체험을 간추려 놓는다.

일제 말기, 이른바 일본의 학도병으로 중국 대륙의 한구석에서 나는 일본 용병으로서의 고통을 그의 『죽음의 집의 기록』을 읽은 기억으로써 견디어 냈다.

공자도, 소크라테스도, 칸트도, 톨스토이도, 어떤 명현(名賢)과 선철(先哲)도 그때 나에겐 아무런 힘이 되지 않았다. 다만 도스토옙스키가 그려 낸 그 시베리아의 유형지 현장의 기록만이 내게 용기를 주고 인내심을 가꾸어 주었다.

도스토옙스키는 무거운 수가(手枷)와 족가(足枷)를 하고 감시인의 잔인한 학대를 받으며 4년이란 세월을 지냈다. 그곳은 바로 지옥일 것이었다. 그런데도 그는 그 고통에서 살아남아 "이 감옥의 벽 속에서 얼마나 많은 청춘이 무위(無爲) 속에 망했을까. 얼마나 위대한 힘이 터무니없이 망했을까. 솔직하게 말해 그들은 모두 주목할 만한 사람들이었다. 가장 재능이 있고 용기가 있는 사람들일지도 몰랐다. 그런데 그 위대한 능력들이 망쳐지고 있다. 부자연하게 불법(不法)하게 돌이킬 방도도 없이 망쳐져 가고 있다. 누가 나쁜가. 그렇다. 누가 나쁜가 말이다" 하고 외친 것이다. 『죽음의 집의 기록』의 이 마지막 부분을 나는 염불 외우듯하며 지냈다.

그런데 나의 기구한 운명은 그로부터 20년가량 뒤에 또다시 그 『죽음의 집의 기록』을 상기하게 했다.

해방 후 한때 정치의 혼란 속에 나는 몰려들었다. 그러나 나는 그 혼란을 몸소 겪는 와중에 있었으면서도 내 성격엔 어울리지 않게 신중할 수가 있었다. 그것은 그의 『악령』을 숙독했기 때문이다.

이 작품을 나는 내 나름대로 이해하고 있었다. 내세워 놓은 주의와 주장이 핵심적인 문제가 아니라는 것. 어느 때에 정당한 것이 다른 때는 정당하지 않게 되는 경우가 있다는 것. 갑이 하는 말을 을이 할 땐 선이 악으로 변하는 것처럼 변용할 수가 있다는 것. 어떤 조직이 조직으로서 커나가기 위해선 그 조직이 내세운 명분을 배신할 뿐 아니라 비인간적인 처사를 예사로 한다는 것. 마지막 위급한 단계에 이르면 예외 없이 이기본능(利己本能)에 사로잡혀 못할 짓이 없게 된다는 것. 지하 단체는 지하 단체란 그 조건 때문에 인간성을 말살한 행위가 자행될 수 있다는 것. 현실과의 괴리가 심한 이상이 그 주장을 고집하는 건 그 자체 엄청난 과오가 된다는 것. 직업 혁명가는 자기의 체면과 생명을 유지하기 위해 못할 짓이 없다는 것.

이러한 교훈을 『악령』을 통해서 파악하고 있는 나에겐 이른바 정치 활동자들의 광분이, 그 술책이 너무나 명명백백하게 보였던 것이다. 나는 소련의 볼셰비키가 무슨 까닭으로 도스토옙스키를 적시하는가를 내 체험을 통해서 너무나 잘 알 수가 있었다. 도스토옙스키의 작품으로써 단련된 마음과 눈앞에 그들의 수작이 설득력을 가질 까닭이 없는 것이다. 합리적인 사고를 최고로 알고 그렇게 익숙된 사람들이 도스토옙스키를 싫어하는 까닭도 나는 잘 알고 있다.

그러나 나는 도스토옙스키의 신봉자는 아니다. 인간 인식의 지평을 연 사람으로서 존경할 뿐이고, 내 마음이 괴로울 때 간혹 돌아가 보는 안식처이며 어려운 문제에 부딪쳤을 때 찾아가 보는 의논 상대로서 소중한 것이다.

도스토옙스키라는 교사 겸 우인(友人)을 가졌다는 것을 나는 다시없는 다행으로 안다.

애도와 위안의 변증법

김용희 소설가, 평택대 교수

진실은 왜 허망한 것인가

문학이 인간을 구원할 수 있을까. 해묵은 이런 따위의 질문은 더 이상 유효하지 않다. 근대초엽을 주름잡던 천재들의 전언들은 청사의 기록으로 남겨져 있을 뿐, 지금, 여기, 우리에게 문학이 밤하늘의 별이 되진 않을 것이다. 칠흑 같은 어둠 속에서 오직 밤하늘의 별만을 이정표 삼아 삶의 좌표를 정하던 근대인의 삶을 생각할 때, 21세기 우리가 가고 있는 길의 경계들은 흐릿하기만 하다. 우리에게 남아 있는 별은 이제 더 이상 윤동주의 별도, 안중근이 사형을 기다리며 바라보던 감옥 창틀 너머의 별도 아니다. 어두운 방 안 컴퓨터 스크린 위 깜빡거리는 커스만이 밤하늘 별처럼 깜빡거리고 있다.

생각해보면 19세기 중엽과 20세기는 문학의 시절이었다. 가슴 뜨겁게 사무치던 삶의 푯대들. 그중에 작가 이병주가 있다. 고등학교

때 세로줄로 된 이병주의 산문집을 읽은 적이 있다. 산문집이라고 하지만 유수한 세계 문학가나 사상가의 평전에 가까운 글이었다. 제목이 진실과 허망의 프리즘이었나. 분명치 않다. 당시 나는 과잉된 문학적 자의식에 사로잡혀 있었고 닥치는 대로 책을 읽었다. 이병주의 책만은 매우 인상깊게 각인된 구석이 있었다. 세 가지에 놀랐다. 첫째는 이병주란 사람은 어떻게 이렇게 방대한 독서량과 지식의 범주를 가질 수 있을까, 하는 것이고 둘째는 그 문장의 유려함과 사고의 깊음이었고 셋째는 그럼에도 진실과 허망이 어떻게 하나의 스펙트럼 속에 함께 공존할 수 있는가 하는 의문이었다. 그런 의문이 수십 년이 지난 지금, 다시 돌아온 볼링의 공처럼 내게 당도해 있는 느낌이 든다. 이 책의 서문 〈작가의 말〉에서 이병주는 말한다. "도스토옙스키 대문학(大文學)이 우리에게 가르쳐준 그 무엇인가가 있다면 인생이란 결국 허망한 것이란 교훈"이다라고. 그렇다면 그런 허망에 가 닿기 위해 그렇게도 일평생을 문학적 진실에 매달리려 했단 말인가, 하는 조그마한 탄식에 이르려는 순간, 작가는 또 말한다. "허망의 프리즘을 통하지 않곤 어떤 진실도 붙잡을 수가 없다는 것, 허망하기에 진실이 아름답다는 것은 결코 역설이 아니다"라고 역설한다. 고등학교 때 품었던 의문이 십수 년이 지나고 문득 혜안의 답변처럼 내게 되돌아오고 있는 느낌이랄까.

그러니까 이 책은 이병주의 산문집이란 라벨을 붙이기에 그 범주를 벗어나는 부분이 있다. 이 책은 루쉰이나 도스토옙스키와 같은 위대한 정신에 조명을 들이대면서 정작 이병주 본인의 문학관, 세계관, 사상계를 드러내고자 한 자기고백서이자 자기철학관이라 할 수 있다.

19세기에서 20세기는 마르크스 이념에 바탕한 사회주의 운동이 세계 전역 지식인들의 가슴에 '혁명'이라는 불꽃을 지피고 있던 시절이었다. 당대 세계의 천재들은 농노제와 전제주의를 끝낼 새로운 이상주의 사상에 가슴 떨며 새로운 사상과 지성과 격정에 몸부리치고 있었다. 그것은 중국의 루쉰과 러시아의 대문호 도스토옙스키도 예외는 아니었다. 사상가가 자신의 사상을 이론으로 전달하는 것에 그친다면 문학가는 감동을 통해 문학적 진실을 설파하여 민중의 사상적 문맹을 혁파할 수 있다 믿었다. 그렇게 해서 19세기 20세기는 세계 최고의 천재들이 근대소설이라는 '예술의 형식'에 온몸을 던지며 정치적 사상적 철학적 신념을 불태웠다. 러시아의 문호 톨스토이와 도스토옙스키, 프랑스 발자크와 모파상, 영국 작가 제인 오스틴과 찰스 디킨스 등. 19세기와 20세기는 그야말로 대소설의 시대였다. 그런데 흥미로운 것은 작가 이병주는 이 수많은 대문호들 중에서 특히 루쉰과 도스토옙스키에 왜 그의 애정을 집중적으로 드러낸 것일까?

언젠가 나는 어떤 평문에서 문학적 글쓰기는 결국 애도의 글쓰기라 칭한 적이 있다. 문학적 글쓰기는 자신의 깊은 무의식 상처의 결을 건드리는 글쓰기이기 때문이다. 시든 소설이든, 혹은 산문이라 평계삼은 평전이든 문학적 글쓰기는 곧 자신의 슬픔을 위무하고 보상

받지 못한 결핍에 대한 애도의 노래인 것이다. 이데올로기의 전장이 되었던 20세기의 혹독한 이념투쟁의 현장에서 그야말로 갓전등 아래서 이쪽이나 저쪽이냐라는 폭력적인 이분법의 선택만이 강요되었을 때 작가 이병주가 서 있어야 할 자리는 늘 '회색주의자'라는 비난의 표적이 되기십상이었다. 이데올로기보다 '인간'의 삶, 정치적 이념을 강요하기보다는 휴머니즘으로서의 인간과 역사에 몰두하고 그 안에서 진실을 찾고자 했던 이병주 입장에서 루쉰에 대해 깊은 공감을 갖게 되는 것은 당연한 일이다. 더불어 부산 국제신문 주필 시절 필화사건으로 억울한 옥살이를 해야했던 이병주 입장에서 페트라셰프스키 사건으로 사형 직전까지 가고 유형자로서 5년 동안 감옥에서 생활했던 도스토옙스키가 자신의 분신처럼 느껴지는 것은 너무나 당연한 일일 터이다. 이병주는 결국 이 평전 아닌 평전에서 자신의 거울을 보았다. 두 명의 위대한 사상가 혹은 두 명의 천재의 삶을 샅샅이 뒤지며 본인 자신의 운명을 들여다보고자 했다. 그것은 운명을 견뎌온 자로서의 자기위로 혹은 자기애도를 하고 싶었던 것인지 모른다. 그러니까 이 책은 이병주의 문학과 사상의 자양분이 되었던 19~20세기 위대한 문학가의 작품을 살피는 비평문이자 그들 삶에 대한 평전이자 이병주 본인의 운명에 대한 자기동일성을 찾아가는 탐색의 독서일기라 할만하다.

대혁명기 루쉰이라는 회색주의 혹은 이병주의 빛깔

해방 후 이병주는 좌우익계 문인들의 혼란 속에서 이념의 허무를 만끽한다. 그가 본 해방 후 우익계 문인은 인습과 사감에 사로잡힌 반동의 무리로 불순한 권모술수만 드러냈다(22쪽). 좌익계 문인은 인민의 이익을 빙자해서 인민을 노예화하려는 집단으로 권모술수는 우익을 훨씬 상회했다. 문학은 우익계든 좌익계든 모두 정치와 선전의 수단으로 변하고 말았다(23쪽). '순수'니 '동맹'이니 떠들고 다녔지만 양 쪽 다 정치에 오염된 미망에 불과했다. 이병주에게 이와같은 시대를 보는 통찰을 준 것은 루쉰이었다. 이병주는 루쉰이 있었기에 격동의 역사 속에서도 길을 잃지 않았다고 회고한다.

루쉰으로 말할 것 같으면 그는 1904년 24세 때부터 1906년 3월까지 일본 센다이의 의학 전문학교에 재학하고 있었다. 세균학 강의 시간에 중국인이 러시아군 스파이 노릇을 했다고 일본군에게 체포되어 총살당하는 광경을 환등(스크린)으로 보게 되면서 그는 큰 충격을 받게 된다. 루쉰은 〈눌함〉의 서문에서 "우리가 할 임무는 그들의 정신을 개조하는 일이다. 정신의 개조에 도움되는 일은 당시의 내 생각으로선 문예(文藝)가 제일이었다."(28쪽)고 적고 있다. 후진국 일본이 선진국의 대열에 끼일 수 있게 된 계기는 명치유신 때 서양 의학에 눈을 뜬 데서 비롯되었다는 것을 알고 있는 루쉰이, 1년만 참으면 의사로서의 자격증도 얻을 수 있었던 루쉰이 의학을 포기하고 문학에 전념할 뜻을 세운 것이다. 자기 소신이 이렇게 철저하고 자신의 삶에 이렇게도 충실하다니. 놀랍기만 하다. 그것은 이병주의 말대로 장인의 문학에 자족하지 않고, 직업으로서의 문학으로 타협하지 않고, 순교로서의 문학, 지사(志士)로서의 문학으로 일관한 까닭이라(29쪽) 할 수 있다.

이 대목에서 19, 20세기 근대계몽기 시절 '근대소설'이 범람하게 된 이유는 명백해진다. 그것은 예술로서의 즐거움이나 도취도 아니며 삶의 교훈을 전하는 윤리의 문제도 아니었다. 중국 루쉰이 그러하고 구한말 이광수가 그러하듯 제국주의의 침탈 속에서 '국학'으로서의 문학이 필요했고 위대한 혁명이 필요했던 것. 여기서 혁명적 문학이란 정치적, 시대적, 실존적 그 모든 것을 포함하는 것으로서의 의미리라. 그럼에도 이병주가 특히 루쉰에게 주목하는 것은 그가 위대한 혁명으로서의 문학이라기보다는 인간의 문학에 집중하기 때문이다. 사르트르의 말에 따르면 혁명에 이르기까진 당과 인민의 이해가 일치하고, 노동자와 농민의 이해가 일치하고, 정치가와 기술자 그리고 문화인의 이해가 일치하는데, 혁명이 성공하고 나면 그때부터 이러한 일치가 붕괴되고 각 방면에 분열과 대립 현상이 나타나 드디어는 인민을 위한 당이 인민을 억압하는 기능으로 전환한다고는 것이다. 1936년 루쉰이 죽은 것은 그의 명성을 위해 다행한 일이라고 이병주는 기술한다. 루쉰은 그러한 일치의 계절만을 살았기에 이상의 햇불을 켜고 있으면 되었기 때문이라는 것(36쪽).

일제강점기 메이지대학에서 유학하고 학도병으로 끌려갔다가 다시 해방 후 좌우익의 정치적 혼란을 경험하고 한국전쟁에서 극렬한 이념 충돌의 현장을 목격하고 서슬퍼른 군사정권을 경험해야했던 이병주다. 이데올로기가 인간을 구원하는 것이 아니라 오히려 억압하고 통제와 통치의 도구로 활용되는 것을 보아온 이병주다. 「아큐정전」, 「범애농」, 「주루에서」 등 몇몇 단편에서 보여준 루쉰 소설의 인물들은 시대의 파도 속에서 낙오되는 패배자들이다. 루쉰이 그들에게 진심 애정어린 연민을 느끼는 것을 이병주는 본다. 루쉰은 눈앞의 혁명 과업보다 한 시대를 산 인간의 본질에 중점을 둔 작가였다. 그것이 제도를 넘어서는 '휴머니즘'으로서의 문학, 인간의 문학이라고 이병주는 역설한다.

루쉰의 이름을 알린 「아큐정전」에서 일본의 압력과 과거 인습에 사로잡혀 사는 농촌에서 보잘 것 없고 자존심만 센 한 인물을 등장시킨다. 아큐는 자기객관화를 하기 전에 자기본위로 자신과 사람들을 판단하고 허위의식에 사로잡혀 낮술을 먹고 흥에 겨워 혁명당이고 뭐고 다 자신의 눈 아래로 보여 술주정을 하다 오히려 유력자와 결탁한 혁명당에 의해 도둑이란 누명을 쓰고 총살된다. 어이없는 죽음을 통해 이병주는 루쉰이 '혁명과 무력한 민중'에 대한 '증오의 서', '분노의 서'를 기록했다고 기술한다.

청조를 전복하는 신해혁명이 이루어졌을 때 루쉰은 지식인답게 혁명 후의 세상에 대한 기대를 가지고 있었다. 하지만 혁명이 이루어지고 보니 상황은 완전히 어긋났다. 민족이 지닌 병폐적 성격이 일시에 노출되고 사회는 지리멸렬한 수렁이 되어 있었다(51쪽). 이것이 곧 혁명에 대한 배신감이었던 것이다. 이병주의 말대로 루쉰의 「아큐정전」은 농촌의 착취 구조에 대한 것도 아니고 쇠잔한 백성의 갈 길이 어떻게 될 것인가에 대한 지사적 고민을 담은 소설도 아니다. 이것은 혁명에 대한 짙은 혐오와 함께 혁명을 횡령당하고도 무력하게 굴종할 수밖에 없는 민중에 대한 증오(51쪽)이며 시대와 국가에 대한 끓어오르는 공분의 결과물이다.

루쉰은 중국문학이론가(張定璜)에 의해 신문학 최초의 개척자이며 중국 문학사에 신시대의 획을 그은 작가로 평가된다(68쪽). 하지만 내가 이병주의 글에서 가장 흥미로웠던 지점은 루쉰의 유서였다.

나는 그저 유서를 한 장 써놓을까 했다. 내가 만인 궁보(宮保)쯤 되는 벼슬을 하고 천만의 재물을 가지고 있었더라면 자식들이나 그밖의 사람들이 억지로라도 내게 유서를 쓰도록 강요했을 것이지만, 내겐 그런 일이 없다. 그러나 나는 한 장의 유서는 써놓았다.

① 장례식을 위해 한 푼의 돈도 받아선 안 된다. 단 친구는 차한(此限)에 부재(不在).
② 빨리 납관하여 처리하라.
③ 기념 사업을 해선 안 된다.

④ 내 일은 빨리 잊고 자기들의 생활 걱정이나 해라.

⑤ 아이들이 성장하거든 조그마한 직업을 택해 생활을 시키되 절대로 허술한 문학자나 예술가가 되도록 해선 안 된다.

⑥ 타인의 약속을 믿어선 안 된다.

⑦ 남의 눈이나 이빨에 상처를 입혀 놓곤 보복을 반대하고 관용을 주장하는 그런 따위의 인간에겐 절대로 접근해선 안 된다. (중략) 유럽인들이 죽을 땐 언제나 남의 용서를 빌고 자기도 남을 용서한다는 의식을 행한다. 나의 적은 너무나 많다. 만일 신식 인간이 나타나서 그럴 경우 어떻게 할 것이냐고 물으면 나는 어떻게 대답해야 할까. 곰곰이 생각해 본 끝에 나는 이렇게 작정했다.

"나를 미워하는 놈은 나를 미워하도록 놔둬라. 나는 한 놈도 용서하지 않을 테니까."

나의 스승 이어령 선생님을 뵐 때면 늘상 하는 말씀이 계셨다. 미당은 자신을 키운 것이 팔할이 바람이라지만 이어령 선생님은 "나를 키운 것은 적이다"라고 하셨다. 굳이 기독교 사랑이나 불교 자비사상이 아니어도, '내 탓이오' 하는 카톨릭계에서의 회개의 초심이 아니어도 이렇게까지 노골적으로 적개와 분노를 유서에 드러내다니. 이상주의나 개혁을 내세우는 어떤 권력이든, 어떤 혁명이든 결국에는 사심의 탐욕과 탐욕스런 욕망의 향방을 정해놓고 있다. 요설과 작위로 사람들을 현혹시키는 위선의 덩어리들이 공이니 정의니 하는 깃발을 휘두르고 있으면서 정작 루쉰 같은 이에게는 회색분자라는 관을 씌운다. 그러니 스스로도 본인이 무슨 짓을 하는지 모른 채 이념의 노예로 누군가를 비난하고 누군가를 죽이는 데 한 목소리를 보탰을 때, 루쉰은 더 이상 그런 이들을 관용이란 이름으로 품지 않겠다고 한다(그 또한 자신을 속이는 일이기에). 똑같이 미워하고 비난해주겠다고 말한다. 나는 이런 입장이 가장 정직한 인간의 목소리란 생각이 들었다. 인간이기에 슬프고 약한 존재일 수밖에 없다는 연민을 가지지만 나를 미워하는 자를 나도 미워하고 용서하지 않겠다는 솔직한 인간적인 분노. 이것이 정직한 양심으로서의 인간주의 문학을 만들어내는 토대가 되는 게 아닐까 한다. 설령 그것이 위악적 유언이었다 치더라도.

이병주야말로 우익에게는 용공분자로, 좌익에게는 악질적인 반공분자로 몰렸고 가장 너그러운 평가로 회색분자라는 낙인을 받기도 했다. 그러면서도 필화사건으로 10년형을 선고받고 2년 7개월을 징역 살게 됐을 때 그의 삶은 그야말로 적과의 싸움 투성이었다. 이병주가 혁명이라는 대 혼란기(구한말, 해방, 전쟁, 전체주의)에 루쉰을 스승 삼을 수밖에 없었던 이유가 분명해진다. 문학적 실천은 어렵고 이념혼란의 시기에 자신의 중심을 잡기는 더더욱 힘든 노릇인 것이다.

유형지에 갇혀 본 사람만이 인생을 알지, 도스토옙스키

이병주가 루쉰에 대해 기록한 분량이 책 전체분량에서 20프로라면 나머지 80프로는 도스토옙스키에 대한 기록이다. 그가 루쉰보다 도스토옙스키에 더 강한 애정을 드러낸 이유는 분명하다. 에세이나 칼럼만 쓰던 이병주가 소설가로 변신하게 된 계기, 그의 인생에서 가장 큰 충격과 절망을 안겨주었던 사건은, 일본유학생 시절 학도병으로 끌려갔던 사건도, 대동아전쟁의 전장에서 생사를 건 총알받이를 하던 때도 아니었다. 당시 국제신문(지금의 부산일보)의 필화사건으로 감옥을 가게 된 일은 일생일대 큰 격류에 휩쓸리는 사건이고 공포였다. 1961년 1월1일자 칼럼이 이병주를 용공세력으로 몰아갔다. 박정희의 레드콤플렉스가 빚은 사건이었다. 도스토옙스키가 20대 청년 시절 엘리트 군인 장교 페트라셰프스키의 토론모임과 연루되어 사형이 언도되고 총살 직전 기적적으로 풀려나 시베리아의 유형지 생활을 해야했던 일을 떠올려보면 분명해진다. 죽음 직전까지 가 이미 죽음을 맛 본 자는 산 자라 할 수가 없다. 아니 죽음의 짧은 맛을 본 자만이 진정 살아있다고 할 수 있다.

유럽을 휩쓸었던 1848년 혁명은 러시아 페테르부르크 청년에게도 큰 영향을 미쳤다. 1848년 이전에도 젊은 지식인들이 사회주의 학설을 믿고 그 방면의 서적을 읽게 된 것은 그리 놀랄 만한 일은 아니었다. 러시아 젊은 엘리트 장교 페트라셰프스키도 그 중 한 명이었다. 젊은 지식인들은 페트라셰프스키의 집에 모여 사회주의 체계에 대한 비판적 검토를 하며 전제군주제 폐지와 농노제 개혁에 대한 대화를 나누었다. 그리고 그 중 참석자 중에 밀고자가 있었다. 밀고자에게 은화 1천 루블의 보수가 주어졌다. 1849년 4월 23일 새벽, 참석자들이 모두 체포되었다. 그들은 감옥에서 모진 고문에 시달렸다. 몇 달 뒤 그들을 태운 호송차에 실려 어딘가로 가고 있었다. 그들은 이미 알고 있었다. 그들의 운명을.

눈 덮인 연병장 일각에 차려진 사형대를 보며 함께 끌려온 수인들과 함께 회색 기둥에 묶이고 두 눈이 가려졌을 때, "받들어 총!" 하는 명령과 함께 요란스럽게 북소리가 울리고 법무관이 가설단 위에서 "국가 질서의 전복을 기도한 전원의 유죄를 인정하고 총살형에 처할 것을 결정한다"라는 판결문을 읽을 때, 가난한 의사의 아들로 태어나 15세와 17세 때 양친을 잃고 곤궁한 생활을 이어가며 형만을 마음적으로 의지하며 살아가던 가난한 문필가이자 29세의 청년이었던 도스토옙스키가 이병주의 마음 속에 들어오지 않을 수가 없었을 것이다.

더욱이 삶에 대해 적절한 교훈을 주며 삶을 그토록 명료하게 정의할 수가 없는 톨스토이와 비교해보면 도스토옙스키의 삶의 명제들은 너무도 어렵고 깊은 심연처럼 보일 수밖에 없다. 흔한 말로 인생은 간단치가 않은 것이다.

도스토옙스키는 일평생 가난에 시달려야했다. 아버지처럼 의지하던 형마저 죽게 됐을 때 그 슬픔을 가누기도 전에 형의 가족을 책임져야했고 그의 첫 번째 연인이었지만 다른 남자를 사랑하는 이사예바의 전남편의 자식도 뒷바라지 해야했으며 결핵으로 이사예바가 죽기도 전에 두 번째 연인 아폴리나리아 스슬로비아에게 그녀의 젊은 다른 남자와의 연애와 생활을 위해 비용을 대야했으며 종국에는 채무자들에게 쫓겨 감옥에 끌려갈까 두려워 외국으로 도망가 여관을 전전하며 아사의 공포에 시달려야했고 나중엔 도박빚으로 죽음을 생각할 지경에 이르렀던 도스토옙스키. 이 남자의 일생은, 그의 소설만큼이나 간단치가 않은 것이었다.

해서 도스토옙스키에게서 인생에서 가장 큰 고민과 문제는 가난과 윤리, 법과 혁명의 문제라 할 수 있다. 이렇게 하여 『죄와 벌』은 탄생하게 된다. 이병주가 『죄와 벌』를 처음 접한 것은 중학 2, 3학년 때 일어판이었다고 기억했다. 나 또한 고등학교 때 고전명작, 필독서라는 당위성 속에서 읽은 게 다였다. 고등학생의 감수성과 독해력으로는 도무지 무슨 뜻인지 이해할 수도 없이 단지 읽어보았다는 현학취에 젖어있을 뿐이었다.

『죄와 벌』의 줄거리는 이미 알다시피 탐욕스런 전당포 노파를 죽인 고학생 법대생 이야기가 중심이다. 1860년대 러시아는 경제적으로 형편이 없었다. 정치는 불안했고 경제 사정은 악순환을 거듭하고 있었다. 도스토옙스키 자신이 라스니콜리니코프적인 입장에 있었다. 금리에 편승해서 무위도식하며, 죽은 후 자신의 공양(供養)을 위해서 많은 돈을 교회에 기부하라는 유언을 써놓은 벌레 같은 노파의 돈을 빼앗아 교육만 받으면 훌륭한 인간이 될 수 있는 소질과 재능을 지닌 아이들, 예컨대 형 미하일의 남겨둔 아이같은 아이들이 아사 직전에 있다는 사실의 생각할 때 사회 반역하는 의지와 감정은 도스토옙스키 본인의 심중과 다를 바 없을 것이다(100~101쪽). 라스콜리니코프가 노파와 그 노파의 여동생을 도끼로 쳐죽이고 "그저 이[蝨]를 죽였을 뿐이야, 아무 쓸모도 없고 더럽고 해롭기만 한 이를."이라고 생각하지만 합리적 무신론자이자 허무주의자였던 라스콜리니코프는 자신의 이성과 관념과 달리 지독한 번민과 불안에 휩쓸린다. 결국 『죄와 벌』은 죄와 벌 사이에 방황하고 고민하고 절망하면서도 어쩔 수 없이 벌을 통해 다시 구원의 광명으로 향하고자 하는 인간 실존을 제시하고자 한다. '죄'는 반역을 기도하지 않고는 스스로의 존재를 확인할 길이 없는 실존의 이름이며 '벌'이란 그러한 반역을 한 채로는 생을 지탱할 수 없는 실존에 붙여진 또다른 이름인 것이다(101쪽).

이병주는 『죄와 벌』이 제기하는 문제에서 흥미로운 논의를 계속한다. 이 세상에 가난이 있는 한, 민감한 감수성과 날카로운 사고력이 있는 한 라스콜리니코프적인 인간은 근절되지 않을 것이라면서 목적만 달성되면 취했던 수단이 어떠하든 성화되는 것이 이 사회의 실상이 아니냐며 해롤드 라스키의 문장을 인용한다. 살인 행위를 예사로 하던 사기꾼 카네기와 입법부를 매수하며 부패케 했던 록펠로의 예를 든다(110~111쪽). 그러면서도 그로스만의 글을 빌려 자기중심적 철학에 사로잡힌 좌절한 투사는 헌신적인 여자의 생명의 입김과 정열의 힘으로 구제 받았다고 쓰고 있다. 하지만 이병주에게 라스콜리니코프의 드라마는 끝난 게 아닌 듯하다. 이병주는 도스토옙스키의 작품으로선 끝났지만 인생의 문제로, 사회의 문제로 여전히 끝나지 않았다고 서술한다. 가난과 윤리, 법의 문제는 이병주에게 여전히 명료한 답을 찾을 수 없는 난제 중 하나임에 틀림없다. 그도 그럴 것이 이병주는 평생, 법과 무법, 윤리와 비윤리의 경계를 넘나들고 있었다. 제도와 그 한계로부터 자유롭고자 한 사람이기 때문이다.

도스토옙스키의 『악령』은 윤리와 혁명의 문제를 담고 있는데 이병주에게 또 하나의 난제를 주는 작품이다. 아니 난제라기보다는 『악령』은 그의 삶에서 리얼리티나 다름없었다. 비밀 혁명 모의를 하던 중 하나가 토론 끝에 "난 결사나 조직에 들 생각이 없다"라는 말로 제의를 거절했을 때 그 모임의 주동자는 거절한 자가 밀고할까 두려워 살해해버리고야 만다. 위대한 혁명을 위해 살인은 정당화 될 수 있는가. 정열의 순수성은 노선이 다르다는 이유로 청년을 얼마든지 죽일 수 있는 명분과 설득력을 가질 수 있는가, 하는 문제. 실제 일정 말 조선 독립을 위해 많은 모의들이 있었다. 그 가운데 이병주도 함께 있었다. 이병주는 학병 시절 안영달이란 공산주의자가 같은 군대병사(兵舍)에서 학병으로 비밀 집회를 조직하고 조선독립의 방향을 공산당 노선으로 정하고 그 준비를 지시하던 일을 떠올린다. 또한 '동방청년회'와 관련된 중학 동창인 박준근의 자살 사건을 언급하며 결사(結社)와 집회에 대한 공포를 드러낸다. 아무리 이념과 사상이 위대해도 조직이 되는 순간 조직의 실상은 이념과 모순되게 움직이기 십상인 것이다.

뛰어난 외국어 독해력과 역사적 고증의 결과물

이병주가 도스토옙스키에게 경도되어 있었던 것은 먼저 유형자로서의 동일 체험이 이병주를 압도했을 것이다. 둘째로는 도스토옙스키의 일평생을 괴롭혔던 궁핍에 대한 연민이 있을 것이고 다음으로는 허망할 수밖에 없는 진실과 그럼에도 진실을 간파해내려는 모순된 인간 실존의 슬픔 때문일 것이다.

이병주는 책의 말미에서 도스토옙스키 문학의 주제는 '혁명'이라고 결론짓는다. 하지만 내가 보기엔 이병주도 도스토옙스키도 '혁명'이 인간을 행복하게도 하지 않고 구원하지도 않는다는 것을 알고 있었다. 그들의 문학작품은 결국 인간구원으로서의 혁명은 불가능하다는 것을 드러내는 지난한 과정이었다.

이병주는 도스토옙스키를 통해 자신의 감옥 생활에 대한 위안과 동시에 애도의 시간을 함께 하고자 했다. 또 그의 궁핍과, 법과 윤리의 문제에, 모순과 진실의 허망에 공감했으리라. 결국 이병주의 글쓰기는 또다른 애도의 한 형식이었던 셈이다.

여기서 다시 나는 진실과 허망에 대한 이야기로 돌아가야겠다. 결국 진실을 추구하면 허망에 닿게 된다. 인간은 죄를 통해서만 자신의 존재를 확인하게 되고 또 그로 인해 운명처럼 벌을 견뎌야하는 존재라는 것. 허망을 통하지 않고는 진실에 닿을 수 없다는 역설을 배운다. 일정 때는 일어 번역판으로 대문호의 소설을 읽고 다시 영어판을 불어판과 비교하며 읽어내는 이병주. 한 작가의 평전을 쓰기 위해 사가(史家)처럼 샅샅이 고증을 찾아내고 기록을 찾아내는 이병주에게 다시 한번 놀랐다. 이 책은 이병주의 뛰어난 외국어 독해능력으로 치밀하게 두 작가의 역사적 사실과 평가를 찾아내고 소설가다운 현장성 있는 소설적 전개로 역동성 있게 작가의 삶과 작품을 기록한 평전이자 비평문이자 문학사적 기록이다. 동시에 이병주 작가 본인의 소설적 토양과 신념의 근원점이 어디서 출발하게 되었나 그 사상의 샘을 보여주기도 한다. 당대 천재들과 공감하며 자신의 문학적 신념과 정신을 준열히 세워나갔던 또 다른 천재였던 이병주를 만나게 되는 느낌이다.